10,000 Lettres d'impression pour 1 centime.

BIBLIOTHÈQUE POUR TOUS

ILLUSTRÉE

ROMANS, HISTOIRE, VOYAGES, LITTÉRATURE, SCIENCES ETC.

CHAQUE OUVRAGE COMPLET : **50 CENTIMES.**

LE
GARDE D'HONNEUR

Par ROGER DE BEAUVOIR.

Prix : 50 Centimes.

60 CENTIMES POUR LES DÉPARTEMENTS ET L'ÉTRANGER.

LIBRAIRIE MODERNE

BOULEVARD DE SEBASTOPOL (RIVE GAUCHE) ET RUE DE LA HARPE

GUSTAVE HAVARD ÉDITEUR.

PARIS. — GUSTAVE HAVARD, BOULEVARD SÉBASTOPOL (Rive Gauche). — 1858.

BIBLIOTHÈQUE POUR TOUS

LE GARDE D'HONNEUR

Par ROGER DE BEAUVOIR.

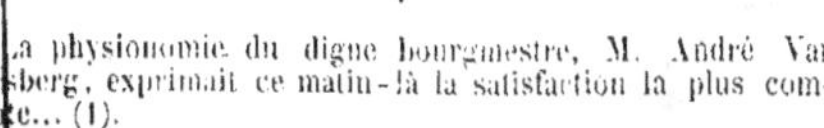

I

La physionomie du digne bourgmestre, M. André Van Hsberg, exprimait ce matin-là la satisfaction la plus complète... (1).

Ceux qui ont eu le bonheur de voir sur les lieux mêmes, soit en Hollande, soit en Flandre, dans les inimitables bacchanales du vieux Téniers, la face empourprée de quelque joyeux Silène bourgeois, l'index de la main gauche placé sur une canette de zo, dont la mousse écumeuse couronne le bord, et celui de droite appuyé sur un magnifique vidercome du dix-septième siècle, auraient comparé alors la copie à l'original ; car André Van Hasberg, bien que postérieur au roi de l'école flamande, pouvait passer à bon droit pour l'un de ses plus parfaits modèles.

(1) Malgré le fond historique de ce récit, l'auteur a dû s'astreindre à de nombreuses modifications qu'il s'est lui-même imposées. Tous les noms des héros de cette histoire ont été changés, à l'exception de celui de David Lheureux, la famille du jeune garde d'honneur ayant encore quelques descendants à Liége.

Et cependant le digne bourgmestre de la ville d'Huy, M. André Van Hasberg, était à jeun.

Non-seulement il n'avait pas encore déjeuné, mais dix heures sonnaient à la principale paroisse de la ville.

M. André Van Hasberg se levait et disait alors son premier bonjour au soleil. Le barbier de l'édilité wallone l'avait rasé et coiffé ; il était poudré, attifé, coquet, ajustant de temps à autre, à une petite glace, les boucles volumineuses de sa perruque. M. André Van Hasberg portait le toupet à l'escalade, la culotte à boucles d'argent, les manchettes et le frac du temps de Louis XVI. C'était un petit vieillard replet, le nez rubicond et les mains potelées comme celles d'un chanoine. Son costume était noir de la tête aux pieds, à l'exception de l'écharpe tricolore qui le coupait par le milieu, comme un véritable arc-en-ciel. Il ouvrit lui-même la fenêtre de son cabinet, qui donnait sur un assez beau jardin, et parut heureux de l'état de ses bourgeons. Les floraisons de chaque allée enchantaient son odorat ; on était alors à la mi-avril, et le jardinier commençait son inspection. Le bourgmestre le suivit des yeux quelque temps avec une satisfaction avide ; puis il avala un verre de bière, chargea sa pipe et se mit à fumer délicieusement.

La salle où se trouvaient ses bureaux était flanquée de plusieurs armoires vitrées, remplies d'oiseaux merveilleusement empaillés ; mais elle avait subi depuis quelque temps des métamorphoses notables. Entièrement lambrissée de chêne, assez vaste et chaudement close, elle avait vu tour à tour sur ses panneaux une série étrange de portraits officiels : c'étaient d'abord ceux de Louis XV et de Louis XVI, puis celui de Robespierre, et enfin l'image de Napoléon. De la sorte, il y avait encore plusieurs clous ; mais, en revanche, l'œil n'y rencontrait qu'un seul tableau, celui de l'empereur avec son manteau d'abeilles. Il était peint à l'huile et pouvait passer à quelque droit pour une enseigne.

Tout en admirant les ondulations bleuâtres de sa pipe, le digne bourgmestre, établi dans son fauteuil de velours d'Utrecht, suivait machinalement les lignes de cette grande figure. Napoléon, debout, avait sa main droite sur un globe constellé ; de l'autre, il tenait son sceptre. Un nuage assez lourd dissimulait les plis du manteau impérial, et l'aigle de César sortait triomphant de cette fumée.

— Et dire que je ne l'ai jamais vu ! murmurait alors l'honnête M. Van Hasberg ; c'est au point que je serais capable de me tromper, si je n'avais le signalement de sa redingote et de son chapeau ! C'est égal, je n'aurais pas voulu me trouver dans le même traîneau que lui à la retraite de Moscow ! Miséricorde ! Et quand je songe qu'il ne fume pas pour se réchauffer ! Bast ! malgré ses vingt années de triomphe et l'élévation de l'un de ses frères sur le trône de Westphalie, il faudra bien qu'il s'humilie devant l'Allemagne ! L'honneur de ses aigles, longtemps victorieuses, doit être, dit-on, remis à des conscrits ; les vétérans d'Austerlitz, d'Iéna, de Friedland et de Wagram, ont presque tous disparu des rangs. Est-ce donc avec de jeunes soldats qu'il prétend lutter, et la défection du corps d'armée prussien n'est-elle pas pour lui la plus sanglante des leçons ? L'Autriche renoncera incessamment à une alliance plus dangereuse que profitable pour elle ; les autres États d'Allemagne suivront son exemple. Pour mon compte, je ne serais pas fâché de le voir, ce fier Bonaparte, durement étrillé par Alexandre ! N'est-il pas honteux qu'il ait fait de notre pays une province française ? Mais, patience, j'en ai bien vu d'autres !

— Oui, continua-t-il en nettoyant le tuyau de sa pipe avec tout le soin d'un brave Wallon, j'ai vu la Constituante et monsieur de Mirabeau ; j'ai vu l'abbé Maury ; j'ai vu... Mais, bon Dieu ! qu'est-ce que je vois ?... s'écria tout d'un coup le bourgmestre en se levant, et quel est le drôle qu'on m'amène de si bonne heure ? Cette arrestation tombe juste au moment de mon déjeuner.

En parlant ainsi, M. André Van Hasberg frappa du pied avec impatience.

— Il est vrai que c'est le 13, poursuivit-il en prenant l'almanach suspendu à sa cheminée, aujourd'hui .. 13 avril 1813... deux *treize* pour un ! Je gage que ce sera quelque digne citadin qu'on aura volé ! et que l'on m'amène ici le délinquant !

— Et pourquoi respecterait-on la propriété ? continua M. Van Hasberg en s'animant. La formation des départements sur la rive droite du Rhin, régis par les lois françaises, n'est-elle donc pas un vol fait à l'Allemagne ? Je tiens pour l'association de *Tugendbund* (1), voilà de véritables amis ! Mais, Dieu me soit en aide, c'est le braconnier Daniel Lheureux, le coquin le plus hardi.... Cela va me mettre en haleine pour le déjeuner, et je le fais coffrer sans examen ! Un monstre, un sacripant qui détourne tout le gibier de la comtesse de Praimont, et menace encore les gardes-chasse de son fusil à deux coups ! Pas de grâce, c'est un Français, et un Breton, je crois ! Voyons un peu mes registres ; c'est bien cela : « David Lheureux, de Ploëuc. »

Bon ! je vais le recevoir comme il faut !

M. André Van Hasberg se coiffa de sa casquette à garde-vue vert, fronça majestueusement le sourcil, et fit signe à son huissier qui entrait, d'introduire le prévenu.

David Lheureux parut, escorté de deux gardes-chasse de la comtesse. Quelques paysans wallons armés de fourches fermaient le cortège. L'un d'eux jeta sur le bureau du bourgmestre, un drap blanc comme pièce de conviction : ce drap venait d'être ramassé au carrefour du Poteau Bleu, dans le bois de Lugues-Arches.

Le braconnier était un gaillard robuste ; tout révélait en lui une force peu commune. Dans le pays on l'appelait le *Loup*, et ce surnom, il faut se hâter de le dire, convenait assez à son aspect velu, à ses dents blanches comme du lait, à ses muscles qui gardaient l'élan et la souplesse de l'acier. Ses cheveux incultes retombaient sur son front en mèches abondantes. Ses mains étaient larges et couturées de nombreuses cicatrices. Sous

(1) Association nationale formée en Allemagne contre les progrès de l'invasion.

l'enveloppe rude et grossière de cette nature, il n'était pas difficile de démêler cependant un fond de franchise et de véritable courage : mais David L'heureux était un de ces hommes audacieux qui, une fois le duel engagé contre le hasard, sont prêts à subir toutes les conséquences de leur révolte. Vagabond par instinct, il n'avait jamais appris aucun métier, si ce n'était celui du maraudage, dans lequel, à vrai dire, il excellait. A sa première campagne contre les gardes de madame de Praimont, qui possédait la plus belle terre du pays, il avait été blessé d'un coup de fusil ; ce coup de fusil avait décidé sa vocation. Il vivait seul avec sa vieille mère, pauvre femme infirme qui habitait un méchant toit auprès de la Meuse ; c'était à quelques pas de cette cabane qu'on l'avait saisi.

On avait trouvé son fusil désarmé, et il demeurait certain que le braconnier n'avait fait usage de son fusil contre personne. Mais on l'avait vu rôder dans le petit bois dès six heures du matin, et, sur la demande des gardes de la comtesse de Praimont, les gens du pays le conduisaient au bourgmestre, arbitre officiel en ces sortes d'occasions.

Bien au sujet de la province wallonne, David Lheureux était vêtu de la veste bleue que portent les paysans de Bretagne ; il avait la ceinture, les larges souliers et le haut-de-chausses blanchâtres, signe caractéristique des enfants de Pornic ou de Ploërmel. Ses cheveux longs et coupés en ligne droite au commencement des épaules, sa chemise ouverte et laissant voir un scapulaire attaché à son cou par un fil brun, complétaient son ajustement. A sa ceinture reposait un long pistolet, seul legs paternel dont David Lheureux fût vraiment fier, car ce pistolet d'un vieux chouan avait souvent brûlé la moustache à plus d'un bleu.

David Lheureux annonçait de trente à trente-quatre ans ; il habitait depuis quelque temps la ville d'Huy. A la suite de la dévastation et de la misère de son pays, le Breton était venu en Flandre sur une charrette, et là, comme tous les réfugiés riches ou pauvres, il avait passé d'abord par la malignité de la province, car on ne lui connaissait aucune ressource. Il avait servi tour à tour en qualité de terrassier au Château-Fort ; puis il s'était fait passeur sur la Meuse, puis enfin, son amour pour la maraude en avait fait un braconnier aussi résolu qu'un corsaire. Le domaine de Lugues-Arches, appartenant à la comtesse de Praimont, était à coup sûr le plus favorable de la contrée à l'industrie de David ; il était coupé de cantons de chasse giboyeux, et plus d'une fois le Breton s'en était permis l'accès comme s'il en eût été le vrai seigneur. Mais la brusque arrivée des deux fils aînés de la comtesse de Praimont, MM. de Guèves, à Lugues-Arches, et la passion violente de l'un d'eux pour la chasse, avaient fait redoubler les précautions ; de nombreux gardes étaient échelonnés autour des terres, et il fallait tromper leur surveillance. David profita de quelques croyances superstitieuses du pays de Liège, et il les exploita habilement. A la veillée il avait souvent entendu conter que, depuis la mort du fondateur de Lugues-Arches, le redouté comte de Guèves, son ombre prenait plaisir à se montrer dans les plus épais fourrés du bois ; le braconnier sortait donc d'habitude drapé dans un large drap blanc, et ne rentrait qu'à l'aube, après avoir fait sa récolte accoutumée. David Lheureux donnait le tout à sa mère, et, grâce à la crédulité des bons Liégeois, cette mascarade les tenait en respect. Les histoires les plus lugubres couraient sur le château de Lugues-Arches, et le Breton était le premier à se signer quand on les contait.

C'était la première fois que David Lheureux comparaissait devant le digne bourgmestre. M. André Van Hasberg reçut la plainte des gardes, il confisqua pour plus de sûreté le pistolet et le fusil de David Lheureux. Cela fait, il l'interrogea, tout en donnant l'ordre qu'on lui apportât son déjeuner.

— Ton nom ?

— David Lheureux.

— Ton âge ?

— Quarante ans.

— Ton état ?

— Chasseur.

— Tu veux dire braconnier. N'as-tu pas de honte, ajouta M. André Van Hasberg en se découpant à lui-même d'un air majestueux une belle tranche de lièvre, de courir sus à des gibiers défendus ? Mais tu es Breton, j'oubliais !

A ce mot de Breton, David pâlit, un sourire de rage courut sur ses lèvres, il recula d'un pas, et, toisant le bourgmestre à le faire avaler de travers, il répondit :

— Pour cela, c'est vrai, je suis d'un meilleur pays que vous ! Chez nous, du moins, on ne prend pas un homme pour un lapin. J'en ai chassé de drôles dans mes campagnes, allez et je ne crois pas qu'à Liège il y en ait de pareils ! Parlez-moi de la forêt du Pertre et de celle de Fougères, à la bonne heure ! Il faisait chaud dans ces taillis-là ! Je n'avais alors que dix-sept ans! Nous nous moquions de tout, des abatis, des redoutes, des balles et des sabres! Mais ici le coup de fusil ne vaut pas l'amorce! Quand on prend la lune pour soleil, il est cruel de s'aventurer pour si peu!

— Silence! malheureux, tu es un vrai louveteau! Ne vas-tu pas me faire croire que tu regrettes de ne plus faire le coup de fusil contre les hommes?

— Quand les hommes sont méchants, pourquoi pas? Moi qui vous parle, j'en ai vu un mettre le feu à ma pauvre chaumière de Ploëuc; la veille, on avait tué mon père, et je me suis dit: Bon! voilà un corbeau ou un hibou, attention, vise bien, David! Ma foi, j'ai bien visé, et je ne m'en repens pas!

— Ciel et terre! mais c'est un tigre, un chacal! Et venais-tu d'aventure dans de pareilles intentions rôder sur les terres de MM. de Guèves?

— Ma foi, non! je ne les connais seulement pas; ce n'est que ce matin à l'aube qu'il m'a été donné de les voir! Mais si je me retrouve jamais face à face avec eux, grommela le Breton en serrant les poings...

— Que t'ont-ils donc fait?

— Rien... oh! rien... murmura David, rien que d'annoncer la veille à tout le village qu'ils tueraient le revenant! Me tuer, moi qui ne me sers chez eux que de piéges et de lacets, et qui n'ai jamais lâché un pauvre coup de fusil! Tenez, M. Van Hasberg, il faut que je vous dise ce que j'ai là sur le cœur! Vous n'êtes pas à savoir que madame la comtesse de Praimont a un troisième fils, oh! pour celui-là c'est autre chose!... Courageux et bon, pas fier surtout, voilà ce qu'est M. le comte Arthur! Aussi, voyez-vous, s'il fallait me jeter l'hiver dans la Meuse pour lui rapporter seulement l'un de ses gants, il n'y aurait pas de chien des Pyrénées qui me vaudrait! Je l'ai vu deux fois, rien que deux fois, mais ça me suffit pour connaître mon monde... Quant à messieurs ses frères, qui nous arrivent d'hier de l'un de leurs châteaux du Béarn, suffit! Ils ont pu s'attendre à voir ce matin mes dents claquer l'une contre l'autre, et mon corps sécher d'angoisse, quand ils ont tous deux dirigé sur moi le canon de leur fusil; mais il y a un Dieu, et je leur rendrai bien...

— N'étaient-il pas dans leur droit? ne l'ont-ils pas pris pour un revenant?

— Allons donc! il faisait un froid russe et je fumais une pipe de longueur! Y a-t-il beaucoup de revenants qui fument, dites-moi? Par-dessus le marché, j'avais jeté mon drap dès que je les ai aperçus.

— A genoux, maraud! se sont-ils écriés tous deux; prépare-toi à mourir, nous avons ici droit de souveraine justice! Et ils allaient faire feu quand M. Arthur est intervenu.

— Arrêtez, leur a-t-il dit, je connais cet homme, c'est un malheureux qui n'a pas de pain.

— Qu'il en demande au diable! s'est écrié le plus grand, il y a assez longtemps que nos gens s'en plaignent. Ne savons-nous pas bien que nous sommes les seuls seigneurs de la contrée?

— Avec M. Arthur, votre frère, ai-je aussitôt répondu. Là-dessus, monsieur le bourgmestre, l'un d'eux m'a frappé de son fouet de chasse. Miséricorde! Tout était sourd et solitaire autour de nous, j'ai levé la crosse de mon fusil; mais à un coup de sifflet, la meute de leurs paysans m'a désarmé.

— Et tu accuses, tu te plains!

— Certainement je me plains. Sans M. Arthur je commettais une action que je me serais fait un devoir d'accomplir. Ma pauvre mère mourait de douleur et je ne finissais pas comme tout bon Breton doit finir. Aussi, soyez paisible, c'est la dernière fois que je chasse. Je ne veux de ma vie toucher un fusil, à moins que ce ne soit pour la défense de mon pays. Oh! alors....

— David Lheureux, interrompit le bourgmestre, tu n'es pas Flamand, donc je n'aurai pour toi aucune pitié.

— A votre aise, Monsieur.

— Mais tu es bon diable, tu as du cœur, et je me souviens que tu me vendais souvent bon marché des oiseaux rares pour mon cabinet de naturaliste. Tu vas aller provisoirement dans la prison de la ville. Là, tu écriras sous ma dictée une lettre d'excuses à MM. de Guèves, tes maîtres. Tout ce qu'ils décideront sera suivi. La comtesse leur mère tient le premier rang dans le pays; je dîne souvent au château, j'arrangerai ton affaire. Pour tes armes, je dois te prevenir qu'elles appartiennent dès ce jour à MM. de Guèves.

— Cependant... monsieur le juge...

— Il n'y a pas de cependant, c'est la loi.

— Mais au moins mon pistolet...

— Tais-toi, et va réfléchir sur ta faute comme il convient. On fera passer quelques secours à ta mère. Mais j'y pense, pourquoi M. Arthur ne t'a-t-il pas suivi, puisqu'il avait commencé à te défendre?

— Ce sont ses frères qui l'en ont empêché. Ils se disputaient violemment entre eux deux; oh! je l'ai bien entendu. Vous savez que M. Arthur est le Benjamin de madame sa mère, aussi se sont-ils tous deux ligués contre lui... Cette fois, il suffit qu'il m'ait défendu, le brave jeune homme! ils vont lui rendre la vie dure... Mais qu'est-ce que ça lui fait, il est jeune, il est aimé de sa mère, et par-dessus tout il aime aussi fièrement quelqu'un!... Oui, continua David avec mystère, une belle jeune fille du couvent des Dames-Nobles, à une lieue de la ville...

— Du couvent des Dames-Nobles? interrompit le bourgmestre avec surprise.

— Eh bien, oui! qu'y a-t-il là d'étonnant? Mais je bavarde là quand vous avez des affaires, monsieur le bourgmestre, ajouta David en jouant l'indifférence. Dame! M. Arthur a vingt ans à peine et ses amours ne me regardent pas.

— Si fait, si fait, reprit M. Van Hasberg, tu l'as vu entrer au couvent des Dames-Nobles? Voyons, assieds-toi là à cette table et bois un doigt de vin... criminel que tu es! Tu me conteras ce que tu sais.

— Parbleu! ça n'est pas long, répondit David tout en s'asseyant à la table du bourgmestre. J'étais, il n'y a pas quinze jours, à la grille du couvent des Dames-Nobles pour y offrir de ma marchandise ordinaire aux bonnes âmes de l'endroit, quand je me sens heurté tout d'un coup dans le dos par le baquet d'un porteur d'eau liégeois, le père Kirberg.

— Dérange-toi, qu'il me crie, David; tu vois bien qu'il faut que j'entre dans la cour!

— C'est juste, répondis-je, et je vais même t'aider. D'abord, c'est mon caractère, monsieur le bourgmestre, je rends service aux amis, et bien que celui-ci m'eût averti un peu brusquement avec son baquet... bref, je pousse son tonneau... Cependant, lui me priait de n'en rien faire; mais, par ma foi, je le trouve d'un poids suspect; il m'avait semblé même entendre soupirer dans le tonneau. Que veut dire ceci? pensai-je. Je me cache dans l'angle d'un pilier et j'observe... Les portiers du couvent, qui sont très-sévères, comme vous le savez, faisaient leur ronde... ils ne prirent aucun ombrage du tonneau. Le baquet resta là deux heures durant, jusqu'à huit heures du soir. A huit heures, entre chien et loup, la bonne heure des braconniers, je vois tout d'un coup se glisser vers le tonneau une jolie demoiselle!....

— Une demoiselle!... De quel âge?

— Ma foi, de dix-neuf à vingt ans, à ce qu'il m'a semblé. Si vous aviez vu de quel air inquiet et tout gentil à la fois elle mettait le pied dans cette cour! On eût dit un oiseau qui craint le filet de l'oiseleur. Ses beaux cheveux auraient pu, au besoin, lui faire un voile, et elle les ramenait sur son visage avec une grâce!... Cette diable de cour était plantée de grands arbres, et il y avait des bancs. Tout d'un coup je l'aperçois qui grimpe sur l'un de ces bancs de pierre et qui soulève doucement le couvercle du tonneau. En voilà une bonne! me dis-je; aurait-elle donc soif? La nuit était venue et les lumières s'éteignaient peu à peu autour de nous.

— Cher Arthur! dit alors une voix aussi douce que celle du rossignol au printemps, excusez-moi, je n'ai pu venir plus vite!...

Elle prononça ensuite d'autres paroles à voix basse, et je vis alors se lever du tonneau un beau jeune homme, qui regarda tout d'abord prudemment autour de lui. A la clarté de la lune, il me fut aisé de voir ses traits: c'était un garçon aussi beau pour le moins que le saint Michel de la paroisse. Délicat, au premier coup d'œil, c'est vrai; un air de demoiselle, c'est vrai encore; mais des yeux!... Et puis, il n'a point bargaigné avec la petite, il est allé droit au fait. Mam'zelle, a-t-il dit en mettant la main sur son cœur qui battait bien fort, je ne suis point un fourbe, un séducteur, je vous aime!... Connaissant la sévérité de cette maison, je n'avais que ce moyen de m'y introduire, et depuis trois jours je l'ai employé. Mais vous êtes trop bonne pour me défendre de demander votre main à M. votre oncle. Il vient souvent au château, et je me fais fort d'obtenir son consentement. Là-dessus ils se promenèrent tous deux bras dessus bras dessous en arpentant le quinconce de la cour. Je tremblais qu'on ne vînt les déranger, et je ne les perdais pas de vue d'une minute, quand j'entendis tout d'un coup le pas d'une vieille tourière. Elle se dirigeait vers cette partie du jardin, suivie de quelques dames qui sortaient du réfectoire...

— Alerte! Monsieur, dis-je au petit, rentrez dans votre cachette!

Ma voix et ma présence l'étonnèrent beaucoup, car il s'écria: Mon Dieu! ce n'est pas Kirberg! Qui êtes-vous donc, l'ami!

— Votre porteur d'eau pour vous servir... Monsieur, dis-je en l'engageant à se hâter. En l'absence du père Kirberg, je vous traînerai aussi bien que lui, vous n'êtes pas lourd.

En effet, je m'attelai de grand cœur à ce tonneau où il s'engouffra. La demoiselle n'eut que le temps de lui serrer la main et de me dire :

— Tenez, mon ami, soyez discret, et gardez ceci pour l'amour de moi. Adieu !

C'était ce petit anneau d'argent que vous me voyez au doigt. Je le pris ; il n'y avait pas de temps à perdre.

— Merci, Mam'zelle, murmurai-je, et souvenez-vous à votre tour de David Lheureux !

On me connaissait au couvent des Dames-Nobles : la tourière me vit et ne soupçonna rien ; elle crut sans doute que j'étais convenu avec Kirberg de le remplacer. Quand j'eus perdu de vue les murs du couvent, je donnai de l'air à ma marchandise. M. Arthur enfourcha un cheval que l'aubergiste de la *Croix d'Or* lui tenait prêt, et moi, je ne tardai pas à me voir joindre par un homme essoufflé : c'était cet ivrogne de père Kirberg. En sa qualité de porteur d'eau, il était entré tout droit à la guinguette. Je ne lui en fis pas de reproches ; mais lui, en revanche, me serra la main affectueusement.

— Une fameuse fontaine que tu roules là, compère ! elle est soignée !

Il me regarda ; il comprit que je savais tout.

— Chut ! maître David, fit-il en plaçant son doigt sur ses lèvres.

— On a des yeux, repris-je, mais on a du cœur ; sois calme. M. Arthur est donc amoureux ?

— Amoureux fou, c'est si jeune ! Ça pourrait épouser ce que ça voudrait, une princesse ; car c'est comte, et qui, dit ici comte de Praimont a tout dit. Eh bien ! non, ça prend feu dans mon tonneau pour une bourgeoise. Il dit qu'il en meurt, qu'il se tuera.

— Se tuer ! nenni ; il m'intéresse trop, le brave enfant ! Ah çà, madame la comtesse connaît-elle ce beau manége ?

— Non ; mais la petite est promise à son cousin, un riche marchand de fers du pays, M. Hector-Cincinnatus Bormans. On le nomme Cincinnatus, parce qu'il a fait son beurre pendant la révolution. Il achetait pas mal de biens et de créances contre les nobles ; c'est un *rouge* tout pur, et il a pris souvent l'air des bureaux à Paris.

— Encore un que je voudrais tenir entre quatre-z'yeux, dis-je à Kirberg. Mais elle ne peut aimer ce lapin-là ?

— C'est égal, elle est sa promise, et dans Huy on est sage.

— Tu me fais mal avec ta sagesse ! Depuis quand un comte, et un comte bien fait, ne vaut-il pas un misérable gratteur d'écus ? M. Hector-Cincinnatus Borné ou Bormans... n'importe ; voilà un nom que j'inscris sur mes tablettes. Je lui défendrai de chasser ce gibier-là !

Le braconnier allait continuer, lorsque la porte à sonnette du bourgmestre s'entr'ouvrit, et son huissier annonça :

— M. Hector-Cincinnatus Bormans !

II

M. Hector-Cincinnatus Bormans, quant au physique, passait pour ce qu'on était convenu dans ce temps-là de nommer bien improprement un *beau*.

L'épithète d'*incroyable*, alors passée de mode, lui fût certainement revenue à plus juste droit.

Il était resté fidèle à l'habit queue de morue, aux bas rayés et à la culotte du Directoire. Pour le moral, assez intelligent et subtil en ce qui regardait ses chers intérêts, ennemi de la noblesse par système et accapareur par instinct ; grand parleur et grand liseur de gazettes, rancuneux et obstiné. Quant à son âge, il avouait quarante-quatre ans. On le désignait comme un marchand de fers des plus riches du pays.

M. Bormans parut quelque peu surpris de voir David Lheureux, qu'il ne connaissait du reste pas, assis tranquillement à la table de son cousin le bourgmestre. Il l'examina de la tête aux pieds avec son lorgnon, et finit par pousser un immense éclat de rire.

— Ah çà, mon cher Van Hasberg, vous voulez donc devenir de plus en plus populaire ! Quel est ce drôle ? l'un de vos fermiers sans doute ?

Et M. Hector-Cincinnatus Bormans arrangea les étages de sa cravate avec une superbe indifférence.

L'épithète de *drôle* sonnait assez mal aux oreilles de David Lheureux, cependant il se contint.

— Mais, en vérité, poursuivit le marchand de fers, ce paysan a un appétit !... Savez-vous bien que je venais vous demander à déjeuner, mon cher parent ! Mais, le diable m'emporte, il ne me restera rien !

David Lheureux se leva, il salua lentement le bourgmestre. Celui-ci, depuis quelques secondes, paraissait rêveur et préoccupé ; il parla un moment à voix basse au braconnier, et donna des ordres à l'huissier pour l'éconduire.

— Au château-Fort, lui dit-il tout bas, mais sans menottes. J'ai ta parole, ajouta-t-il à David, écris cette lettre à MM. de Guèves, et je te promets...

David Lheureux baissa la tête et suivit l'huissier, sans même jeter un regard à M. Bormans.

— Par ma foi ! voilà un convive bien silencieux que vous aviez là, mon cher Van Hasberg. Mais il ne s'agit pas de cet imbécile, il s'agit de moi. Vous savez que c'est ce soir que mademoiselle Laure Vanderneff sort du couvent.

— Eh bien !

— Eh bien ! j'aime à croire que vous allez un peu abdiquer en ma faveur votre sévérité habituelle. Votre nièce m'adore, j'en suis certain ; je n'en veux pour preuve que ses refus quotidiens de me recevoir. Un cousin, dame ! c'est un fier effroi pour un couvent. Je n'y suis venu que deux fois, et ces petites filles avaient l'air de rire à mon seul aspect. Je ne suis pas bête, et j'ai compris. Mais enfin, voici l'instant désiré...

— Monsieur Cincinnatus Bormans, interrompit le bourgmestre, êtes-vous bien sûr que Laure vous aime ?

— Une pareille question ! Mais songez donc encore une fois que c'est votre nièce et conséquemment ma cousine ! J'ai vingt-cinq mille livres de rente, et l'on m'a promis en cas de guerre une place de fournisseur dans l'armée française. On a des protections, M. Van Hasberg ; on connaît son monde... et lorsqu'on a été, comme moi, l'ami du secrétaire de M. Marat...

— Tout cela est fort bien, reprit M. Van Hasberg, mais êtes-vous philosophe ?

— Pour cela, je m'y entends. Je me ris de l'*Être-suprême*, concession monstrueuse de M. de Robespierre ; je crois à feu le citoyen de Genève et à l'égalité que nous enseigne la nature.

— Voilà un beau catéchisme ! il vous servira en ce cas à mieux recevoir le coup que je me vois forcé de vous porter. Monsieur Hector-Cincinnatus Bormans, ma nièce en aime un autre.

— Que me dites-vous ?

— La vérité. Vous voilà prévenu, tenez-vous donc sur vos gardes. Il m'appartient d'autant moins de gêner la volonté de Laure que cette personne est noble... pour sa richesse, elle surpasse même la vôtre.

— J'entends. Vous lui aurez fait faire tout exprès un mari à fiefs et à châteaux. Un noble ! un noble, bon Dieu ! Mais vous ne savez donc pas que les nobles !... D'ailleurs, l'êtes-vous donc, M. Van Hasberg ! votre futur neveu rira de vous et de votre nièce. Un homme de robe, fi donc ! Aujourd'hui on n'estime plus que l'épée. Et moi, je sers au pays, je forge du fer pour nos soldats, je...

— Vous êtes un fou, cher monsieur Bormans. Regardez-vous, et songez à l'âge de Laure...

— Je suis un homme mûr, c'est vrai. Quel âge a donc votre gendre ?

Cette question déconcerta le bourgmestre. La noblesse du jeune comte l'avait ébloui, ses dix-neuf ans le rendirent muet. Était-il présumable qu'un jeune homme, à son début, donnât suite à ce qui n'était, sans doute, qu'un caprice ? David Lheureux avait peut-être grossi à dessein cette fable romanesque ; d'ailleurs, la comtesse accorderait-elle son consentement de mère à une pareille folie ? Le bourgmestre comprit alors tout le danger qu'il y aurait à éloigner pour toujours M. Bormans. Il cherchait dans sa tête un moyen de rapprochement ; mais le marchand de fers, tout en laissant échapper quelques signes d'impatience, s'était plongé avec une telle ardeur dans la lecture des journaux et de lettres, encore cachetées, qu'il venait de tirer de sa poche, que M. Van Hasberg n'osait encore l'arracher à cette méditation sérieuse. Tout d'un coup M. Bormans se leva, il tenait le *Moniteur* :

— *Vivat !* s'écria-t-il, voici de bons décrets relatifs à l'organisation de l'armée, des décrets solides, irrécusables ; ils sont tous datés du palais de l'Élysée ; voyez plutôt !

Et il lut :

« 5 avril 1813, Napoléon, empereur des Français, etc. » Je passe le protocole. En un mot, monsieur le bourgmestre, le décret concerne la répartition des gardes d'honneur devant composer les quatre régiments créés par le sénatus-consulte du 3 de ce mois. Elle sera faite entre les départements de l'empire, conformément au tableau.

— Eh bien ?

— Eh bien ? vous ne comprenez pas ?

— Non.

— Cela veut dire que votre gendre en perspective étant un gaillard qui ne peut avoir, d'après vous, moins de trente ans, partira à la première réquisition. Écoutez plutôt l'article 4 :

« Seront *admis* à faire partie de ces régiments, pourvu

soient nés Français, et qu'ils aient atteint l'âge de 19 à 30 ans inclusivement... » Vous entendez ? Quant au mot *admis*, vous savez ce que ça veut dire. Ainsi votre jeune César n'a qu'à s'acheter déjà son costume à la hussarde : dolman vert et plisse idem, voilà ! Ah ! vous préférez à un citoyen éprouvé, un méchant freluquet qui n'a rien vu de la république ! Eh bien ! mademoiselle Laure et vous, vous pouvez mettre un crêpe à votre chapeau ! Votre gendre va faire son tour d'Allemagne. Il vous reviendra peut-être avec un bras de moins et le nez gelé comme à Moscou ! Tandis que moi... Oh ! mais moi, c'est autre chose, reprit tout à coup Bormans avec l'exaltation de l'orgueil, moi... je suis... moi, je vais être... En vérité, il y a de quoi me faire suffoquer de joie, moi qui attendais cela depuis quatre ans... ajouta le cousin du bourgmestre en tenant ses yeux attachés sur une lettre qu'il venait de recevoir...

— Que signifie ! demanda monsieur de Van Hasberg.

— Cela signifie, mon ex-beau-père, que votre ex-gendre n'a plus, grâce au ciel, rien à faire ici ; cela signifie que je pars pour Metz, et cela, non pas demain, non pas cette nuit, mais à l'instant, mais bien vite... Je me rends à mon poste ; cette lettre m'annonce que je suis fournisseur de l'armée impériale. Fournisseur des troupes françaises, rien que cela ! Ma nomination illuminera, après-demain, les colonnes du *Moniteur* ! Hein ! vous voilà muet, anéanti !

— Pas le moins du monde, reprit le flegmatique Van Hasberg ; tant mieux pour vous !

— Comment ! tant mieux pour vous ! Je vais fournir à nos soldats des semelles qui les conduiront à la victoire ! Il y a plus, j'équiperai votre gendre !

— Mon cher Hector Bormans, dit le bourgmestre d'un ton radouci, je prends part à ce qui vous arrive d'heureux. J'en parlerai à ma nièce. Mais si cependant elle aimait quelqu'un... si son cœur...

— Bast ! je m'en moque. Une petite fille qui ne rêve que l'uniforme ! elle en verra un, le mien. Je dépenserai deux mille francs à m'habiller ! On dira par la ville : « Voilà M. Hector-Cincinnatus Bormans ! Ses amis de Paris lui ont tenu parole, ils en ont fait un fournisseur, rien que cela ! » Et quand le grand homme m'aura parlé, — car il me parlera, j'en suis bien sûr, — quel remords pour vous de vous dire : « Je l'ai refusé ! » Vous aurez beau ajouter, ainsi que Laure : « C'est mon cousin ! » personne ne vous croira.

— Mon cher parent, mon cher Hector-Cincinnatus Bormans !...

— Je ne suis plus votre parent ; je suis fournisseur des armées, et je vais à Metz.

— Mais écoutez-moi...

— Je n'écoute rien... Donnez ma cousine à votre criquet de noble ; qu'il soit Belge, Wallon, Flamand ou Cochinchinois, moi, je pars, moi, je m'exile. Ingrate patrie ! tu n'auras pas mes os ! Je mourrai à Paris, on m'enterrera au Panthéon ! O grand empereur ! homme trois fois grand ! je vais donc tailler en plein dans ton manteau le drap de l'armée ! je vais.....

M. Bormans eut un accès de toux qui interrompit sa ronflante période ; le bourgmestre était atterré, il tenait le *Moniteur*. Napoléon devait quitter Paris le 15 avril ; le 16, il passait par Metz, pour gagner de là à Mayence. La lettre confidentielle, écrite à M. Bormans, l'avertissait de se trouver à Metz pour le 17 ou le 18, afin d'y rejoindre le 2e régiment de la levée des gardes d'honneur.

M. Hector-Cincinnatus Bormans jeta sur son cousin un regard indicible de hauteur et de pitié ; puis, soulevant le loquet de la salle, il s'éloigna précipitamment.

III

A l'époque où se passe ce récit, la petite ville d'Huy, célèbre par le passage de Marguerite de Valois, qui a bien voulu lui consacrer un chapitre entier dans ses Mémoires, ne possédait guère plus de six mille quatre cents habitants, presque tous étonnés de se voir soumis au joug français, presque tous recevant d'ailleurs l'impulsion des riches et des nobles du pays, en tête desquels se rangeait la comtesse de Praimont avec ses trois fils.

Le château de Lugues-Arches, dont on peut voir encore les ruines, appartenait depuis trois siècles à cette famille ; c'était une forteresse dans toute l'acception du mot.

De toute sa façade crénelée on voyait la Meuse, la Meuse aux flots tour à tour courroucés ou paisibles, la Meuse qui épanche ses eaux comme un bienfait, ou qui déborde comme une trombe inondant à la fois les évêchés de Toul et de Verdun, la Champagne, le Luxembourg, le comté de Namur, l'évêché de Liège

et la Hollande, jusqu'à ce qu'elle embrasse l'Océan dans sa dernière étreinte près de Gravesende.

C'était un site admirablement choisi. Les tourelles du château dominaient un mamelon semé de bouquets d'arbres ; la rivière baignait la ceinture jaunâtre de ses murs d'appui. Des bois considérables s'étendaient à l'est derrière Lugues-Arches, dont le parc était lui-même coupé d'étangs et d'eaux vives. Une faisanderie superbe, des étables modèles, une sucrerie et plusieurs autres usines complétaient l'ensemble de ce domaine grandiose, placé à peu de distance du château d'Huy, qui servait alors à la fois de fort et de prison à la ville.

Le déjeuner venait de sonner, et la famille allait s'y voir ainsi sans doute réunie comme de coutume, quand l'abbé d'Anspach, précepteur du jeune Arthur de Praimont, parut étonné de ne pas trouver son élève dans la chambre qu'il occupait au château.

C'était une pièce à vieille tapisserie fanée ; l'œil y rencontrait çà et là d'énormes déchirures dans le damas : mais c'était la pièce où était mort M. le comte de Praimont en 94. La mère d'Arthur en avait respecté chaque détail.

Sur la cheminée il y avait un buste de Marie-Antoinette en biscuit, et deux flambeaux de la manufacture de Sèvres.

A la tête du lit, une épée à la dragonne portant la fleur-de-lis sur sa coquille, un tricorne orné de la cocarde blanche, et la croix de Saint-Louis près d'un crucifix d'ivoire fixé sur un velours noir.

Au milieu de la chambre et sur une grande table semée de livres, plusieurs cartes géographiques annotées à l'encre rouge par Arthur, des instruments de mathématiques et des dessins.

L'abbé d'Anspach examina d'abord le trophée de chasse de son élève, trophée suspendu au-dessus de la petite glace de la cheminée ; rien n'y manquait. Les fusils étaient en ordre : le carnier, la poire à poudre, tout y brillait de son éclat accoutumé. Le jeune baron n'était donc point à la chasse, et cependant la cloche du déjeuner tintait pour la seconde fois.

L'abbé descendit, mais il ne trouva dans la salle à manger du château que MM. de Guèves, ses frères.

Tous deux jumeaux, tous deux âgés de trente ans, les deux frères réalisaient au premier abord, par leur seul aspect, l'idée de ces anciens portraits de famille où la morgue s'unit à la noblesse, où l'amour du commandement perce dans le regard et dans la pose, représentations hardies et hautaines d'un temps qui n'est plus, mais dont quelques figures conservent encore aujourd'hui le type dédaigneux et absolu. Tous deux chasseurs, tous deux vivant en gentilshommes confinés depuis longtemps dans leurs terres, ils ne s'étaient guère quittés. La carrière des armes leur causait un mutuel dégoût, et le joug de Napoléon leur semblant un joug inique, ils avaient échappé par tous les moyens imaginables aux lois pressantes de la conscription, émigrant d'un pays et d'un château à l'autre, ou s'achetant des remplaçants au besoin. La seule nouvelle de la maladie récente de madame de Praimont, leur mère, les avait déterminés à revenir à Lugues-Arches. Lugues-Arches était leur plus magnifique domaine ; ils pouvaient y prendre en patience la convalescence difficile de la comtesse.

En effet, madame de Praimont ressentait encore les atteintes d'un mal subit, et que les personnes les plus habituées à son commerce pouvaient elles-mêmes à peine s'expliquer.

Veuve en premières noces du comte de Guèves, dont elle avait eu Rodolphe et Henri, ses deux fils aînés, elle avait, trois ans plus tard, épousé le comte de Praimont son cousin, attaché à la maison de M. le prince de Condé ; de ce second lit était né Arthur, qu'elle idolâtrait.

Ce dernier mariage, auquel l'inclination avait présidé cependant de part et d'autre, devait être pour elle une longue suite de perplexités et de tristesses. A la révolution, la tête de M. de Praimont avait été mise à prix ; il s'était vu forcé de chercher un refuge à Lugues-Arches. Le météore sanglant de 93 avait éclairé le berceau d'Arthur ; son père était mort dans les bras de la comtesse, en regrettant de ne pouvoir se joindre à ses braves amis de l'armée de Condé. Etait-ce à cette fin cruelle, à ce souvenir, palpitant dans le cœur de la comtesse, qu'il fallait attribuer la préférence maternelle qu'elle témoignait à Arthur? ou bien le caractère de ses deux aînés n'avait-il pas le don de lui plaire? On avait cru remarquer en elle, à la seule nouvelle de leur arrivée au château, un mouvement prononcé de répugnance : il semblait que leur retour lui fît pressentir un malheur inattendu. A plusieurs reprises, elle avait affecté de ne point parler devant eux du comte de Guèves, son premier mari ; on en inférait qu'elle avait vécu avec lui sur le pied de la mésintelligence. Les dispositions cupides de MM. de Guèves l'effrayaient enfin ; plus d'une fois ils lui avaient fait sentir l'amertume de son veuvage. En un mot, tout son avenir, ses espérances, sa joie et ses craintes repovaient sur la jeunesse d'Arthur ; la comtesse l'aimait de cet amour qui n'a son foyer que dans le cœur d'une mère. Elle aimait à se parer de ce fils comme d'un joyau. Sortait-elle par la ville, Arthur lui donnait le bras ; recevait-elle les principaux de la province, elle n'aimait que ceux qui semblaient aimer son fils. Jamais avec lui de réserve prudente ou sévère, il n'avait qu'à ordonner ; sa récompense était dans sa voix, dans son sourire, dans ses yeux. Beaucoup nommaient délire ce que la comtesse appelait amour, mais il lui semblait que sans cet amour, la malheureuse femme n'eût pas vécu. Ses deux aînés étaient ses fils par le sang, mais celui-là par le cœur. On l'avait vue souvent s'éveiller la nuit et courir à la porte de l'appartement qu'il occupait. Là, elle écoutait, retenant son souffle, elle aspirait chaque battement de sa poitrine. A celui-là elle parlait souvent de son père, de son père qu'Arthur avait à peine connu, car le comte était mort quelques mois après sa naissance. Arthur était beau, il était jeune, il pouvait prétendre à tout. Jusque-là il ne lui donnait que du bonheur, ce bonheur deviendrait un jour de l'orgueil. Ainsi pensait madame de Praimont, ainsi se bercent les mères, infinies dans leur amour comme dans leur espoir.

Cependant de lourds nuages menaçaient ces doux projets d'avenir ; la France obéissait à un maître dur, absolu. La gloire compensait-elle donc les périls, l'aigle impériale annonçait-elle le bonheur et la paix ? Quand s'arrêterait cette soif de conquêtes et de batailles ? Quelle époque pour les mères, bon Dieu ! que celle où depuis treize ans la foudre grondait sur leur tête ! quel temps que celui où l'enfant qu'elles pressaient encore le matin contre leur cœur, se voyait le soir-même arraché violemment de leurs bras ! Un seul homme jouait le monde, un seul homme marquait les générations de son sceau, et elles le suivaient. A Moscou, c'était le froid qui les avait décimées ; la conscription achevait l'œuvre de Moscou. Nulle trêve, nul repos, il fallait des hommes à la patrie, et Napoléon n'estimait parmi les mères que celles qui lui fournissaient des soldats. Si la main de ce Sylla providentiel avait elle-même tremblé en rédigeant le bulletin sanglant de la bataille d'Eylau, de quels déchirements, de quelles angoisses l'âme d'une mère devait-elle être traversée ! La conscription ! ce mot seul faisait trembler madame de Praimont, son cœur saignait à la seule idée de se séparer d'Arthur. Attachée de bonne heure aux principes monarchiques, la veuve de l'ami du prince de Condé ne partageait que trop cette sorte de haine instinctive que causait aux mères le seul nom de l'empereur. Vingt fois elle avait formé le projet d'emmener Arthur en Italie, de s'exiler avec lui, de l'enfouir comme son plus cher trésor, et vingt fois, il faut le dire, la répugnance d'Arthur, répugnance dont elle était loin de soupçonner le motif, l'avait empêchée de donner suite à ses propositions de voyage. Le jeune comte aimait en effet mademoiselle Laure Vanderneff, et à cet âge l'amour tient toujours plus de place au cœur que l'ambition. Il ne lui venait pas à l'idée qu'il pût se voir un jour brusquement arraché aux caresses de sa mère, à la sympathie naïve et tendre de cette jeune fille qu'il eût volontiers nommée sa sœur. L'aurore de sa vie était si belle, son enfance et douce, ses pensées si calmes, qu'on eût dit vraiment qu'il n'était point né dans cette époque fiévreuse et turbulente, où tout ce qui était jeune se passionnait pour le déplacement et pour la guerre. Toutefois il était brave, hardi, résolu ; il n'eût pas souffert patiemment les obstacles ou la contradiction en quoi que ce fût. MM. de Guèves, en le retrouvant à Lugues-Arches si bien établi dans le cœur de la comtesse, n'avaient pu se défendre d'un vif sentiment de jalousie. Les premiers jours, ils crurent s'être trompés, mais bientôt madame de Praimont ne les confirma que trop dans l'idée de cet amour exclusif qui faisait de la vie d'Arthur la condition de la sienne. Elle aimait ce fils d'une tendresse si folle, que la perte d'un seul objet aimé par lui remplissait son cœur de chagrin. Aussi venait-elle de faire élever un mausolée de marbre blanc à Rack, son chien favori ; ainsi avait-elle pris à gages, au château même, une pauvre vieille femme du pays qui avait un jour après la chasse, séché à son feu les vêtements mouillés d'Arthur. Nulle parole de la terre n'aurait pu rendre son bonheur, quand, dans le bois aux rameaux dépouillés, par un soir d'automne, et aux lueurs faibles d'un soleil mourant, appuyée au bras d'Arthur, elle respirait la vie et l'âme de ce fils, comme une autre eût aspiré l'odeur des violettes et des aubépines fleuries. Et quelle joie indicible quand il annonçait devoir passer toute une journée auprès d'elle, quand il renonçait à la chasse, et demandait lui-même à sa mère de ne pas la quitter ! Jamais le cher enfant ne s'était endormi sans avoir embrassé sa mère, jamais il n'avait [illegible]

Praimont pouvait seule intimider ses confidences ; cependant, jusqu'à ce jour, il les lui avait faites sans réserve. Arthur aimait sa mère sans aucune arrière-pensée, son âme se fût révoltée à l'idée d'un calcul impie ; il ignorait le prix de la fortune et les tourments de l'ambition. Envié par ses frères, il n'avait jamais laissé sortir de sa bouche un seul murmure ; seulement leur caractère irascible et hautain l'épouvantait. Avant de s'éloigner de Lugues-Arches pour habiter l'un de leurs domaines du Béarn, ils avaient séjourné plusieurs mois près de leur mère. Arthur avait pu voir la haine sourde qu'ils nourrissaient dans leur cœur. Mais chez les natures élevées, l'oubli ne tarde pas à voiler les fautes, le jeune homme leur pardonnait et les plaignait.

La comtesse parut bientôt au déjeuner de famille ; elle tenait en main une lettre que venait de lui apporter un messager de M. Van Hasberg ; sa lecture avait rendu son front soucieux. Dès qu'elle entra, elle répondit à peine au salut de ses deux fils, et marchant droit vers l'abbé :

— Où est Arthur ? demanda-t-elle à M. d'Anspach.

L'abbé demeura confus, ni plus ni moins qu'un écolier pris en faute. Le regard enflammé de la comtesse épouvantait le pauvre homme. Il balbutia quelques mots inintelligibles pareils à ceux-ci : Je crois... il se peut que... Madame... soyez sûre... puis il se remit devant son aile de perdreau encore intacte.

M. d'Anspach était un vertueux ecclésiastique, excellent, réglé, — mais naïf en toutes choses. Il ne lui venait pas seulement en pensée qu'Arthur pût être amoureux.

— Il est sans doute à la ferme, reprit-il avec une sorte d'assurance après s'être versé un doigt de vin.

Mais le regard ironique des deux frères le déconcerta. Tous deux semblaient ravis d'une absence qui leur permettait une induction contre le jeune homme.

— Encore une fois, dit la comtesse d'un ton d'autorité, il ne s'agit pas de manger, monsieur d'Anspach. Monsieur l'abbé... continua-t-elle avec une alarme croissante, vous me devez compte de mon fils, vous allez... Mais avant tout, lisez cette lettre.

L'abbé d'Anspach, arraché aux douceurs de son déjeuner quand il n'en était, hélas ! qu'à l'exorde, — fit une mine si piteuse que Rodolphe, l'un des deux frères, intervint.

— Rassurez-vous, madame, dit-il à la comtesse, pendant que l'abbé lisait la lettre en laissant échapper les signes d'une surprise manifeste, — le couvent des Dames-Nobles n'est pas si loin que nous ne puissions, Henri et moi, vous ramener le fugitif... Nous serons en route dans un quart-d'heure.

— Et pourquoi iriez-vous au couvent des Dames-Nobles ? demanda la comtesse justement piquée ; serait-ce que vous y auriez quelque affaire, messieurs ? Je ne pense pas qu'Arthur y soit, ajouta la malheureuse femme en échangeant avec l'abbé un regard d'intelligence.

Mais ce regard, où se peignaient à la fois l'angoisse, le dépit, et par-dessus tout la tendresse inquiète de madame de Praimont, n'échappa pas à MM. de Guèves ; Henri fut jaloux d'appuyer son frère, et il reprit :

— Vraiment, madame, c'est trop aveugle pour une mère ! Quoi ! vous ne vous êtes point aperçue de la tendre mélancolie d'Arthur, vous qui cependant vivez depuis plus longtemps que nous avec lui ? Il ne nous a pas fallu beaucoup de temps pour deviner sa blessure. Son cœur a parlé, il aime. Et c'est au couvent des Dames-Nobles...

— Assez, monsieur, assez, interrompit madame de Praimont, ne calomniez pas ceux qui ne peuvent se défendre. Si mon fils n'est point ici, c'est qu'un motif sérieux...

— Sérieux ! reprit Rodolphe en jouant l'indifférence, je pense en effet que c'est pour un motif *sérieux* qu'on part à minuit de sa chambre avec une infinité de précautions, ne fût-ce que celle d'aller quérir à l'office une assez belle provision de vivres, qu'on aurait bien pu faire porter en toute autre occasion par un domestique ; mais les domestiques causent, ils espionnent, ils rapportent...

— Et ils ne sont pas les seuls... messieurs, fit madame de Praimont, dont l'impatience et l'inquiétude mortelles augmentaient à chaque parole de Rodolphe.

— Il était donc minuit ? reprit-elle atterrée et comme si elle se fût parlé à elle-même.

— Minuit sonnait à l'horloge de la ville, poursuivit Rodolphe : nous étions à examiner un compte avec votre fermier du Bel-Etang.

— Et nous avons vu Arthur entrer dans l'office à pas de loup, dit Henri.

— Il s'est ensuite éloigné, le nez dans son manteau, ajouta Rodolphe.

— Oui, mais il n'était pas à cheval, répliqua l'abbé. MM. de Guèves en conviennent ; or, pour aller ainsi de nuit... à une lieue de la ville...

Et le précepteur, ravi de son moyen de défense, s'enfonça triomphalement dans son fauteuil.

— Allons donc ! répondit Henri, plus que jamais résolu à soutenir le siége dans les règles, le fermier du Bel-Etang nous contait encore hier qu'on avait vu un jour Arthur enfourcher un cheval à la *Croix-d'or*...

— Le fermier est un sot, dit l'abbé piqué au vif. Il n'oserait pas devant moi accuser mon élève... Un jeune homme à qui j'ai appris les mathématiques en six semaines ! un garçon rangé, studieux, qui ne va à la chasse que par raison de santé, et...

— Et qui permet en revanche aux braconniers du pays de tendre des piéges et des filets à Lugues-Arches... Est-ce vous aussi, l'abbé, qui lui enseignez la tolérance à ce point-là ?

L'abbé mangea son mouchoir par l'un des bouts ; madame de Praimont n'écoutait pas, elle demeurait collée contre les vitres de la fenêtre. Cette fenêtre donnait sur l'avenue du château, et c'était par là qu'Arthur devait arriver.

— Nierez-vous, continua Rodolphe, qu'il ait pris, pas plus tard qu'hier, la défense de ce coquin dont le nom, je crois, est David Lheureux ? Un gaillard qui jouait au fantôme avec un drap sur la tête ! Il était temps que nous arrivions à Lugues-Arches, de par Dieu ! Mais le drôle est en lieu solide, dans le château fort de la ville, rien que cela !

Rodolphe allait continuer, quand une exclamation de joie, sortie de la bouche de la comtesse, vint l'interrompre.

— C'est lui ! s'écria-t-elle, c'est lui !

Le manteau du jeune vicomte se détachait en effet sur le sable de l'avenue ; il marchait d'un pas lent et pénible.

— Lui serait-il arrivé quelque malheur ? courons ! s'écria la comtesse.

— Je vous suis, reprit l'abbé... Mais non, seulement M. Arthur est un peu pâle.

Avant que l'abbé eût parlé, la comtesse serrait déjà son fils contre sa poitrine. Ils demeurèrent ainsi sans voix tous les deux, tous les deux unissant leur âme dans cette muette étreinte. Arthur avait fait asseoir sa mère sur un banc de l'avenue ; il cherchait à calmer son exaltation d'inquiétude par de bonnes et douces paroles...

— Que voulais-tu donc qu'il me fût arrivé, ma mère ?

— Rien... répondit-elle. Oh ! rien, mon Arthur !... et cependant... Oui, j'avais mal dormi, reprit-elle en prenant le bras du jeune homme pour regagner le château, j'ai fait un rêve, un rêve singulier !

— Les rêves sont de faux miroirs, dit Arthur ; regarde-moi bien, et ose me dire en face que je ne t'aime pas comme tu m'aimes !

— C'est vrai ! tu es si bon fils !

— Dam ! c'est mon devoir, et je n'y ai pas grand mérite ! Et puis, tu m'aides tant à remplir mon emploi !

— Mais où es-tu donc allé ? demanda madame de Praimont.

A cette question seule tout son cœur mourait d'angoisse.

— Chut ! c'est mon secret ! fit le jeune homme en plaçant un doigt sur ses lèvres.

— Un secret ! murmura madame de Praimont.

— Un secret pour toi, c'est une confidence, ma bonne mère ! aussi je te la ferai après déjeuner...

Arthur entra bientôt dans la salle où se trouvaient MM. de Guèves ; ils lui rendirent son salut franc et amical d'un air glacé. Madame de Praimont ne pouvait se lasser de le contempler ; elle l'avait eu si peu, qu'il lui fallait s'assurer de lui par une longue suite de baisers et de caresses.

— Mon pauvre M. d'Anspach, dit le jeune vicomte à l'abbé, je vous demande bien pardon... vous m'avez cru mort, et c'est ma faute... A l'avenir, tenez... je veux que vous m'enfermiez au verrou...

Les deux frères se regardèrent ; Arthur leur semblait si heureux qu'ils ne doutaient déjà plus. L'un d'eux s'aventura alors à lui demander s'il connaissait le couvent des Dames Nobles ?

A cette interrogation subite, le front du jeune homme se colora d'une vive rougeur ; mais cette confusion momentanée provenait autant de l'indignation que de la surprise ; il était sûr qu'un seul homme avait pu trahir son secret, et c'était son guide habituel, maître Kirberg... Cependant il se remit.

— Et qui ne connaît, reprit-il, le couvent des Dames-Nobles ? Seriez-vous désireux d'aventure d'y placer une de nos cousines ? ajouta Arthur de Praimont ; la règle de la maison passe cependant pour bien sévère.

toyable Rodolphe. Pour ces dames, au contraire, on prétend qu'elles ont la plus entière liberté. On nous racontait hier, tenez, une histoire assez piquante : oui, celle d'un jeune homme qui avait réussi à se maintenir un mois durant, sous les habits du portier, et dans sa loge...

— Les Liégeois sont forts pour les histoires, répliqua sèchement madame de Praimont. Mais n'irez-vous point à la chasse, messieurs ? il me semblait que vos rabatteurs étaient là.

— C'est ma foi vrai, dit Henri en apercevant sur la pelouse un gros de paysans tout dispos, et cette fois nous ne rencontrerons pas de braconnier ! du moins, je l'espère !

En parlant de la sorte, le comte Henri de Guèves ajustait son ceinturon, mais il regardait aussi Arthur. Le jeune homme n'y fit aucune attention et commença tranquillement à déjeuner.

— Es-tu prêt, Rodolphe ? demanda Henri à son frère.

— Je te suis, répondit Rodolphe de Guèves. Par ma foi, l'exemple de ce braconnier leur aura sans doute été utile... Vois donc comme ils élèvent leurs chapeaux, rien qu'en nous voyant ouvrir l'espagnolette de cette fenêtre ? Ce sont nos vassaux, mon frère ; voilà ce troupeau qu'on ose appeler des hommes !

— Des hommes qui sont vos égaux, mes fils, reprit madame de Praimont. Ces braves gens sont-ils donc tous des braconniers !

— Du train dont allaient les choses avant nous, convenez, madame, qu'ils auraient bien pu le devenir !

Le silence dédaigneux de la comtesse mit fin à cette scène d'aigreur. Les deux gentilshommes, munis de leurs armes, partirent bientôt ; l'abbé demanda qu'il lui fût permis d'écrire son courrier, et madame de Praimont demeura seule avec son fils.

Arthur avait cette beauté quelque peu féminine et délicate qui enchaîne le cœur des mères plus que toute autre ; son visage conservait les lignes si pures qu'on rencontre encore, mais rarement, dans le monde. Sa chevelure brune et légèrement ondée inondait ses tempes de lueurs molles et douces ; son aspect seul faisait germer dans l'âme une sympathie irrésistible. Mélancoliquement beau, pour le résumer d'un trait, il avait surtout dans la mobilité étrange de son œil un charme suave, imprévu : son expression consistait dans son regard. Sur ce front timide et presque craintif, on démêlait je ne sais quel instinct de défiance en l'avenir. C'était bien un fils né dans la crainte et les larmes, un enfant dont quatre-vingt-treize avait menacé le berceau. Berceau fragile, adoré, arraché par les mains tremblantes de la comtesse à cette époque écrite en lettres de sang dans son cœur ! Fils aimé, par cela seul que sa mère l'avait mis au monde devant les horreurs de la persécution et de l'échafaud ! Préservé par Dieu, chéri par sa mère, doux et pur, ignorant sa force. La vue de la comtesse agitée, rêveuse, lui inspirait alors un profond regret, celui d'avoir pu troubler un seul instant un repos si cher ; ce fut donc lui qui prit le premier la parole :

— C'est un grand tort à moi de t'avoir ainsi trompée, lui dit-il ; mais je le devais, et je suis sûr qu'après m'avoir entendu, tu m'excuseras !

Ce début fit croire à madame de Praimont qu'il allait s'agir d'une confidence. Afin d'aider son fils, la comtesse lui présenta elle-même la lettre qu'elle avait reçue du bourgmestre :

— Prends et lis, dit-elle à Arthur.

Le jeune homme parcourut la lettre de M. Van Hasberg ; son visage n'exprima qu'une légère surprise... Cette lettre, écrite à la comtesse de Praimont par le digne bourgmestre, lui témoignait ses craintes au sujet de sa nièce. Il y était bien question de la passion du jeune vicomte ; mais M. Van Hasberg s'était abstenu de tout détail. Il ajoutait seulement que M. Hector-Cincinnatus Bormans, instruit des démarches d'Arthur près de Laure, avait cru devoir s'éloigner. Comme il y a toujours dans le cœur de celui qui aime une satisfaction tacite à voir s'aplanir un obstacle, Arthur ne réfléchit point : il se laissa aller à sa joie.

— Je ne vois rien là de bien alarmant, répondit-il, et je préfère même que M. Van Hasberg ait pris le soin de t'informer. Oui, ma bonne mère, j'aime Laure ; oui, si tu le veux, nous pouvons être heureux ensemble, continua-t-il avec un sourire étincelant de bonheur et de franchise.

La physionomie de la comtesse prit tout d'un coup un air de religieuse austérité :

— Il est de mon devoir, dit-elle à son fils, de vous éclairer, Arthur, sur une alliance qui ne peut que compromettre mademoiselle Laure Vandersteff et le comte de Praimont. Vous êtes jeunes tous deux, tous deux incapables de vous conduire. Etes-vous donc d'ailleurs sitôt las de mes caresses ! Arthur, je vous dois la vérité. La lettre de M. Van Hasberg ne dût-elle point éveiller ma sollicitude, il en est une autre que je ne puis tarder plus longtemps à vous montrer... Armez-vous de courage...

si mon cœur n'était pas lui-même soumis au trouble de mes souvenirs, si des voix impérieuses ne dominaient pas la mienne, je vous dirais : « Arthur, épousez mademoiselle Laure Vander-neff ! Son amour est écrit dans vos yeux, dans votre trouble, dans votre silence, ô mon enfant ! » Ce n'est pas moi qui viendrais briser à plaisir la chaîne de vos espérances ; ce n'est pas moi qui invoquerais mon amour de mère pour l'interposer entre cette jeune fille et vous ! Mais le moment est venu où, bien jeune encore, vous devez pourtant regarder en arrière. Arthur, mon cher fils, vous reconnaîtrez la main qui traça ces lignes, et, devant un tel arrêt, je ne doute pas que vous ne vous soumettiez! Mon enfant, mon cher enfant, voyez ce que vous demande votre père!

— Mon père ! reprit le jeune comte.

Arthur pâlit; la comtesse venait de tirer un papier de son sein : ce papier, elle avait dû souvent le mouiller de ses larmes ; car, en plus d'un endroit, les caractères en étaient presque effacés. Voici ce qu'Arthur y lut :

« A ma chère et bien-aimée Clémence, 18 octobre 1794.

« Bonne et tendre amie , mes jours sont comptés par Dieu , qui, je l'espère , me recevra dans son sein. Ma carrière , sans toi, n'eût été qu'un long désespoir ; vingt fois j'eusse tenté d'y mettre fin. Mais tu as reçu du ciel une voix qui encourage, pauvre chère! toi qui m'as toujours caché tes peines pour ne songer qu'à mes maux ! Une horrible révolution est venue fondre sur nous ; les hommes de ce temps m'ont fait rougir du nom d'homme. J'avais fait quelque bien, j'eus bien vite des ennemis ; les miens avaient mis ma tête à prix, tu le sais. J'étais alors en France, loin de toi, loin de ton cœur ! Renfermé dans la prison du Luxembourg avec une foule de victimes dont le bourreau éclaircissait les rangs chaque jour , je n'attendais plus que l'heure fatale... En cet état, chère Clémence, tu étais seule présente à mon âme, à ma pensée !... Obligé de fuir Lugues-Arches pour mettre à couvert quelques biens que je possédais en France et m'y enquérir du sort de ma famille, je te laisser au château, tu étais enceinte ! Hélas ! Dieu m'est témoin que je n'avais pas de lâche désir devant la mort ; mais j'étais époux, bientôt père ! Je ne voulus point te prévenir de mon sort ; loin de là, je demandais au ciel d'écarter de toi les lueurs funestes qui auraient pu t'alarmer. Cependant mon nom venait d'être inscrit sur la liste sanglante ; mes amis m'avaient précédé... Sur ces entrefaites, un homme... — (est-ce ainsi, mon Dieu ! que je devrais l'appeler, et ne dois-je pas croire à l'intervention d'un être céleste ?) — un homme se présente à moi.

— « Monsieur le comte, me dit-il, j'ai habité le pays de Liège comme vous ; des revers de fortune me l'ont fait quitter. Je laisse à Hasselt une famille dans les larmes et la misère. Vous portez un nom plus éclatant que le mien ; mais cependant je suis gentilhomme... Ce qui me désespère, ce qui me tue, c'est que je ne pourrai même bénir l'enfant que ma pauvre femme porte dans son sein. Lorsque s'ouvriront pour cet enfant les portes de la vie, le besoin viendra l'assaillir ; la douleur et la faim habiteront son toit. Jurez-moi, monsieur, que vous lui servirez d'appui ; jurez-moi, que, par vous, ma femme renaîtra à l'espérance. Moi , j'ai fait mon temps ; j'ai perdu ma pauvre sœur sur l'échafaud. Ma sœur ! je l'aimais du plus saint, du plus inviolable des amours ; elle est maintenant au sein des anges! Ce soir la fatale charrette viendra vous prendre ; mais on vous connaît à peine, et la nuit nous vient en aide... Je vais revêtir vos habits, j'attendrai pour vous ; vous, pendant ce temps-là, vous fuirez. Mes moyens d'évasion étaient trouvés, je vous les abandonne, je reste !... J'ai votre parole, une parole de gentilhomme un pied sur les degrés de l'échafaud. Songez à mon enfant, à sa mère ! »

« Et comme j'hésitais :

— « Je sais à qui je m'adresse, encore une fois, » reprit-il.
— En disant ces mots, il me dépouilla lui-même de mes habits pour les endosser ; je le laissai faire machinalement. Après m'avoir donné ses vêtements, il me conduisit à travers les corridors en m'appelant de son nom. Ce nom, je l'avais déjà entendu à Liège ; il m'était connu , ce fut lui qui me sauva. Parvenu ici trois mois après, à travers mille périls, je n'eus rien de plus pressé que de m'acquitter de ma promesse ; mais la famille de mon libérateur avait quitté le pays, sa femme avait disparu... Lorsque je me rendis à Hasselt, on ne put me donner aucune nouvelle. Depuis, hélas ! toutes mes recherches ont été infructueuses. Nul indice, nulle désignation sur ces pauvres êtres, et pourtant je vais mourir. Oui, je ne le sens que trop, ma chère Clémence, cet homme généreux n'aura retardé ma fin que de quelque mois ; mais son sacrifice n'en fut pas moins le plus sublime des bienfaits ; car, crois-le, admire en moi la conformité de nos deux souffrances !... il laissait à la merci du sort une femme et un enfant. Seulement... Clémence, derrière cette femme

était la faim, la faim prête à sévir contre le berceau que cette mère préparait. Plus heureux que M. de Valsen — c'était le nom de ce digne gentilhomme — je puis m'éteindre après avoir béni mon Arthur, après l'avoir embrassé , appelé mon fils sur mon cœur ! Chère Clémence, j'ignore l'avenir que la Providence lui destine ; mais il est , je le sais , un temps marqué par le doigt de Dieu lui-même... Il peut se faire qu'un jour le fils ou la fille de M. de Valsen reviennent en cette contrée. Jure-moi qu'Arthur et toi vous acquitterez dignement ma dette... Si mon libérateur a laissé un fils, que ce fils devienne le tien, qu'Arthur le nomme son frère... Si c'est une fille, j'ose émettre à mon lit de mort un vœu qu'Arthur ne récusera pas, j'en suis certain : Clémence, qu'elle soit sa femme !... Du haut des demeures célestes, j'attacherai sur cet ange un regard de bonheur et d'adoration ; car je meurs, Clémence, et je meurs inconsolable ! Je n'aurai pu accomplir le legs d'un mourant , et je meurs ! Clémence, charge-toi de ma dette ! Je vais retrouver là-haut M. de Valsen ; je vais revoir celui qui a échangé son sang contre le mien! Adieu ; dis un jour à mon fils ce que M. de Valsen a fait pour son père! »

Pendant cette lecture, madame de Praimont avait tenu constamment les yeux fixés sur son fils ; ceux du jeune homme étaient mouillés de douces larmes. Un combat intérieur brisait ses forces ; mais cette voix de son père mourant imposait silence aux mouvements de son cœur. Renoncer à Laure était pour lui le plus amer des sacrifices, mais il venait de voir élargir subitement ses pensées, son avenir. Avant toutes choses il se devait à la mémoire de son père, l'héroïsme de M. de Valsen l'avait touché. Un rayon céleste illumina sa physionomie rêveuse et triste, il saisit la main de sa mère et la couvrit longtemps de ses baisers.

—Bien, Arthur, bien, mon enfant, murmura madame de Praimont à travers ses larmes , tu es digne de moi et de ton père ! Tu comprends, n'est-ce pas, qu'une destinée providentielle veille sur toi ! Je ne veux pas te demander tes secrets : tu aimes la nièce de M. de Van Hasberg, mais réfléchis un peu , mon cher fils. Cette jeune personne appartient à une famille qui n'a rien de l'éclat et de la noblesse de la tienne. Elle a ton âge, Arthur , et à cet âge la vie n'est qu'une suite d'illusions. Juge donc, enfant, de la douleur, de tes remords, si , oubliant cette volonté suprême de ton père, uni à Laure par des liens indissolubles , tu voyais tout d'un coup se lever un jour devant toi une jeune fille du nom de Valsen ! Si cette jeune fille existait, que ferais-tu ? Ah ! sans doute alors tu maudirais ta faiblesse, ta légèreté, ton imprudence, tu regretterais toute ta vie d'avoir donné ta main et ton cœur à une autre... Et cependant, mon fils, mon cher Arthur, ce qui te paraît , hélas! impossible , peut devenir une réalité ! Écoute, cette nuit, je l'ai dit, n'est-ce pas, que j'avais fait un rêve étrange ? Eh bien ! ce rêve je veux te le raconter : je le dois. J'étais, cher enfant, sur une route aride et dépouillée, le soleil dardait ses rayons brûlants sur moi ; j'étais seule, sans un ami, sans un serviteur, et pieds nus...

— Vous! ma mère !

— Moi-même, et je marchais cependant avec courage. Tout d'un coup je vis devant moi une forme blanche ; elle était encore dans le lointain, mais à ma voix, à mes prières, elle eut bientôt franchi la distance, et s'approchant de moi avec une compassion timide, elle se baissa... Les ronces du chemin avaient déchiré mes pieds ; la poussière et la sueur collaient mes cheveux sur mon front. Elle lava mes plaies avec une eau bienfaisante, me donna la main et me conduisit à un banc sous un figuier. Qui êtes-vous ? lui demandai-je. A cette question elle parut confuse, interdite ; mais comme je lui pris les mains avec bonté , je la vis bientôt s'évanouir comme une fumée légère... Une voix retentit en ce moment jusqu'à moi et je m'éveillai en prononçant le nom de mademoiselle de Valsen.

— En effet, ce rêve est étrange...

— Je m'habillai à la hâte et je courus à ta chambre pour t'en prévenir ; je voulais alors te montrer la lettre de ton père. Arrivée à la porte, je la trouvai fermée, nul jet de lumière n'éclairait l'appartement. Il dort, pensai-je, peut-être rêve-t-il aussi ; et je m'en fus toute glacée me remettre dans mon lit. Pendant ce temps que faisais-tu ? je crains de le deviner. La méchanceté de tes frères ne t'épargne pas ; elle m'a mise trop vite au courant de choses que j'eusse mieux aimé savoir de toi...

— Quelles choses ? demanda Arthur étonné.

— Voyons, sois bien franc, cher enfant. Je ne te gronde pas, j'écoute.

— Et vous avez raison, bonne mère, car ce que j'ai fait, vous l'eussiez fait à ma place.

— Moi ?

— Certainement. Ne vous souvient-il plus de ce malheureux braconnier que mes frères ont traité si rudement ?

— David Lheureux... oui... je me rappelle...

— Ils l'ont fait enfermer au Château-Fort. Le pauvre homme ! sa mère n'a que lui, et j'étais parfois entré dans leur misérable cabane. C'est un brave qui n'est point à sa place ici ; on le croit bon au plus à tendre des collets, à détourner le gibier, à faire le mal en un mot, si toutefois c'est un mal que le pauvre vive parfois du superflu de notre fortune... Eh bien ! ma mère, ce Breton m'a fait pleurer !...

— Pleurer !

— Oh ! oui, car lui aime aussi sa mère ! Si vous saviez dans quel dénuement ils sont tous deux ! Moi, je partageais souvent ma chasse avec David ; en revanche, il me contait lui, ses campagnes avec Charrette et Stofflet. Quel feu dans son regard ! quelle émotion dans sa voix ! ah ! cet homme est né pour être soldat ; sous un extérieur rude il cache une âme forte, élevée... il a vu mourir Stofflet. Stofflet était domestique et garde-chasse. Il garde encore le cordon de son scapulaire. Quand je suis entré dans sa prison, muni de mes vivres, il a souri. Voulez-vous donc, a-t-il dit, me traiter comme une demoiselle ? Tout cela, monsieur le comte, appartient de droit à ma bonne mère, pauvre vieille femme que j'ai traînée de l'Anjou ici. J'espérais y vivre de mon travail : ah ! bien oui, vos frères qui ne permettent pas seulement de ramasser dans leur bois un branchage mort... Je me suis mis aux travaux des routes de Belgique avec courage ; mais on me jalousait, sous prétexte que je n'étais pas du pays. Je suis du pays de mes maîtres, monsieur le comte. Mon père avait mangé le pain de M. Bonchamps ; moi, dès aujourd'hui, je mange le vôtre, vous saurez ce que cela veut dire. Votre main, vous êtes un digne jeune homme !

Et il se mit à manger un morceau de pain devant moi avec une effrayante rapidité. La faim de cet homme me fit rougir : « Est-il donc possible qu'à Lugues-Arches il y ait tant de misère ? » pensai-je en voyant David. Mais il me devina, car il me parla bien vite de vous.

— Madame de Praimont, votre mère, est excellente, reprit-il ; mais elle a des intendants ! Le bourgmestre est bonhomme au fond, mais il empaille des oiseaux du matin au soir... Il n'y a plus qu'un métier pour moi, continua-t-il avec amertume : c'est de regagner à pied mon pays où peut-être on me reconnaîtra. Où mon père est mort, je dois mourir. Mais ici, marqué au visage par le fouet de vos frères, enfermé comme criminel... qui voudrait de moi après cela ?

— Moi, m'écriai-je, moi, mon bon David ! Un instinct secret m'avertit que Dieu n'isolera jamais ta vie de la mienne ! Rassure-toi, je parlerai à M. Van Asberg ; les portes de ce cachot s'ouvriront bien vite pour toi...

— Il m'a dit de *leur* écrire, fit David avec un soupir de fierté ; il veut que je demande excuse.

— A mes frères ? Va, c'est inutile ; je m'en charge. Ce n'est plus à eux que tu auras affaire désormais, c'est à moi...

Il se jeta à mon cou en baignant mes joues de larmes. Moi je pleurais aussi, car jamais voix d'homme ne me remua plus profondément. Sa fièvre de combats et d'escarmouches passait en moi, rien qu'en l'écoutant ; il plongeait ses yeux dans les miens, et il me fascinait comme l'oiseleur. En un mot, ma mère, s'il eût fallu me battre cette nuit pour défendre Lugues-Arches, je n'eusse jamais marché avec plus de plaisir, moi qui ne suis qu'un chasseur !

La comtesse sourit ; le récit d'Arthur venait de faire diversion aux impressions douloureuses que le passé soulevait en elle. Madame de Praimont connaissait à peine David Lheureux ; mais elle pensa que ce serait un homme dont elle pourrait se servir dans l'occasion. La docilité d'Arthur la rassurait ; sa résignation n'était pas de l'hypocrisie. Tout en aimant Laure Vanderneff, il obéissait à une volonté sacrée. La comtesse lui tint compte de cet effort. Peut-être entrevoyait-elle confusément des lueurs d'espoir dans le développement futur des années de son fils ; peut-être croyait-elle à ce rêve presque insensé, erreur de son imagination ou de la nuit.

Pendant que tous deux gardaient le silence, absorbés dans leurs mutuelles pensées, un bruit de pas retentit près de la salle, et madame de Praimont vit tout d'un coup apparaître ses deux fils... Leurs habits étaient en désordre ; ils étaient si pâles qu'elle en eut peur.

IV

— Qu'avez-vous donc, Messieurs ? leur demanda la comtesse.

MM. de Guèves ne répondirent pas : tous deux se contentèrent d'arpenter la salle à grands pas.

— Vous serait-il arrivé quelque malheur ? un de vos piqueurs serait-il mort ? ajouta madame de Praimont dont l'inquiétude augmentait.

— Il s'agit bien de nos gens, dit Henri, qu'ils crèvent ou qu'ils vivent ! peu nous importe ; il s'agit de nous, qu'un vent de malheur a conduits dans ce château, et dont le sort devra se décider à Metz après-demain.

— Que voulez-vous dire ?

— Que le 16, Napoléon passe à Metz, et le 17 à Mayence. Or, puisqu'il faut vous le dire, Madame, nous venons d'être dénoncés, traîtreusement portés par M. Van Asberg, le digne bourgmestre de cette commune, sur le tableau de la conscription. Jusqu'ici nous avions cru pouvoir nous soustraire par l'éloignement et la retraite à la voracité d'un pareil impôt ; mais il faut obéir à ce Corse, à la disposition duquel un sénatus-consulte tout récent met quatre-vingt mille hommes, indépendamment de trois cent cinquante mille que réclame l'ordonnance du 10 janvier. De ce nombre seront dix mille gardes d'honneur (1), et vos trois fils sont appelés à faire partie des quatre régiments que l'on organise.

— Mes trois fils ! s'écria la malheureuse femme avec angoisse, c'est-à-dire un de vous trois !

— Un de nous trois... soit... répéta Henri en fixant Arthur. Cependant il peut se faire que nous tombions tous au sort.

— Oh ! c'est impossible... murmura madame de Praimont, devenue plus blanche qu'un linge, l'un de vous seul, oui... l'un de vous seul... et ..

La comtesse s'arrêta ; une sueur froide mouillait ses tempes. Une femme rouée, écartelée, eût moins souffert. Elle venait de rencontrer le coup d'œil froid de Henri, et ce coup d'œil ne lui révélait que trop la plus égoïste des espérances. Rodolphe partageait sans doute en ce moment l'idée de son frère, car il regardait Arthur d'un air d'attendrissement faux et cruel. Il leur semblait impossible à tous deux que le sort ne s'arrêtât point sur ce frêle enfant, que les courants contraires devaient entraîner au lieu d'eux, robustes athlètes. Pour le jeune comte, il se trouvait alors dans un ordre de sensations étranges ; il sentait courir dans ses veines un feu électrique. Pendant que madame de Praimont se voyait mourir, pendant qu'elle interrogeait en tremblant le visage de son fils, Arthur palpitait devant ce nouvel emploi de sa vie, il se voyait soldat, et déjà ébloui, comme tous les esprits aventureux, de cet horizon inattendu de la gloire. Les révolutions ont cela de propre à leur élan, que de généreux courages en sortent violemment et d'un seul coup ; Arthur partageait l'aversion de sa mère pour l'empereur ; mais dans cette fournaise ardente de laquelle sortaient tant d'épées, il lui paraissait naturel de tremper la sienne ; il se sentait créé pour une vie active, inquiète, militante. L'obscurité lui pesait déjà, et puis n'avait-il pas à attendre une destinée douteuse et lointaine ; tout projet d'union entre Laure et lui ne venait-il pas de se voir détruit par le vœu émis dans la lettre de son père ? Un miroir magique semblait lui dérouler une autre carrière ; il lisait la peur écrite au front de ses frères, et lui, riait de la peur. La vie domestique, il la leur laissait, il lui fallait les combats. Abrité jusqu'alors sous l'aile de sa mère, il n'avait souri qu'aux joies de la famille, osant se découvrir à peine à lui-même les instincts mâles de son cœur, paisible, studieux et volontairement soumis à un train de vie uniforme. Mais une seule heure, un seul éclair venait de changer sa vie. En voyant reculer indéfiniment l'avenir de son bonheur, en acceptant, pour complaire à la volonté de son père, tout ce que l'avenir renfermait d'aventureux pour son amour, il éprouvait une sorte d'enchantement douloureux à risquer son existence. L'amour de sa mère était sa boussole ; mais n'avait-elle donc pas elle-même parlé ? la vénération pieuse d'Arthur ne devait-elle pas lui obéir ? Demeurer à Lugues-Arches dans l'obscurité et la tristesse, exposé chaque jour à la maligne envie de ses frères, près de Laure et cependant aussi loin d'elle que s'il en eût été séparé ! Ces pensées brisaient le cœur du jeune homme. Ce clairon de guerre qui sonnait, cet autre Attila qui allait passer la frontière, ce drame inouï auquel concouraient toutes les puissances, tout cela n'était-il donc pas fait pour émouvoir et transporter les esprits ? Et puis, cet homme simple et brave, cet homme au cœur ingénu qui, pendant cette nuit passée dans sa prison, lui avait parlé de la guerre, ce braconnier David à qui il n'avait manqué que d'être soldat, ne venait-il pas de

(1) La défection de la Prusse et les dispositions équivoques de l'Autriche, forçant Napoléon à recourir à de nouvelles levées, un second sénatus-consulte du 3 avril mit encore cent quatre-vingt mille hommes à la disposition du ministre de la guerre dont dix mille gardes d'honneur, quatre-vingt mille par un nouvel appel sur le premier ban, et quatre-vingt-dix mille conscrits de 1814, destinés d'abord à la défense des côtes (*Victoires et Conquêtes*, tome XXII, pag. 40).

faire germer, à son insu, dans l'âme d'Arthur le désir de se distinguer? D'un autre côté, le jeune comte frémissait, rien qu'en regardant sa mère, à l'idée d'une séparation qui pouvait être pour elle le coup de la mort. Que deviendrait-elle, ployée sous la main du désespoir, privée de ce fils qu'elle aimait comme s'il n'eût point connu de frères? En ce moment même, madame de Praimont attachait sur lui un regard d'une indicible tristesse; une lutte affreuse l'écrasait. Tout d'un coup elle se leva et, jetant sa mante d'étoffe noire sur ses épaules, elle disparut subitement...

— Où courez-vous, ma mère? s'écria Arthur qui la suivit.

Mais la comtesse avait déjà pris le chemin de la ville. Une exaltation fiévreuse succédait à l'abattement de ses pensées; elle se dirigeait vers la demeure du bourgmestre.

Tout y était alors mouvement et tumulte; la garde du pays était rassemblée à l'entour de la maison, et des groupes nombreux avaient envahi la cour.

Sur ces entrefaites et au moment où Arthur rejoignait sa mère vers le seuil, une voiture assez lourde, menée par un postillon, déboucha de l'une des rues voisines. Le jeune comte réprima un cri de surprise; il venait d'entrevoir la plus charmante tête de jeune fille qu'eût pu rêver autrefois le peintre Miéris. Cette apparition n'avait duré qu'une seconde; mais avait-il fallu plus longtemps à Arthur pour reconnaître mademoiselle Laure Vanderneff? La comtesse était alors trop violemment agitée pour qu'elle pût surprendre elle-même le secret du trouble de son fils. Elle fendit la presse d'un pas ferme et résolu.

— Monsieur Van Hasberg; demanda-t-elle au concierge.

— Il est dans son cabinet... mais je doute, madame, qu'il puisse en ce moment vous recevoir.

— Annoncez-lui madame la comtesse de Praimont.

A ce nom, la foule s'écarta pieusement. Les derniers retentissements de 93 n'avaient point altéré le respect que les habitants de cette province, devenue française, portèrent de tout temps à leurs seigneurs; la famille de la comtesse, son château, son nom, étaient des monuments aussi sacrés, aussi vénérables pour ces hommes, que le serait aujourd'hui la mairie ou l'Hôtel de ville, en ce temps de prosaïsme officiel. Plus d'un pauvre du pays wallon se rappelait d'ailleurs les inépuisables bienfaits de la comtesse; plus d'un paysan eût donné son sang pour elle. Une sérénité sainte se répandit sur le front de cette mère en se voyant ainsi reconnue; par un mouvement instinctif, elle chercha la main d'Arthur.

— Vive madame la comtesse! vive monsieur Arthur de Praimont! crièrent quelques voix.

Son nom, confondu avec le nom de son fils, réveilla au fond du cœur de la comtesse des pensées d'orgueil et d'espérance; elle distribua quelques pièces de monnaie à ces braves gens. Pour Arthur, il était complètement absorbé par la vue de Laure. Elle venait de descendre de ce carrosse assez gothique, escortée d'une duègne qui ne l'était certes pas moins. Cette respectable dame, enveloppée de la *faille* que portent les Anversoises, n'était autre que la tourière du couvent des Dames-Nobles. Elle portait la croix d'argent sur une robe de laine bleue, et semblait veiller avec une plus scrupuleuse attention sur chaque mouvement de la jeune fille.....

En ce moment, M. Van Hasberg parut sur les degrés du perron. En apercevant la comtesse, l'honnête bourgmestre s'empressa de la faire entrer dans son cabinet. Madame de Praimont chercha vainement son fils à ses côtés; il venait de s'éclipser dans la foule..... Comme les instants pressaient, la comtesse suivit M. Van Hasberg.

Pendant ce temps, la tourière et Laure s'étaient dérobées toutes deux aux regards de la multitude, et venaient de pénétrer dans une salle basse contiguë au cabinet du bourgmestre.

Mademoiselle Laure Vanderneff, âgée de vingt ans à peine, était une jeune fille de la plus adorable physionomie. Quelque chose d'habituellement doux et de somnolent dans sa personne eût fait d'abord penser qu'elle souffrait, mais à ses couleurs roses, à ses lèvres purpurines, à ses dents plus blanches que le lait, on ne pouvait se méprendre sur son organisation : chez elle, c'était l'esprit et non le corps qui eût pu sembler atteint. Remarquablement noble, ignorante de tout, même de sa beauté, elle réalisait sous toutes les faces la nature flamande; c'était un composé de langueur, d'élégance et de fierté. Son regard, d'un bleu céleste, était mollement voilé par de longs cils bruns; ses cheveux, d'un blond doré, tombaient en grappes harmonieusement liées sur son cou. A ne consulter que ce jeune et beau visage, on devait croire pour Laure à des jours d'avenir charmants et purs; son front respirait cette candeur que le pinceau des maîtres donne aux saintes. Et cependant ce frais et délicieux crocodile n'offrait, il faut bien le dire, qu'une ressemblance imparfaite avec son type. La beauté de la passion

et la persistance dans la volonté formaient les deux traits saillants de ce caractère; le sang et la chair recouvraient une grande puissance d'exaltation. L'aspect de mademoiselle Laure Vanderneff excitait non-seulement un penchant naturel, mais une sorte d'attendrissement irrésistible. Par devoir ou par instinct, elle était pieuse, mais de cette piété délicate et tendre qui embellit. Élevée dès son enfance au couvent des Dames-Nobles, elle ne connaissait de plaisir entièrement vif que celui de la promenade dans le jardin. Les jours redoutés, chéris, attendus, étaient ceux où Arthur y devait venir : le cœur lui battait alors; elle descendait légèrement près de la grille. Pour elle, Arthur était un ange tutélaire, un ami, un frère, qu'elle avait trouvé sur son chemin. La protection grotesque de M. Van Hasberg, son oncle, n'avait rien de cet imprévu, de cet amour tendre, mêlé d'embarras et de trouble. Les jeunes filles soumises à la règle claustrale, rêvent de bonne heure un ange ou un prince; Arthur reproduisait ces deux types pour Laure; une tendre sympathie était née bien vite entre eux. Délaissée de bonne heure par son oncle, qui prétendait la former, Laure comprit bien vite qu'elle deviendrait responsable de toutes ses actions, et sa gaieté en souffrit. M. Hector Cincinnatus Bormans, le cousin du bourgmestre, avait bien une excellente embouchure par son oncle, c'était de plus un homme riche; mais il était maussade, épais, plein de morgue et d'arrogance. — « Mademoiselle n'a rien, avait-il dit un soir devant elle en s'adressant à la supérieure, elle ne saurait mieux faire que de m'épouser. » Cette jactance cruelle avait décidé l'antipathie de Laure; son orgueil s'en releva. Il était bien vrai que la nièce de M. Van Hasberg était sans fortune; mais elle trouvait en elle un souverain mépris pour les gens qui en avaient et qui en parlaient. Elle fuyait avant toutes choses le lien de cette éternelle obligation qu'impose la richesse à la pauvreté. Ce qui l'avait séduite, fascinée dans Arthur, c'était bien plutôt sa tristesse innée, tristesse égale pour le moins à celle qu'elle ressentait. Elle le contemplait et l'approfondissait avec bonheur; c'était entre eux deux un échange naïf et doux, un entrain d'aveux fraternellement suaves. La malignité n'eût pu rien trouver à redire à ce commerce, si elle n'en eût point été jalouse. Cependant, aux yeux de Laure, l'amour du jeune comte était une faute que la jeune fille se reprochait. Des accents douloureux sortaient maintes fois de ce cœur souffrant; Laure s'accusait de ce qui n'était qu'un espoir. La ruse enfantine du comte lui pesait; il lui semblait qu'on eût dû lire depuis longtemps son amour sur son visage. En ce moment même où elle se voyait mandée par son oncle pour habiter sa demeure durant tout un mois, son anxiété se faisait jour à travers sa rougeur. En apercevant Arthur, elle baissa les yeux et se troubla.

Le jeune homme s'était glissé derrière elle dans cette salle; il s'approcha de mademoiselle Laure Vanderneff avec respect... Une timidité chagrine donnait encore plus d'expression à sa belle figure; il baisa la main de la vieille tourière, et s'adressant à elle avant de parler à sa compagne :

— M'excuserez-vous, Madame, lui dit-il, d'attendre ici, près de vous, la sortie de ma mère, madame la comtesse de Praimont?

La tourière leva la tête à ce nom connu et béni dans la province; elle examina quelque temps le jeune homme et laissa échapper un signe d'assentiment. M. Hector Cincinnatus Bormans avait eu seul jusqu'alors accès dans le couvent, et la digne sœur était loin de soupçonner les sentiments d'Arthur pour la jeune fille.... Cédant à un sentiment de respect pour le nom qu'elle venait d'entendre, elle se retira à l'écart près de la fenêtre. Il est vrai qu'Arthur avait eu soin de lui dire :

— Ma sœur, permettez-moi de parler une seconde à mademoiselle Vanderneff.

Cet entretien fut court de la part d'Arthur, mais résigné. Le jour tombait déjà, et il était difficile à la tourière de voir la physionomie des deux acteurs; sans cela elle eût surpris peut-être quelques larmes furtives dans les yeux de mademoiselle Vanderneff. Un long silence d'émotion succédait déjà aux premières paroles du jeune homme, paroles qui devaient porter le trouble et l'alarme au sein de ce cœur qui ne battait que pour lui.

— Oui, je dois partir demain, disait-il; je dois, ma chère Laure, continuer de vivre, hélas! et loin de vous! Mais, quoi qu'il advienne de mon sort, oh! je vous reste uni à tout jamais : vous avez eu ma première pensée, la dernière vous appartient. Vous êtes le prince de mes joies comme de mes tristesses. J'ignore quand je vous reverrai, mais je sais que votre image et votre mémoire ne me quitteront qu'avec la vie!

— Et je sais, moi, que vous jouez là un jeu cruel, reprenait la douce jeune fille, vous voulez m'éprouver, vous voulez savoir si je puis vivre sans vous! Mais regardez-moi donc, Monsieur, voyez, si c'est la joie ou le chagrin que vous me laissez! Bien encore, j'étais heureuse, enviée par mes compagnes du couvent, — enviée, moi qui cependant n'ai vécu jusqu'ici que des bontés de M. Van Hasberg! Un seul homme venait me voir quelquefois avec lui, cet homme je le détestais, c'était son cousin M. Bormans. Il est vrai qu'à mes yeux une autre figure rayonnait déjà, elle occupait mes rêves, mes pensées, ma vie! cette figure c'était la vôtre... oui, depuis ce stratagème que je blâme et que vous auriez pu vous épargner, je puis dire qu'elle ne m'a jamais abandonnée!

— Chère Laure!

— Le jour, fussiez-vous absent, je vous voyais, la nuit vous vous penchiez avec un sourire aimant sur mon front. Un soir, c'était l'avant dernière fois que vous vîntes là-bas, vous me parlâtes d'unir à jamais votre sort au mien. Mais ignorez-vous donc, répondis-je, que je suis promise à M. Bormans? Ce mot parut vous avoir rendu tout triste. Allez, consolez-vous, ce n'est que vous que j'aime, ce n'est que vous... mais, hélas! vous ne manquerez pas de riches et belles héritières, tandis que moi...

Un soupir profond trahit la pensée de mademoiselle Vanderneff, elle essuya une larme qui courait le long de sa joue. Arthur restait muet, éperdu, osant à peine lui prendre la main. Tout d'un coup il lui sembla que Laure était aux prises avec une pensée, une pensée inquiète dont elle cherchait vainement à se dégager.

— Et pourquoi partir! demanda-t-elle à Arthur, pour vous marier peut-être?

— Je ne me marierai jamais, répondit-il, en faisant sur lui le plus douloureux des efforts.

— Quoi! jamais?

— Jamais! j'en fais ici le vœu devant vous.

— Cependant, Arthur, tels n'étaient point vos discours il y a une semaine. Il faut qu'il se soit passé depuis peu quelque chose de sourd et de terrible en vous; oh! parlez, parlez, à moins que vous ne vouliez me faire mourir!... Mais, j'y songe, votre mère est là, elle est venue avec vous! Que veut dire ce tumulte, madame Duret, demanda Laure à la tourière.

Madame Duret, qui lisait ses heures, déposa son livre, écarta le rideau de la fenêtre, et Laure put voir une soixantaine de paysans ornés de rubans tricolores à leur chapeau. Ils attendaient tous dans la cour M. Van Hasberg.

— Quelque fête, pensa-t-elle. La joie de ces gens-là me fait mal; mais vous ne me répondez pas, Arthur; Dieu me pardonne, vous pleurez!

Arthur pleurait en effet; il pleurait d'assister au deuil de ses espérances, devant une jeune fille qu'il n'osait pas même instruire de son sort. Il l'aimait d'un amour profond et sacré, d'un amour que l'obstacle ne pouvait qu'accroître. Il ne s'était passé entre elle et lui qu'un jeu d'enfant; à peine avait-il effleuré ses doigts du bout de ses lèvres; mais ces apparitions romanesques, cette introduction du comte dans le couvent avaient pour Laure un parfum d'imprévu qui l'avait séduite. Tous les plus charmants espoirs de la jeunesse entouraient Arthur; c'était bien là un héros de chevalerie comme ceux qu'elle avait lus dans les ballades ou les chansons du pays de Liége. Le premier jour où elle l'avait entrevu, il venait faire au couvent une visite indifférente; il était à cheval. Mademoiselle Vanderneff prenait le frais à l'une des fenêtres qui regardent le parc; sa rêverie fut à peine distraite par l'arrivée du jeune comte. Cependant, le soir, on lui en parla, ses compagnes la piquèrent au jeu, et l'on observa qu'il avait passé jusqu'à deux fois devant elle. Le lendemain elle fut inquiète; elle espérait déjà la vie ou la mort de son regard. M. Bormans l'obsédait de lettres fréquentes; cette retraite l'ennuyait, elle eût voulu se faire des ailes pour en sortir. Le nouveau visiteur revint, mais, cette fois, je ne sais comment Laure se trouvait sur son passage. Elle sortait de prendre sa leçon de musique et elle fredonnait le dernier trille du morceau; en apercevant le comte elle s'arrêta. Arthur descendait de cheval, il apportait au couvent quelques aumônes de sa mère. Son inattention habituelle fut vaincue par l'aspect attrayant de mademoiselle Vanderneff. Comment l'oublier quand on l'avait vue? Aussi le jeune homme, de retour au château, ne l'oublia pas. Pareil aux enfants qui mettent leur espoir sur l'échafaudage de cartes le plus fragile, il se forgea à l'instant des rêves chimériques; il crut que sa mère irait elle-même au-levant de ses désirs; qu'il n'avait qu'un mot à dire pour que mademoiselle Vanderneff devint la comtesse de Praimont. Mais à plusieurs reprises, et bien qu'il se gardât de nommer celle qu'il aimait, il put lire dans les regards de la comtesse ce trouble désespérant qui éloigne les confidences. Madame de Praimont se croyait liée par la lettre de son mari, lettre qui équivalait pour elle au testament le plus sacré. Résolue à ne la communiquer à son fils que dans la plus grave des occasions, elle se contenait souvent de parler devant Arthur d'obstacles insur-

montables, à lui faire entrevoir le mariage sous le point de la maturité, alléguant qu'un jeune homme devait avant tout payer son tribut aux folies et aux imprudences de son âge. Ainsi madame de Prémont gagnait du temps, ainsi elle renfermait sous une triple clef dans son cœur un espoir impérissable. Or, maintenant qu'Arthur le connaissait, cet espoir, il pouvait hardiment le nommer folie. Quelle apparence en effet que la fille de M. de Valsen, si toutefois il avait une fille, se rencontrât un jour avec lui sur le même chemin? Comment apprendre à Laure un pareil secret, comment se résoudre à la tuer? Le jeune homme en était là de ses réflexions, levant encore vers elle un regard mouillé de larmes, quand madame de Praimont sortit du cabinet de M. Van Hasberg.

A la vue de mademoiselle Vanderneff, qu'elle rencontrait pour la première fois, la comtesse comprit tout. Son cœur de mère fut d'abord alarmé devant la beauté de Laure; mais le regard d'examen qu'elle jeta sur elle tourna bien vite à son avantage. Son air à la fois touchant et noble l'enchanta; elle éprouva même une involontaire réminiscence de ses jeunes années en voyant tant de grâce et de candeur répandues sur ce beau front. Mademoiselle Vanderneff, le sein oppressé, les lèvres pâles et tremblantes, semblait attendre un arrêt sorti de sa bouche; mais la comtesse passa rapidement dans la cour avec Arthur; elle craignait sans doute de succomber à son émotion. Cependant elle ne put se dérober si vite aux regards inquiets de Laure, que celle-ci ne l'entendit alors dire à son fils:

— Réjouis-toi, mon Arthur, M. Van Hasberg me donne espoir. Va, tes frères partiront seuls!

— Partir! eux, ses frères, partir à sa place! s'écria Laure en se tordant les bras avec angoisse devant madame Duret; mais c'est donc pour la guerre qu'il devait partir! Oui, je comprends tout maintenant, son silence, son désespoir. Il m'aime, oh! oui, il tremble de me fuir. Mon Dieu! demain peut-être il me fuira! Oh! il ne sera pas seul à attendre son sort: heureux ou contraire, je veux être là quand la voix du hasard prononcera. Je savais bien, moi, qu'il ne pouvait m'appartenir! Et cependant j'avais mis en lui la meilleure partie de mon avenir, de mes espérances! Ah! je suis bien malheureuse!

En ce moment M. Van Hasberg parut; il accueillit sa nièce avec tendresse et bonté. L'indulgence du bourgmestre vint au-devant de ses aveux; il lui parla d'Arthur comme d'un ami. Réservé par sa naissance à un avenir brillant, il ne pouvait manquer de faire un riche mariage. M. Van Hasberg montra aussi à Laure une lettre de son cousin Bormans, lettre qu'il venait de recevoir; le fournisseur futur y revenait sur ses projets d'alliance. Cette lettre portait le timbre de Metz.

Quand tout fut silencieux dans cette maison, Laure se retira dans sa chambre, mais le sommeil n'y vint point fermer ses paupières; elle écouta longtemps la voix de son cœur dans cette nuit. Des pressentiments lugubres l'agitaient; elle croyait distinguer Arthur au milieu de gens armés qu'elle n'avait pas encore vus, portant un uniforme qu'elle ne pouvait définir. A la fin elle s'endormit, rêvant à la fois des paisibles aspects entrevus par elle dans la route qu'elle venait de faire, et la figure imposante de madame de Praimont qu'elle n'avait pas encore aperçue. Il était deux heures du matin quand elle se jeta tout habillée sur son lit. Le digne bourgmestre lui avait cédé sa propre chambre. Au milieu de ce sommeil agité qui suit d'ordinaire une journée remplie de fatigue et d'émotions, il lui sembla bientôt que la porte de son appartement se trouvait légèrement poussée; une heure du matin sonnait alors à l'église des Carmes. Mademoiselle Vanderneff se leva sur son séant, et vit distinctement un homme couvert d'un manteau; il tenait en main une lanterne...

V

La première pensée de Laure à cette vue fut de crier au voleur! mais le personnage en question lui imposa silence par un geste rassurant.

— David Lheureux! murmura la jeune fille.

En effet, c'était bien David Lheureux. Il ne fallut pas longtemps à mademoiselle Vanderneff pour le reconnaître; ne l'avait-elle pas entrevu déjà dans une circonstance récente au couvent des Dames-Nobles; Arthur ne lui en avait-il pas parlé bien des fois? Le nom de David demeurait gravé dans la mémoire de mademoiselle Vanderneff comme celui d'un homme qui pouvait un jour lui être utile...

— Eh bien! oui, c'est moi, répondit le Breton en se dégageant de son manteau; mais, par Notre-Dame-la-Vierge, je ne comptais guère vous trouver ici, Mam'selle, je venais... je voulais... et qui faut, c'est à M. Van Hasberg que j'avais affaire...

— Mon oncle est absent, dit Laure en observant la figure du braconnier, il est sorti; que lui voulez-vous?

— Je le croyais rentré, fit David: excusez-moi, je vais l'attendre en bas; mille pardons de vous avoir dérangée, mam'selle. Dame! c'est que je connais sa chambre, voyez-vous, et il n'y avait pas à barguigner... ce soir même M. Arthur...

A ce nom, Laure tressaillit, elle semblait d'avance suspendue aux paroles qui allaient sortir des lèvres de David; mais lui, prenant sa lanterne et son chapeau, fit un pas vers l'escalier...

— Bonsoir, ma chère demoiselle.

Laure se leva à la hâte, un instinct secret d'inquiétude et de frayeur la dominait; elle pria David d'attendre son oncle.

— J'ai peur seule ici... ajouta-t-elle.

— Peur? reprit David, et de quoi?

— Ecoutez, David, vous avez parlé de M. Arthur; il y a quatre heures qu'il nous a quittés, et en quatre heures il se passe bien des choses...

David Lheureux examina le doux visage de Laure, il était à peine reconnaissable... Une amère sollicitude, un désir ardent, impérieux, décomposaient alors les traits si calmes de mademoiselle Vandernell; elle semblait aller d'elle-même au-devant d'une nouvelle heureuse ou triste. Le Breton referma la porte de l'escalier avec précaution, il passa deux fois la main dans l'épaisse forêt de ses cheveux, puis se dandinant sur ses hanches d'un air satisfait:

— Eh bien! oui, mam'selle, il s'en est passé de fameuses!

— Quoi donc? demanda mademoiselle Vandernell.

— Ceci d'abord, que me voilà hors de cage; je suis lâché, grâce aux instances généreuses de M. Arthur, le concierge du château m'a fait prendre la clef des champs.

— Comment! tu étais prisonnier?

— Bast! une prison pour rire. Sept hommes de garde, dont trois porte-clefs qui boivent du *lambick* tout le jour! J'aurais ouvert les portes que c'eût été pain bénit. Mais le bourgmestre appelle cela une forteresse.

— Enfin, tu es libre?

— Libre comme un lièvre ou un faisan, ni plus ni moins. Tout de même depuis deux jours et une nuit que j'étais à l'ombre, je m'ennuyais ferme entre la retraite et la diane... Bref, je suis sorti, et d'abord je suis entré à l'Hôtel-de-Ville...

— Pourquoi?

— Parce qu'il y avait là un fameux concours, allez, milsieux! des femmes, des vieillards, des enfants, tout cela pêle-mêle, tout cela attendant le tirage de la milice... Ma foi! me suis-je dit, il paraît qu'on va rire ici, je veux voir ça!

— Et bien! qu'as-tu vu?

— D'abord, Mam'selle, et, sauf votre respect, une troupe de gueux et de poltrons. — C'est toi! — Non, c'est toi! — Tu dois partir avant moi, disait l'un; tu es le plus vieux! — Laisse donc, reprenait l'autre, l'Empereur est friand des jeunes! Et là-dessus, Mam'selle, un volcan de cris, un tintamarre à faire fuir! Les mères pressaient leurs enfants contre leur sein, les enfants pleuraient, quelques-uns disaient: Ah! bah! Mais il y en avait pas mal qui songeaient à leur *coloquinte!* Fi donc! leur criais-je; mais vous ne savez donc pas ce que c'est que l'arme au bras, mes amis! Vous n'avez donc pas fait comme moi le coup de fusil contre la république! vous ne connaissez donc ni le Poitou ni la Bretagne! Vive Dieu! se battre en lion, sauver son drapeau et se faire jour l'épée à la main contre des grenadiers ou des chasseur furieux, voilà la vie! Dès que le cornet à bouquin avait sonné, je sortais de Corquéfou avec trois mille braves armés de canardières, et en avant la mitraille! J'étais jeune alors, mais vous l'êtes aussi; battez-vous contre n'importe qui, mais battez-vous! Ah! bien oui, ils me regardaient comme des cormorans empaillés. Les femmes s'écriaient: c'est une horreur! les garçons disaient: Nous ne sommes Français que d'hier! et au milieu de cela, votre oncle avait bien du mal à se faire entendre... Tout d'un coup je vois arriver dans cette salle deux grands gaillards en habits de chasse, suivis d'un tout jeune homme et d'une femme. — Place! s'écriait-on, place: ne les voyez-vous donc pas? Moi, je les reconnus vite: c'étaient MM. de Guèves et madame de Praimont appuyée au bras d'Arthur... pauvre femme! elle était alors aussi pâle qu'une morte.. Alors il s'est fait un grand silence...

— Et puis?

— Et puis le tirage a eu lieu. A chaque nom qui sortait de l'urne, c'étaient des gémissements et des sanglots; on eût dit d'un tribunal qui juge à mort. Mais, habitants d'Huy, leur disais-je, vous êtes des poules mouillées! Après tout vous allez combattre pour qu'on n'écorniffle pas vos frontières; mes bons amis, vous êtes Français; seulement chez vous la Seine s'appelle la Meuse. Que diable! les Autrichiens et les Russes sont bons à connaître. Quant à moi, je m'ennuie chez vous et je ne serais pas fâché de voir les Wurtembergeois! On dirait, Dieu me pardonne! que vous voulez travailler pour le roi de Prusse!

Cependant, Mam'selle, le diable d'appel continuait. Le bourgmestre et ses acolytes n'en pouvaient plus: il faisait aussi chaud dans cette maudite salle que dans un four. MM. de Guèves ne me semblaient pas trop rassurés. Pour M. Arthur, il cherchait à distraire madame la comtesse; brave enfant! on eût dit que cela en vérité ne le regardait en rien. Voilà que soudain je vois sa mère qui pâlit; en même temps on disait autour de moi: Il est tombé! et par ma foi! on ne mentait pas, il a le mauvais numéro!

— Le mauvais numéro, ô ciel! et ses deux frères?

— Ah bien oui! il n'y a pas de bon Dieu! ses deux frères doivent rester, et lui partir; ils resteront, parce que ce sont de méchants et rudes seigneurs; lui, il partira, parce qu'il est bon! Tout de même, allez, il n'a pas froid aux yeux ce petit-là! Quand son numéro est sorti de l'urne, sa mère a poussé un cri, oh! mais un cri à faire trembler les vitres... lui, au contraire il demeurait calme; il m'a seulement regardé en hochant la tête et en disant: Eh bien? Puis il a embrassé sa mère, et la conduisant, il lui disait de ces mots que je serais, moi, deux ans à trouver; et la comtesse pleurait... Peu à peu cependant l'énergie de cette mère a repris le dessus; elle a parlé quelque temps à MM. de Guèves dans l'embrasure de l'une des fenêtres.

— Vous ne le laisserez pas partir, leur disait-elle, lui votre frère, lui si jeune! Mais eux, ah bien oui!-je les ai entendus siffler entre leurs dents; ils avaient l'air de reprocher à cette malheureuse femme l'amour qu'elle laissait voir pour Arthur. Tous les plus nobles du pays entouraient alors madame de Praimont: les uns la félicitaient, d'autres cherchaient à la con soler. Elle s'est bien vite soustraite à tous ces importuns, et elle a bien fait; elle a repris le chemin de Lugues-Arches avec M. Arthur; mais, quand la voiture s'est approchée, j'ai remarqué que MM. de Guèves se sont abstenus d'y prendre place... Pauvre mère! elle n'avait que ce mot-là à la bouche: il partira.

— Il partira! répéta Laure devenue stupide d'étonnement et d'angoisse. En même temps elle joignait les mains et regardait le ciel sans pouvoir trouver une larme...

— Eh bien, non! c'est ce qui vous trompe, il ne partira pas! reprit David Lheureux; laissez donc! est-ce que je n'étais pas là? Rien qu'à le voir entrer dans la salle je me suis senti tout bête. — Comment, me disais-je, David, voilà le brave jeune seigneur qui t'a fait sortir de prison, qui a donné du pain à ta vieille mère, qui a consenti à passer même une nuit avec toi sous les verrous pour t'y entendre conter tes campagnes, et tu ne cours pas te jeter à son cou; tu ne vas pas lui dire: Merci! Il est vrai que ses deux frères, ceux que j'appelle, moi, *les deux corbeaux*, étaient là. Oui, Mam'selle, ils étaient venus entourés de leurs piqueux, en habit de chasseurs; le fouet en main, la parole brève, ils jetaient sur cette foule un regard hautain, insolent. — Attendons, que je me suis dit, rira bien qui..... Mais la chance est à eux et M. Arthur est frit, c'est-à-dire il serait frit sans moi, de l'arrondissement de Ploëuc en Bretagne, moi, qui ai manœuvré dans ce pays-là quand il y faisait chaud, de seize à vingt ans. Aussi, en voyant le désespoir de madame Praimont, je me suis dit: ah ça, David! pourquoi ne recommencerais-tu pas le même métier? Est-il juste que M. Arthur aille aussi loin de sa mère, loin de mademoiselle Laure qu'il aime, loin de son château, de sa famille? Il va s'en cueillir là-bas des coups de fusil et des boulets première qualité! quelle vie menais-tu ici, mon pauvre David? celle d'un braconnier qui ne marche jamais qu'à l'ombre! Là-bas, mon ami, tu auras le soleil dans les yeux, une bonne ration de pommes de terre et de lauriers au besoin. Quand tu reviendras — si tu reviens — M. Arthur ne te reconnaîtra pas, car tu auras marché crânement et tu auras des galons aux bras. Donc, te voilà créé dès aujourd'hui le remplaçant de M. le comte. Allons vite, va, t'en parler à M. le bourgmestre; il te connaît, celui-là, puisqu'il t'a arrêté il y a deux jours; il saura bien que ce n'est pas l'argent qui te détermine. Le prix du rachat sera pour ma vieille bonne femme de mère qui commence à ne plus voir et recoud mes boutons tout de travers. Quant à moi, trêve de chagrin, lui dirai-je: je veux pour demain de beaux rubans à mon chapeau, je veux un bouquet choisi par les belles mains de mam'selle Laure; je veux qu'on me prenne pour un jeune conscrit, malgré mes quarante ans bien sonnés.

— Excellent David!

— Vous m'approuvez, n'est-ce pas! Dame! c'est qu'il y a du mérite tout de même, Mam'selle, à faire ce que je fais là. Allez! il faut que j'aime diablement M. Arthur! Moi, Mam'selle, moi un Breton, un homme qui ne s'était donné jusque-là qu'à ses maîtres, à ses seigneurs! J'en vais servir un qui ne m'est connu que par des contes qui ne sont pas beaux du tout. Pour ne vous parler que de Moscow, voilà une jolie noce ! J'aimerais mieux, voyez-vous, un boulet qui viendrait me couper en plein fouet, qu'un nez gelé ! N'importe, je ferai mon travail sous cet homme-là comme s'il était mon maître, ajouta David avec un soupir rudement articulé et en touchant le cordon de son scapulaire...

Mais je bavarde ici, quand vous avez envie de dormir, reprit-il bientôt : j'étais venu pour voir M. Van Hasberg auprès duquel j'ai commis déjà une fière bêtise.

— Laquelle !

— Comment, il ne vous l'a pas encore dite ? Ignorant, ma foi, que c'était votre oncle, je lui ai conté hier la tendresse que vous inspiriez à mon jeune maître... Voilà une sottise que je ne me pardonnerai jamais, Mam'selle, et dont vous pouvez me punir dès à présent. Parlez, ordonnez, que puis-je faire pour vous prouver mon obéissance ! ajouta David en se jetant aux genoux de mademoiselle Vanderneff.

— Et que peux-tu faire de plus, mon brave David, dit la jeune fille ; tu consens à partir, à t'exiler.

— C'est vrai ; mais aussi, Mam'selle, est-ce que je ne laisse pas derrière moi de bons cœurs comme le vôtre ? Aussi, je vais vous demander une chose.

— Parle, oh ! parle !

— Eh bien ! vous connaissez peut-être ma mère... dans le cas contraire, M. Arthur vous la fera vite connaître, lui ! Promettez-moi, Mam'selle, de l'aller voir quelquefois, de la reconforter, de l'aimer... dites-lui que je reviendrai et au complet... Au lieu de son fils, elle aura près d'elle deux autres enfants, M. Arthur et vous, c'est-à-dire l'image de la bonté sur la terre ; car vous êtes bonne, j'en suis certain ! et tenez, je n'en veux pour preuve que ces belles grosses larmes qui coulent en ce moment comme deux fils d'argent sur vos joues pâles ! Mais, encore une fois, avant que je ne retourne au château pour parler à M. Arthur, il faut que je voie M. Van Hasberg... j'ai quelque chose à lui dire... à lui remettre... reprit David avec une émotion concentrée.

— Ne peux-tu donc m'en charger ?

— Non, c'est un dépôt, un dépôt que j'ai là depuis vingt ans... Ecoutez donc ! on peut être tué avec un empereur comme celui-là ! et je ne dois pas emporter cela dans mon havresac ! les Russes n'auraient qu'à s'en faire des cartouches !

Et David Lheureux venait de tirer de sa poitrine un paquet de papiers scrupuleusement cacheté.

— On peut être tué ! murmurait Laure en regardant le Breton. Et cette désolante pensée la ramenait vers Arthur. Ce fut seulement alors qu'elle sentit défaillir tout son courage. Bien que la résolution de David dût la rassurer, elle trembla. Au dire de David, Arthur n'avait manifesté aucune crainte en apprenant son malheur ; il pouvait se faire qu'aigri par les méchants procédés de ses frères, peut-être aussi, cédant à une envie naturelle de se distinguer, il allât lui-même au-devant des périls et qu'il refusât un remplaçant. Cette idée bouleversait l'esprit de mademoiselle Wanderneff ; des larmes jaillirent de ses yeux ; elle oubliait David pour ne songer qu'à celui dans lequel son âme s'enracinait.

— Vous pleurez ! dit le brave homme avec une énergie qu'il s'imposait alors lui-même difficilement ; plus de larmes, Mam'selle, ça fait trop de mal de pleurer... Moi qui vous parle, je n'ai pleuré, ma foi, qu'une fois dans ma vie, et il y a longtemps de cela... C'était près de Metz, tenez, et la date est encore présente à ma mémoire... Oui, une pauvre jeune femme que je trouvai expirante de froid et de fatigue sur la grand'route... Mais j'entends les pas de votre oncle... de M. Van Hasberg qui revient sans doute de l'Hôtel de ville... Je vous dirai cela demain si j'en ai le temps... En attendant, vous pouvez compter sur moi ! Oui, reprit David en regardant mademoiselle Laure Wanderneff avec un respectueux attendrissement : vous serez toujours présente à ma pensée, quoi qu'il arrive. N'ai-je pas votre bague, ce bel anneau d'argent que vous m'avez donné il y a une quinzaine !... C'est celui-là qui va en rôtir de fameuses ! N'importe, j'espère vous le rapporter. Au revoir, Mam'selle, dormez bien ! vous voilà tranquille !

Ah ! j'oubliais, continua David en sortant, pendant que je m'en vais causer un instant avec votre oncle, vous pouvez écrire en toute sûreté à M. le comte. Je prendrai la lettre que vous aurez seulement le soin de glisser sous votre porte... C'est demain le 15, et le 16 au matin il faudra nous rendre à Metz ; vous voyez qu'il n'y a pas de temps à perdre pour votre serviteur. On m'a permis de coucher dans la grange du château ; je vous porterai demain dans la journée la réponse de M. Arthur. Ne l'attristez pas sur moi, je me tirerai d'affaire. Apprenez-lui seulement que vous m'autorisez à être son remplaçant dans cette campagne. Je vous demande ce service, Mam'selle, parce

qu'à Ploëue, voyez-vous, on a oublié de m'apprendre à écrire... Or, il pourrait se faire que je ne lui tournasse pas cela aussi bien que vous et qu'il se fâchât. Après tout, c'est un déterminé... et s'il veut tâter, pour vous plaire, des obus et des coups de sabre, je ne me sentirais peut-être pas le courage de le gronder !

La voix de M. Van Hasberg s'étant fait entendre en ce moment du bas de l'escalier, David Lheureux se hâta de quitter Laure, tout en se confondant de nouveau en grandes excuses de l'avoir tenue éveillée aussi avant dans la nuit. Il se retrouva bientôt devant le bourgmestre qui le fit entrer d'un air maugréant dans son cabinet ; car, grâce aux plans de campagne de 1813, le digne magistrat n'avait pas encore soupé...

Quand David Lheureux sortit de chez le bourgmestre une demi-heure après, il paraissait soulagé d'un grand poids. Il remonta à pas de loup les degrés qui conduisaient à la chambre de mademoiselle Vanderneff, et prit la lettre qu'il trouva placée sous sa porte...

<h2 style="text-align:center">VI</h2>

Le lendemain, tout n'était que confusion au château de Lugues-Arches ; on eût dit vraiment que l'ivresse avait fait place au deuil, et que madame de Praimont elle-même avait entièrement oublié les émotions de la veille.

Et d'abord, dès le matin, les fanfares de chasse avaient envahi le parc ; les conscrits, les voisins, les fermiers, les propriétaires un peu aisés du pays ne craignaient point de manifester leur joie. Pour ces gens, après tout, la famille de la comtesse se composait de trois fils ; or, non-seulement MM. de Guèves, ses aînés, n'étaient pas tombés au sort, mais le plus jeune d'entre eux, le comte Arthur de Praimont, allait se voir racheté par un remplaçant.

Le pays wallon conservait donc ainsi, selon toutes les apparences, une famille justement considérée.

De toutes parts on arrivait au château, et c'était à qui féliciterait ces deux seigneurs d'avoir échappé à cette appel formidable ; car, en cette année, moins qu'en toute autre, l'empire ne plaisantait pas, il était pressé de réparer ses échecs, ainsi que nous l'avons dit. La nouvelle armée que Napoléon venait d'organiser devait même se mettre en mouvement sans attendre la formation complète des corps de cavalerie qui aurait retardé l'ouverture de la campagne.

La mauvaise chance du jeune comte, tout en éveillant les sympathies, laissait peu de prétextes aux regrets. En effet, outre qu'Arthur ne s'était jamais encore racheté comme ses deux frères, il avait fourni un remplaçant très-propre au service, un homme dont la force autant que le courage avait presque passé en proverbe dans le pays. Tout était donc fait pour rassurer la comtesse menacée, hélas ! dans ce qu'elle avait de plus cher ; elle s'appuyait à juste droit sur l'exemple de plusieurs mères qui avaient conservé leurs fils.

Il était dix heures du matin, le soleil colorait déjà de ses reflets la nappe ondoyante de la Meuse. Sa clarté radieuse faisait scintiller les tours du château, recouvertes d'étain et d'ardoises ; l'on eût dit au loin d'un incendie. Comme il s'agissait d'une fête improvisée, les notables avaient cru devoir se rendre de bonne heure à Lugues-Arches ; on avait disposé l'orangerie en salle de festin, et les piqueurs sonnaient au perron le plus étourdissant des *hallalis*.

Le roi de cette fête — à la grande colère de MM. de Guèves — était le brave David, David, tout confus de se trouver en si illustre compagnie. Mais la comtesse l'avait exigé ; le Breton s'était soumis. Quand on se mit à table, il se trouva entre madame de Praimont et le jeune comte, et bientôt il devint le point de mire de l'assemblée.

Prévenu à temps de cet honneur par l'abbé d'Anspach, le Breton avait cru devoir échanger ce jour-là sa blouse liégeoise contre le costume pittoresque des paysans de sa contrée ; il était en grande tenue, feutre noir, large veste, et guêtres également noires. Cet habit sévère tranchait singulièrement avec la livrée de chasse de MM. de Guèves qui était rouge. Seulement on remarquait au chapeau de David une large touffe de rubans, mais il lui manquait le bouquet pour compléter en lui le vrai conscrit.

— Un pareil rustre à notre table ! murmura Henri en poussant le coude à Rodolphe.

— Notre mère l'a voulu. Que veux-tu ? il remplace *son* Benjamin ! Dieu me pardonne, la comtesse n'a d'yeux que pour lui ! Vois donc comme elle le choie !

Madame de Praimont semblait en effet surveiller avec une bienveillante attention chaque mouvement de David Lheureux. Pour le Breton, éveillé dès l'aube dans la grange où il venait de s'endormir, il s'était vu mandé par un valet du château chez l'abbé d'Anspach qu'il avait trouvé debout, malgré l'heure avancée. Deux bougies expirantes et différentes lettres placées en ordre sur sa cheminée témoignaient assez du travail du bon abbé : sa veillée avait dû être longue. Il était assis dans un vieux fauteuil à oreillères qui faisait encore plus ressortir sa petite taille voûtée ; ses mains étaient croisées sur les grains d'un chapelet. A la vue de David, son front s'éclaircit ; il lui montra un siège à côté de lui, et l'invita silencieusement à y prendre place.

— Mon fils, lui dit-il, la bénédiction d'un vieillard n'a jamais fait de mal ; je vous réservais la mienne. Vous partez demain, j'ai voulu vous voir ; cette entrevue est importante. Le bourgmestre m'avait déjà averti de votre résolution ; elle comble de joie madame la comtesse. Quant à M. Arthur, c'est autre chose. Je ne sais quel aveuglement l'a saisi, mais il vient de me déclarer qu'il n'accepterait jamais un tel sacrifice. — Vis-à-vis de tout autre, a-t-il dit, je pourrais souscrire à cette transaction ; mais David a une mère, David doit rester ici. Je partirai !

Une résolution semblable, ajouta l'abbé, avait bien le droit de me surprendre dans la bouche de mon élève. Je lui en ai exprimé mon étonnement ; mais Arthur m'a répondu :

— M. d'Anspach, ne me pressez point : Je vais tout vous dire : J'aime mademoiselle Laure Vanderneff, et elle ne peut cependant m'appartenir. Vous m'obligerez donc de remercier David pour moi. Vous lui donnerez cette bourse, et vous laisserez croire à la comtesse que je consens à être remplacé. Je partirai seul, ce soir, pour Metz où l'empereur doit passer demain, qui est le 16 ; de là je suivrai l'armée. Ce fut en vain que je me récriai ; il ne voulut rien entendre. — Deux heures du matin sonnaient alors à l'horloge du château, Arthur regagna sa chambre qui est contiguë à celle-ci, et me laissa seul, encore étourdi du coup que je venais de recevoir. Sur ces entrefaites, ma porte s'est rouverte. M. Van Ilasberg en personne s'est présenté. — Silence, m'a-t-il dit d'un air mystérieux ; sommes-nous bien seuls, monsieur l'abbé ! Je lui ai répondu que personne ne pouvait nous écouter ou nous surprendre. Alors il a tiré de son sein le paquet de papiers que voici et que vous devez reconnaître, mon brave David. Ils étaient scellés, vous le voyez, sur une double enveloppe. La première ne contenait aucune indication, vous l'aviez respectée, mon cher David, mais le bourgmestre s'est cru suffisamment autorisé par vous à la déchirer. Sur la seconde, il y avait écrit, comme vous pouvez le lire : *Pour remettre à monsieur l'abbé d'Anspach.* Ainsi le ciel a permis que ce legs arrivât entre mes mains après vingt années ; il a permis que, pendant un si long temps, vous le respectiez comme un brave et loyal dépositaire. Merci, David, merci ; car, sachez-le, par la remise inattendue de ces papiers vous allez assurer le bonheur de la comtesse et de son fils ! Je ne parle pas d'une autre personne. Maintenant, j'attends de vous des explications indispensables. A quelle époque vous trouvâtes-vous en possession de ces titres ?

— Il y a vingt ans, en 94. La date m'est bien précise. C'était l'hiver, je venais alors de quitter la Bretagne pour recueillir ici, à Borchloen, sur la route d'Hasselt, une maigre succession. Je marchais à pied en compagnie d'un de mes jeunes frères d'armes qui avait ainsi que moi la plus grande envie de retourner en Vendée. A vingt et un ans, c'était l'âge que j'avais alors, on aime assez à fêter les bouchons sur sa route, je m'arrêtai donc à un cabaret, quelques lieues avant Borchloen. Mon camarade demanda une bouteille. Au diable ! reprit l'hôtelier, n'entendez-vous pas ce qui se passe là-haut, êtes-vous sourds ? Nous prêtâmes l'oreille, et nous surprîmes dans l'étage supérieur des gémissements étouffés. C'était une pauvre femme qui accouchait. Ses cris devenaient plus violents, et le médecin qu'on était allé chercher à la ville prochaine n'arrivait pas. Le hasard ou la nature vint au secours de cette malheureuse ; elle mit au monde une petite fille, belle comme un ange, que mon compagnon, aidé de l'hôte, s'empressa de recevoir. Moi, je demeurais pendant ce temps près de la pauvre mère, qui donnait à peine signe de vie. J'appris alors de l'hôte qu'il l'avait trouvée le matin devant sa porte, à demi-couverte de mauvaises hardes, transie de froid, et implorant l'aumône d'un morceau de pain. Ses dents claquaient, son visage était livide. Je lui fis faire un grand feu, mais tous mes soins pour la ranimer furent inutiles, bientôt elle expira. Je ne pourrais vous rendre ce que son agonie me faisait souffrir. — Mille morts ! m'écriai-je, comment le ciel ne fera pas pour elle un miracle ! Je saisis mon scapulaire et je l'approchai des lèvres violettes de la pauvre femme ; elle parut se ranimer. Saisissant alors un paquet contenu dans une de ses poches de linge : — Qui que vous soyez, me dit-elle, gardez ceci et remettez-le un jour à mon enfant ! — En prononçant ces mots elle laissa tomber sa tête pour ne plus la relever. Moi, je m'étais jeté à genoux, monsieur l'abbé ; je pensais à ma mère et je pleurais ! Quand je me relevai, j'avais

entre les mains le paquet de papiers que vous tenez là, mais il n'y avait dessus nulle indication. Je n'osai en rompre les cachets, mais j'éprouvai aussi une certaine défiance à confier ce dépôt à l'aubergiste. Pendant ce temps, mon camarade de route berçait l'enfant : c'était, je vous l'ai dit, la plus mignonne créature que l'on pût voir. — Frère, lui dis-je alors, je vais toucher là-bas quelques écus ; voilà le sort de cette petite assuré, ce sera ma fille, je m'en charge ! Je payai l'hôtelier et je sortis. Arrivé à Borchloen, je m'informai vainement de la pauvre femme, personne ne la connaissait. Je courus à la demeure du bourgmestre ; des gueux armés de piques et ressemblant assez aux sans-culottes de Paris en gardaient l'entrée. — Pourquoi venez-vous ici ? me dit un de ses agents. — Pour la succession d'une vieille parente, lui répondis-je ; allez, mon cher monsieur, mes pièces sont en règle. Et là-dessus je lui fis voir mes titres, consistant, hélas ! dans une lettre d'un cousin que j'avais à Liège. — Au diable ! dit l'homme, vous arrivez trop tard, l'ami, la municipalité du district a disposé de ce qui vous revenait ! En effet, monsieur l'abbé, ces gens-là avaient, sans plus de façon, appliqué mon pauvre pécule à la défense de leurs frontières. — Vous êtes Breton, ajouta l'agent ; si j'ai un conseil à vous donner c'est de déguerpir, car ici les chouans sont fort mal vus. Je demeurai ; mes ressources étaient épuisées et mon compagnon n'avait rien. Les gémissements de la pauvre petite fille me tirèrent bientôt de ma torpeur. Je me dirigeai vers la demeure d'un médecin. Par bonheur ce médecin était honnête homme ; il m'engagea à lui laisser cet enfant. Je n'y consentis qu'en le suppliant de prendre mon adresse et de m'écrire : il me le promit. Mon compagnon et moi nous partîmes. De retour en Bretagne, je considérais souvent ce maudit paquet de papiers que je ne devais remettre qu'à ma protégée. Nous tînmes conseil ma mère et moi ; elle était d'avis que j'en parlasse au curé de Ploëuc, mais le pauvre cher homme, encore ému sans doute des coups de fusil qui se distribuaient autour de son presbytère, était devenu une sorte de momie ; il était à moitié mort. D'ailleurs, qu'eût-il fait si loin du docteur ? Pourtant il lui écrivit. La lettre resta sans réponse. Des années se passèrent. La paix s'étant rétablie, je revins ici à la suite des troubles. Le docteur était mort ; on se rappelait à peine de lui à Borchloen. Je me reprochai alors d'avoir gardé ce dépôt, mais une voix secrète me disait que j'en serais un jour récompensé. Bref, le moment est venu, puisqu'il paraît que ces papiers vous intéressent. Quant à la bourse de M. Arthur, permettez-moi de ne la point recevoir ; il a fait assez pour moi, c'est à mon tour de m'acquitter, vive Dieu ! et je le ferai à la satisfaction de tous ! Mais d'abord permettez que je lui parle, j'ai aussi, moi, quelque chose à lui remettre !

L'abbé d'Anspach savait de David ce qu'il désirait savoir, il ne fit donc aucune difficulté de le conduire à la chambre de son élève.

Arthur s'était assoupi. L'image de Laure planait-elle alors comme celle d'un ange gardien sur son sommeil ? ou bien ce repos n'était-il que la suite invincible de la fatigue ? David s'approcha timidement du jeune homme et, craignant sans doute de l'éveiller, il déposa la lettre sur son oreiller. Cela fait, le Breton alla lui-même se jeter sur une botte de paille dans la grange.

En trouvant à son lever la lettre de mademoiselle de Vanderneff, Arthur avait cru rêver ; mais quelques paroles de Laure l'eurent bientôt mis au fait. Dans ce billet, la jeune fille conjurait celui qu'elle nommait son frère, de ne point se séparer d'elle et de sa mère ; elle lui faisait valoir le dévouement du Breton, elle le remerciait à l'avance de rester afin de veiller sur elle. Tout concourait à faire de cette lettre pour Arthur un motif d'indécision ; Laure y cachait ses larmes sous un sourire, elle s'y accusait de torts imaginaires, et finissait par dire au jeune homme qu'elle allait se retirer, à dater de ce jour, dans le couvent qu'elle avait quitté.

Quand le comte passa chez sa mère, ainsi qu'il avait coutume de faire chaque matin, madame de Praimont était en conférence avec l'abbé, qu'elle congédia bientôt. L'ivresse la plus pure éclatait dans son regard ; elle embrassa son fils avec une effusion qu'il faut renoncer à peindre. Cet attendrissement était si voisin du bonheur, et la comtesse ignorait tellement l'art de dominer ses sensations, que le jeune homme en parut surpris.

— Oui, lui disait-elle, c'est aujourd'hui grande fête, la fête de mon cœur et de ma vie ! Hier je pleurais, j'accusais le ciel ; aujourd'hui mon cher fils, continuait-elle dans l'exaltation de sa tendresse, vous me retrouverez ce matin calme et sereine. C'est qu'il y a un Dieu, mon Arthur, un Dieu qui se rit des hommes ! Crois-tu, par exemple, que ce Napoléon, qui se dit son envoyé, puisse lutter contre lui? Demande à l'abbé d'Auspach, il te dirait que ce serait une lutte de Jacob contre l'ange. Oui, console-toi mon cher Arthur, la Providence a veillé sur toi. Aux habits de deuil que j'allais revêtir vont succéder des habits de joie; je suis jeune, tu m'es rendu! Promets-moi de suivre en ce jour toutes mes instructions, elles sont bien simples; ne songe plus à l'horrible scène d'hier. Ton remplaçant est trouvé; tu ne partiras pas, tu ne peux partir, Dieu le veut! Mais je ne sais plus où j'ai la tête aujourd'hui... Ah! c'est cela, j'ai commandé le déjeuner dans l'orangerie. Le soir, il y aura bal, fête pour mes pauvres vassaux, belle fête! Ah! tu ne devines pas... tu ne peux deviner, n'est-il pas vrai? c'est tout simple; mais on te dira cela dans une heure, avant, peut-être... Embrasse-moi donc encore une fois! C'est étonnant comme tu es plus beau que tes frères! et puis tu es brave, toi? Tu m'aimes bien, n'est-ce pas?

Lambert, dit-elle encore à un domestique, la voiture que j'ai envoyée à M. Van Hasberg est-elle revenue? Accourez me prévenir dès qu'elle paraîtra sur la grand'route. Arthur, cher Arthur, je suis si heureuse que je suis folle! ajouta-t-elle en se touchant le front de ses deux mains. Tu trouveras sur ton lit un cadeau que je te réservais depuis longtemps... mon portrait. Je n'ai pas voulu te le dire; cet été, un peintre de Liége l'avait commencé, maintenant, il est fini. Mais voici déjà que chacun nous arrive. Braves gens! ils ne seront pas moins surpris que moi!

Et la comtesse, après avoir passé quelques secondes dans son cabinet, en sortit bientôt habillée de l'une de ses robes les plus riches. Pour qui connaissait la rigide simplicité de vêtements qu'elle affectait, ce changement avait lieu d'étonner, car madame de Praimont portait l'austérité des pratiques religieuses jusque dans l'ajustement de sa toilette. Une magnifique rivière de diamants l'attendait sur son écrin entr'ouvert; sa robe, de damas blanc, était garnie de volants de marcassite. Étendant sans doute jusque sur les modes de l'Empire sa haine enracinée contre le chef du gouvernement, elle avait l'air plutôt d'une grande dame sortant de Versailles que d'une châtelaine du pays de Liége; elle se fit poudrer et coiffer par ses femmes devant Arthur. Le jeune homme croyait rêver.

Le bruit de plusieurs voitures l'avait bien vite arraché à sa rêverie; il venait de descendre dans les jardins où, comme on vient de le voir, un splendide banquet attendait les voisins de la comtesse.

MM. de Guèves, le front morne, et l'air encore plus hautain que de coutume, ne paraissaient pas être dans le secret de leur mère; ils examinaient les conviés avec mécontentement. La présence du Breton à cette table amenait un rire nerveux sur leurs lèvres, et ils eussent vingt fois quitté la table sans la crainte de déplaire aux principaux de l'endroit qu'ils avaient intérêt à ménager. Tout d'un coup la porte s'ouvrit et l'on put voir entrer le bourgmestre donnant le bras à sa nièce.

Le front de la jeune fille était coloré d'une vive rougeur, car elle et son oncle se trouvaient alors en retard; il se fit bientôt un tel silence à sa vue que son trouble s'en augmenta; son cœur battit si fort que, sans les regards encourageants de la comtesse, elle eût été prête à s'évanouir.

Mademoiselle de Vanderneff était toute vêtue de blanc, et cette parure virginale convenait merveilleusement à sa figure; tout l'ensemble de sa personne en acquérait un charme véritable et imprévu. Un air d'étonnement naïf et doux brillait dans ses traits. Sans pouvoir s'expliquer à elle-même le désir de la comtesse, elle avait cédé à ce désir; mais dans cette aveugle soumission il n'entrait pas un seul calcul de coquetterie. MM. de Guèves examinaient avec attention cette jeune fille qu'ils voyaient pour la première fois; ils étudiaient en même temps le visage d'Arthur, dont la surprise égalait celle de Laure.

Pour David Lheureux, il s'inquiétait médiocrement du dépit concentré de MM. de Guèves; seulement il y avait en lui quelque chose de grave et d'attendri ce jour-là.

Il reportait souvent son regard de l'abbé d'Auspach à M. Van Hasberg, mais ces deux personnages gardaient une contenance impassible... Les autres acteurs de cette scène ne s'occupaient guère que d'une chose, — du déjeuner.

Vers la fin du repas, Laure se leva, elle avait saisi le bouquet attaché à sa ceinture, et elle le fixa elle-même au chapeau de David. Mille *vivat* joyeux accueillirent le remplaçant.

En ce moment la physionomie du Breton fût devenue pour un peintre un large sujet d'étude; il avait compris que c'était lui qui faisait ce jour-là les principaux frais du spectacle, et il s'étonnait au fond du cœur de voir une action aussi simple que la sienne transformée, par l'amour maternel de la comtesse, en une sorte d'héroïsme. Il est vrai qu'il entendait alors autour

de lui un bourdonnement sans égal de voix qui toutes avaient l'air de l'exhorter comme un condamné qui marche à la mort. Les revers terribles de la dernière campagne offraient un texte inépuisable à la loquacité ou à la crainte.

— Voilà un fier régal pour l'armée de Bohême! disaient les uns.

— Les Prussiens ne lui permettront jamais de revenir au complet!

— Les Autrichiens ou les Russes le verront tortiller de l'œil!

— C'est pourtant dommage! un gaillard de ce calibre!

— Taisez-vous, compère, ce n'est point un Liégeois!

Pendant tous ces discours, interrompus par le cliquetis des verres, le visage du Breton gardait une profonde immobilité. D'autres pensées agitaient alors son esprit, il se rappelait sa conversation avec l'abbé. Les paroles qui bruissaient autour de lui n'éveillaient en son âme ni repentir ni frayeur; il écoutait bien plutôt alors les battements du cœur d'Arthur, placé à côté de lui. Les yeux du jeune comte ne quittaient plus ceux de mademoiselle Vanderneff; il suivait le cours de ses mouvements les plus simples, comme s'il eût suivi le cours de quelque rivière limpide. Cette toile magique du cœur, que les amants se plaisent à colorer des plus divins traits, Arthur la retrouvait alors éclairée d'une lumière suave et tendre. Un trouble invincible et délicieux le dominait, il refoulait en lui toute idée de séparation et d'abandon. Tout ce qui s'était passé la veille, lui faisait l'effet d'un mauvais songe. Que lui importait après tout l'arrêt dicté par son père? cet arrêt lui défendait-il d'aimer? Il n'y a rien de si commun que de s'accommoder des religions en fait d'amour; Arthur se jurait donc à lui-même de chérir Laure comme une sœur bien-aimée. Les regards de sa mère semblaient alors appuyer ses espérances; ce n'était plus ce silence consterné de la veille qui l'avait tant effrayé, mais une indulgence empressée qui le rassurait. Que s'était-il donc passé? qu'allait-il advenir? Arthur et Laure l'ignoraient. Tout d'un coup madame de Praimont fit signe qu'elle voulait parler; le silence succéda aux conversations partielles. A la seule pâleur de la comtesse, il était visible qu'elle allait laisser tomber de sa bouche des paroles graves.

— Messieurs, dit-elle alors — en se tournant avec une effusion de mère vers ceux qu'elle comptait plus particulièrement pour amis, — ce jour est pour nous tous un jour de fête. Nonseulement j'ai tout lieu d'espérer qu'Arthur, mon plus jeune fils, sera exempté de l'horrible impôt que la tyrannie d'un seul homme fait peser sur nous, mais je dois vous annoncer aujourd'hui même une nouvelle qui éveillera dans vos cœurs de douces et profondes sympathies : M. le comte Arthur de Praimont doit être fiancé ce soir à la chapelle du château à mademoiselle de Valsen!

En prononçant ces dernières paroles, la comtesse s'était tournée vers mademoiselle Vanderneff. Une pâleur mortelle couvrait déjà les traits de Laure; elle allait chanceler, quand M. Van Hasberg la prenant elle-même par la main, la conduisit à madame de Praimont. La jeune fille se croyait en proie au vertige, elle suivit machinalement le bourgmestre.

— Mademoiselle de Valsen, reprit la comtesse, vous êtes la fille d'un brave et loyal gentilhomme. C'est une dette sacrée que j'acquitte ici, aidez-moi!

En même temps elle baisa au front mademoiselle de Valsen. Émue, palpitante, Laure ne pouvait trouver une parole; Arthur demeurait sous le poids de la même stupeur. La comtesse les entraîna bientôt tous les deux hors de la salle; l'abbé d'Anspach et le bourgmestre l'accompagnèrent. Madame de Praimont alla au-devant des interrogations pressées de celle qu'elle nommait déjà sa fille. Il fallut lui raconter le secret de sa naissance. Déposée à l'âge de deux ans chez le digne M. Van Hasberg par le médecin de Borchloen qui voulait s'établir en Allemagne, elle avait été reçue comme un véritable don du ciel par le bourgmestre qui, du vivant de sa femme, n'avait jamais pu obtenir d'elle un enfant. M. Van Hasberg avait résolu dès lors de la faire passer pour la fille de l'une de ses parentes morte en Suède; il lui avait donné le nom qu'elle portait. Les révélations de David Lheureux et les éclaircissements de l'abbé d'Anspach avaient fait le reste. Ces papiers de M. Valsen, adressés par lui, durant la terreur, au vénérable ecclésiastique, lui enjoignaient de veiller un jour sur l'enfant que sa femme portait dans son sein. La misère et la faim avaient sans doute poussé madame de Valsen hors du territoire d'Hasselt qu'elle habitait; elle gagnait alors la petite ville d'Huy, afin de se recommander elle-même de ses papiers près de M. d'Anspach, qui habitait déjà, comme chapelain, le manoir seigneurial de Lugues-Arches. La mort seule, on l'a pu voir, l'avait empêchée de donner à David des indications précises; la malheureuse n'avait pu que lui confier le dépôt qui l'intéressait, et dont il est probable qu'elle ignorait plutôt le contenu.

La surprise de Laure ne saurait se comparer qu'à sa joie en recueillant tous ces détails de la bouche de madame de Praimont. Cette union, à peine entrevue par elle dans le vague d'un rêve, allait se réaliser! elle apprenait à la fois qu'elle était noble et heureuse! Son cœur et son esprit succombaient à tant d'émotions; un moment elle se crut folle. La présence d'Arthur, son ivresse et ses discours empressés la rassurèrent. Il faut renoncer à peindre de semblables scènes; qui de nous à la vue de tout obstacle aplani, de toute alarme confondue, n'a senti s'élever en soi l'hymne triomphante d'un remercîment qui monte vers Dieu? Le rayon céleste qui tombe d'en haut sur les existences les plus froides et les plus brumeuses, dispose l'âme à la prière par un retour invincible. Arthur et Laure ne tardèrent donc pas tous les deux à se voir réunis dans la chapelle du château sous les yeux du brave abbé. M. d'Anspach avait donné sa bénédiction à des martyrs qui montaient journellement sur l'échafaud; il fut pris d'un véritable attendrissement devant ces deux jeunes têtes. L'empire succédait à la révolution, le crime avait cédé la place à la gloire, mais par quelles larmes, quel sang la nation se régénérait! M. d'Anspach redoutait presque autant l'héroïsme que l'anarchie; il connaissait à fond le caractère de son élève, il avait toujours craint jusque-là que le vent de la guerre ne le lui ravît. Cette union précipitée causait au bon prêtre une véritable agitation. Il avait été l'ami de M. de Valsen, il n'ignorait pas le sacrifice de ce dernier pour le père d'Arthur. Le ciel permettait que la volonté de M. de Praimont fût enfin accomplie; l'abbé allait bénir un mariage ratifié par Dieu lui-même. Il s'approcha de mademoiselle de Valsen avec un pieux respect, songeant sans doute à cette âme envolée, cette âme d'un frère généreux qu'il avait connu.

— Mademoiselle, lui dit-il alors d'une voix pénétrée, c'était au Seigneur à recevoir vos actions de grâces; je me trouve heureux d'être ici son humble ministre. Je pourrai peut-être appeler avec plus de ferveur que tout autre les bénédictions du ciel sur vous; celles d'un vieil ami de M. de Valsen ne vous quitteront jamais! Dieu veillera sur vous et sur ce fils si cher à sa mère. J'ai assisté, mademoiselle, à bien des scènes lugubres et désolantes dans ma vie, le ciel m'en réservait ici la récompense. Ce soir, à minuit, je dois vous marier dans cette chapelle; jusque-là vous êtes au monde et à votre nouvelle famille.. ajouta l'abbé en se tournant vers madame de Praimont. Votre père avant de mourir songeait déjà à me confier un soin de votre bonheur, moi, je vous confie le bonheur de mon élève! En me séparant de lui après avoir rempli ma tâche jusqu'au bout, je craindrais trop le pouvoir des souvenirs. Madame la comtesse donne à ma vieillesse un asile assuré dans ce domaine; de la sorte, je n'aurai perdu aucun de mes enfants. « Espérez, croyez, aimez; la religion se résume en ces trois mots. »

L'abbé d'Anspach se tut; cette exhortation simple et touchante amenait dans ses yeux des larmes d'attendrissement. Des soupirs contenus qui partaient du point le plus éloigné de l'autel vinrent lui prouver qu'il avait été compris. C'était David Lheureux dont l'oreille écoutait alors avidement chacune des paroles consolatrices. Le Breton avait retrouvé sa foi devant l'humble prêtre; il se souvenait du Bocage et de ses jeunes années. Avec une modestie pleine de joie, David se tenait là agenouillé pieusement à l'entrée de la chapelle; lui, le principal acteur de ce drame, il reportait ses regards émus d'Arthur de Praimont à mademoiselle Laure de Valsen. A voir la contenance recueillie de cet homme, son aspect sévère, ses muscles d'acier, et par-dessus tout, ce sentiment de l'abnégation personnelle qui perçait en lui, on eût dit vraiment d'un stoïque des anciens jours; quelques rides furtives ne prouvaient que trop son duel incessant et soutenu contre la misère. Il considérait ces deux enfants avec un œil attendri, s'avouant à peine qu'il était devenu l'instrument de leur bonheur. Pour un analyste des faits, cette classe d'hommes forts qui continuèrent, par l'obéissance passive à Napoléon, l'héroïsme des résistances, mérite à coup sûr la patience de l'examen. En 94, David avait vingt et un ans; il était Breton, il maniait les armes de bonne heure. Comme un diamant brut, il fut manié tour à tour par vingt généraux vendéens; mais dans une guerre de parti, tout le monde se distingue. Aux fatigues du corps il joignit bientôt celles de l'esprit; sa mère était infirme, et la pauvreté l'obligeait à fuir son sol avec elle. La stérilité de sa condition dans le pays liégeois, l'espoir de se distinguer, et surtout la joie de conserver Arthur à sa mère, venaient de le repousser violemment vers ses premières idées de jeunesse; il allait de nouveau se faire soldat. Aucun lien ne le retenait au pays, aucun, si ce n'était l'avenir de sa pauvre mère; mais cet avenir, la reconnaissance de madame de Praimont et de son fils l'assurait. Chose étrange!

nulle femme n'avait fait battre jusqu'alors le cœur de David, soit qu'il n'y ait des cœurs simples et généreux qui s'ignorent comme valeur, soit plutôt que dans ces fils de la Bretagne l'image de la mère patrie occupe seule une place. Dans ce sang, fait pour arroser quelque bruyère ou quelque village repris par les bleus, David Lheureux trouvait du reste tout le secret de sa force; l'organisation physique produit souvent le courage. Indifférent à l'amour, il se désolait intérieurement de n'être bon à rien. — Ne vous désolez pas, venait-il de dire à de jeunes conscrits qui pleuraient, je me ferai tuer pour vous! — Et c'est ainsi que l'orgueil d'une mort prochaine défendait ce noble cœur contre les larmes du faiblesse et du départ. Avec une pareille volonté, on croit toujours; aussi en ce moment même David se présentait bravement et chaleureusement à Dieu comme s'il eût eu affaire à son capitaine.

La présence du Breton dans la chapelle produisit un retour amer sur les pensées joyeuses du comte et de sa jeune fiancée; il se dirigea vers lui et tendit la main à David avec effusion. Midi sonnait alors à l'horloge de la ville; il ne restait plus guère qu'une demi-heure au remplaçant pour embrasser sa mère et s'éloigner. Il partit bientôt, non sans avoir reçu de la comtesse un témoignage touchant de sa délicatesse et de sa bonté; une voiture de poste l'attendait au perron de la cour d'honneur, et dans cette voiture se trouvait son intendant. Le premier acte de cet homme fut de lui assurer une pension de deux mille livres que madame de Praimont s'engageait à payer à la mère de David, jusqu'à ce que ses infirmités la forçassent de chercher retraite dans un hospice. En s'éloignant de Lugues-Arches, le cœur du Breton se serra; Arthur et Laure l'avaient tenu longtemps embrassé... Dans la nuit il devait être rendu à Metz pour attendre en cette ville le passage de l'empereur. . . . . .

. . . .

Le reste de la journée s'écoula silencieusement à Lugues-Arches; les convives de la comtesse l'avaient quittée, il ne demeurait plus que les témoins indispensables à l'acte qui allait s'accomplir à minuit. Laure et Arthur se virent fiancés dans la chapelle du château; messieurs de Guèves seuls n'assistaient point à cette cérémonie. Leur dédain caché pour mademoiselle de Valsen, qu'ils s'obstinaient à nommer entre eux une intrigante ou une étrangère, ne pouvait échapper à madame de Praimont; elle ne descendit pas envers eux à l'amertume des reproches.

— Je n'ai qu'un fils, dit-elle seulement à l'abbé d'Anspach, bénissez-le!

A cette consécration solennelle du lien le plus auguste, mademoiselle de Valsen parut tout d'un coup une autre femme... Ce n'était plus la timide jeune fille de la veille; cette auréole sainte qui donne aux vierges la fermeté pieuse et le courage était descendue sur son front. Tout en donnant une larme à David, Arthur se félicitait d'un sacrifice qui assurait son espérance la plus chère. La messe de mariage célébrée, tout le monde se retira.

Appuyée au bras du jeune homme, mademoiselle de Valsen gagna bientôt la chambre nuptiale... On n'entendit plus dans le vaste domaine que le bruissement onduleux des arbres du parc, ou quelques chants perdus de bateliers sur la Meuse. Laure compta longtemps chaque lumière du château qui s'éteignait aux vitres noirâtres; elle contempla une dernière fois la flèche du couvent des Dames-Nobles, et la ligne d'ormes verts qui gardaient encore ses confidences. C'était en ce lieu qu'elle avait connu Arthur; ce souvenir faisait palpiter son cœur de colombe. La lune parut alors, la lune qui la fit plus blanche qu'un lis aux regards épris du jeune homme. Une indéfinissable expression de bonheur se répandit sur ses traits; il était à elle, à elle pour la vie! Que lui importait la malignité jalouse de MM. de Guèves? entre l'amour de Laure et celui de sa mère, il se sentait rassuré. La contemplation de cette admirable figure le retint longtemps rêveur et comme ébloui sur le balcon de l'appartement où tous deux ils étaient alors appuyés; ce balcon regardait le fleuve.

Tout d'un coup la silhouette agile d'une barque se détacha sur la nappe phosphorescente de mille rides d'argent. Aux clartés de la lune, Arthur vit distinctement deux hommes: l'un en manteau, se tenait debout à l'arrière, l'autre poussait l'esquif à coups pressés d'aviron. Il devenait difficile de reconnaître les traits du passager, car, en ce moment même, la barque atteignait la rive. L'homme fit signe au batelier de l'attendre, et il sauta à terre lestement.

La cloche du château de Lugues-Arches retentit bientôt, et il y eut un bruit de pas vers l'appartement de la comtesse de Praimont.

VII

La comtesse était agenouillée devant son prie-Dieu. Sa surprise fut profonde en reconnaissant, à pareille heure, dans le visiteur inattendu qu'on lui annonça, M. Hector-Cincinnatus Bormans.

M. Bormans, avec qui nos lecteurs ont pu faire connaissance au début de ce récit, ôta d'abord son manteau couvert de poussière, et laissa bientôt voir à madame de Praimont son nouvel habit de fournisseur. M. Hector-Cincinnatus Bormans n'avait pas trop présumé de la fortune, elle venait de lui être fidèle. A peine arrivé à Metz il y avait trouvé sa nomination.

— Me voilà ! fit-il en se regardant à l'une des glaces avec complaisance, je suis venu, j'ai vu, j'ai vaincu ? C'est-à-dire, madame la comtesse, que, dans mon impatience, mon zèle, je n'ai pas même eu le temps de quitter ce costume, je me suis contenté de jeter un manteau sur mes épaules ! Les vrais serviteurs de l'État sont faits ainsi. Je viens, de la part du préfet, apporter moi-même une lettre timbrée de Paris, à M. le comte Arthur, votre fils. On m'envoie ici en courrier extraordinaire...

— Donnez, monsieur, donnez vite, répondit la comtesse sur un ton de hauteur et d'impatience. Je me rappelle votre nom ; n'est-ce pas vous qui vous rendîtes acquéreur, en 93, d'un bien que mon second mari, feu M. de Praimont, possédait en France ?

— Moi !... oh ! madame la comtesse veut peut-être dire mon homme d'affaires, reprit M. Bormans, évidemment contrarié de la question.

— Peu importe, j'attends vos dépêches, monsieur.

— Permettez... madame... balbutia l'ex-marchand de fers ; mes ordres sont précis, je ne puis m'en écarter. C'est à M. Arthur seul... c'est entre ses mains propres... que je dois remettre cette lettre timbrée du ministère de la guerre et que le préfet m'a confiée. Il faut que je regagne Metz à toute bride ; l'empereur y arrivera demain soir... Je n'ai que le temps... Veuillez faire en sorte que je voie monsieur votre fils.

— Impossible à cette heure, monsieur, la cérémonie qui a eu lieu à la chapelle du château vient à peine de finir... Ce n'est pas un jour de noces...

— Comment ! monsieur votre fils est marié ! marié déjà, et aujourd'hui même ? reprit M. Hector Bormans qui, jusqu'alors, regardait le jeune comte comme un enfant. Je vous en félicite, madame la comtesse. Qui sait ? je lui apporte peut-être une bonne nouvelle... Mais, encore un coup, je dois abréger cette entrevue. Monsieur le préfet, qui a la plus grande confiance en moi, m'a recommandé de lui rapporter une réponse...

— Mon fils est près de ma chambre. Mademoiselle Vanderneff... je me trompe, mademoiselle de Valsen a besoin de ménagements, monsieur. J'ignore le contenu de ce paquet officiel, mais je ne puis permettre qu'on alarme déjà celle que j'ai choisie pour fille...

— Mademoiselle Vanderneff !... mademoiselle de Valsen ! répéta le fournisseur hébété de surprise et étouffant de dépit : que veut dire ceci ? Quoi ! mademoiselle Vanderneff... Laure Vanderneff, en un mot... viendrait d'épouser monsieur votre fils ?

Un sourire dédaigneux fut la seule réponse de la comtesse. Elle tourna le dos au malencontreux courrier qui venait de tomber en soupirant dans un fauteuil. En proie à la plus cruelle stupeur, l'infortuné cousin de M. Van Hasberg laissa rouler à terre sa dépêche. Madame de Praimont s'en saisit rapidement et en brisa les scellés.

— Arrêtez, madame la comtesse, arrêtez ! s'écria M. Bormans à qui cet acte imprévu rendit la parole ; ne violez pas un secret d'État. Miséricorde ! je serais destitué !

Mais la comtesse imposa silence à M. Bormans. Elle connaissait déjà le contenu de ces papiers, quand, aux cris du fournisseur, Arthur apparut sur le seuil de l'appartement.

— Qu'est-ce donc, monsieur, et que voulez-vous à madame la comtesse ? demanda-t-il à M. Bormans.

Une pâleur extrême couvrait les joues de madame de Praimont ; elle se soutenait à peine, et on eût dit que la vie l'avait quittée... La frayeur s'empara d'Arthur ; il courut vite à sa mère. Madame de Praimont avait lu ; mais, par un effort machinal, elle voulait encore relire et se convaincre... Éperdue, haletante, elle avait peine à contenir les soupirs pressés qui venaient gonfler sa poitrine. Arthur ouvrit la fenêtre.

Pour M. Bormans, il voulait sonner, il voulait appeler les domestiques, mais surtout il voulait sortir ; Arthur le contint d'un coup d'œil impérieux.

— Qu'y a-t-il donc dans cette dépêche, demanda-t-il à sa mère.

La comtesse ne répondit pas ; elle se contenta de passer la lettre au jeune homme. La lettre était fort simple ; elle était écrite de la main du préfet, et servait d'enveloppe à un autre papier scellé du sceau de la guerre ; ce papier était un brevet de *garde d'honneur*.

Le préfet engageait M. Arthur de Praimont à se trouver à Metz le lendemain ; la cour de l'Hôtel de ville était le lieu désigné pour le rassemblement du régiment.

Le premier régiment devait se réunir à Versailles, le second à Metz, le troisième à Tours, et le quatrième à Lyon (1). Dès le 1er mai ces différents corps étaient regardés comme disponibles.

Il convient de dire ici quelques mots au sujet de cette organisation d'*élite*.

La guerre de 1813 intéressait les peuples dans une grande querelle européenne ; il importait à Napoléon de réparer ses échecs et d'effacer le souvenir de Moskow. La levée de trois cent mille hommes le garantissait à peine à l'abord de la campagne, car sur cet immense nombre d'hommes il n'y avait que les cent mille des cohortes du premier ban qui fussent disponibles, et il fallait au moins trois et même quatre mois pour mettre le surplus des levées en état d'entrer en campagne, les armer et les instruire. Dans un tel état de choses, Napoléon ne pouvait commencer la guerre qu'avec des forces à peu près égales à celles de l'ennemi ; c'est ce qui le fit recourir à de nouvelles levées (2). Mais ces combinaisons hâtives ne révélaient que trop l'épuisement de l'armée française ; cet entassement indigeste de forces amenait sur le théâtre des opérations militaires des recrues à peine disciplinées. Dans cette dernière classe, il faut bien, pour être impartial, ranger les *gardes d'honneur*.

Tous ces jeunes gens étaient des fils de famille que le décret impérial, décret formulé à la turque, arrachait brutalement de leurs foyers. A l'exception des infirmités qui les eussent rendus impropres au service, tous devaient marcher et obéir aux listes formées par les préfets de Napoléon. Le décret du 5 avril 1813 mentionnait spécialement « les membres de la Légion d'honneur et leurs fils les chevaliers, comtes et ducs (3). » Les gardes d'honneur étaient tous officiers de droit. L'équipement était à leurs frais ; leur habit, leur cheval, qui souvent ne leur coûtait pas moins de trois mille francs, les regardaient comme achat.

Les ruses ordinaires à l'aide desquelles ils avaient jusque-là évité la conscription, taquinaient le despotisme ombrageux de l'empereur ; il avait résolu de triompher de ces résistances partielles que les mères couvraient de leur protection inquiète. Ainsi, enrôlés sans la moindre étude militaire, remplaçant la prudence par la folie, la science par le courage, ces brillants conscrits, que Bonaparte appelait des *mirliflors*, se trouvaient, par le seul aveuglement de sa volonté, dévolus d'avance à de sûres boucheries. Après la sanglante campagne de Moskow, ils allaient subvenir à cette autre guerre qui menaçait d'engloutir Napoléon.

Et cependant tel était encore, dans ce temps-là même, le prestige invincible de cet autre Cromwell choisi par Dieu, que dans ces jeunes cœurs fermentait déjà l'ambition des Condé et des Turenne ; à vingt ans on était alors général ; une ligne de bulletin donnait la gloire. Peu importait à ces imprudents les larmes d'une mère, la ruine d'une fortune, ils ressemblaient presque tous à ces léopards de Numidie qu'on enivrait de raisin pour leur faire traîner un char sur la poudre du Méandre. Inconcevable époque que celle où la France, qui devait tous ses maux au génie d'un homme, se faisait l'instrument de son malheur ; jours marqués, inouïs que ceux où un impôt de quinze cents millions remplaçait le chiffre des quatre cents millions que payait la France sous ses rois ! Mais les desseins du Maître absolu qui régit les maîtres du monde sont couverts d'un voile impénétrable ; le sang féconde les enseignements donnés aux peuples. Entre l'oppression et le triomphe, entre les héros et les victimes, ce siècle roulait alors une onde encore rougie des fureurs sanglantes de Carrier et des proscriptions de Robespierre ; sa lente épuration continuait.

En parcourant le brevet joint à la lettre, le front d'Arthur s'était couvert d'une sueur glacée : il ne put trouver une parole... Plus d'une fois il avait entendu parler de ce mode nouveau de réquisition dont l'amour-propre de quelques jeunes fous était flatté, bien qu'en réalité cette conscription d'*élite* ressemblât à l'autre. Peut-être même, en un tout autre moment,

---

(1) Art. 8 du décret relatif à l'organisation de quatre régiments de gardes d'honneur (*Moniteur* de 1813, 5 avril).

(2) Guerre d'Allemagne (*Victoires et Conquêtes, Désastres et revers des Français*, tome XII, p. 2).

(3) Décret cité plus haut.

2

Se fût-il laissé prendre comme beaucoup d'autres à la seule séduction de l'uniforme ; mais à deux pas de la chambre nuptiale et devant le visage altéré de sa mère, il frémit, il hésita.

En effet madame de Praimont laissait percer sur chacun de ses traits une haine longtemps contenue ; son premier mouvement l'avait portée à déchirer le brevet, mais un pareil acte d'exaltation et de mépris fût retombé sur Arthur. Or, on le sait, elle aimait ce fils plus que sa vie. Sa seconde pensée fut d'avertir MM. de Guèves ; peut-être l'un d'eux consentirait-il à prendre la place d'Arthur et à se présenter lui-même à l'empereur. Mais le brevet était nominatif, mais les souvenirs de la veille dissuadaient la comtesse de cette démarche..... Elle se replia bientôt sur elle-même avec un sombre énergie, ne s'inquiétant en aucune façon de la présence de M. Bormans, et laissant échapper seulement de temps à autre quelques paroles saccadées.

— Oui, murmurait-elle, les temps sont venus, j'irai ! Je lui parlerai à cet homme qui lui aussi a une mère... Il faudra bien qu'il m'écoute... Le tigre ! me prendre mon enfant ! celui-là ! le seul que j'aime ! Ah ! si quelque jour il doit mourir assassiné... ce sera par moi ! Mais il n'y a donc aucun moyen de lui échapper ! J'étais bien jeune quand on me fit voir les oubliettes de ce château ; c'était M. de Guèves qui m'y conduisit alors, une torche en main... Si j'y cachais mon trésor ! On prétend que, dans les anciens jours, les seigneurs de Lugues-Arches avaient enfoui leur or dans ces ruines ! Quelque légende, allons.. et rien de plus ! Il les ferait fouiller ces souterrains, il saurait bien découvrir la retraite d'Arthur ! N'a-t-il pas enlevé des enfants à toutes les mères ? quelle mère a-t-il écoutée ? Et le duc d'Enghien, à qui il a refusé un prêtre, et le saint pontife humilié, torturé par sa lâche ingratitude ! Qu'attendre d'un tel homme ! mon Dieu ? C'est égal, le sort en est jeté, j'irai ! je lui parlerai... oui, je pars ; je pars ce soir même avec Arthur !..

Et la malheureuse étreignait de son regard désolé ce fils sur lequel reposaient ses espérances ; elle ne pouvait croire encore que le ciel, tant de fois désarmé jusque-là par elle, lui refusât son concours. Cependant le temps pressait ; M. Bormans, rassemblant ses forces, d'un seul coup s'était levé.

— J'attends votre réponse, balbutia-t-il en se tournant vers Arthur.

— Je vous suis, Monsieur, répondit le jeune homme ; veuillez ordonner vous-même que l'on prépare mes chevaux.

— Nous te suivrons tous ! s'écria la comtesse avec une résolution froide et calme ; la place d'une mère est aux côtés de son fils ; marchons !

— Et Laure, ma bonne mère ?

— Laure viendra avec nous ; peux-tu croire qu'elle aura moins de courage que ta mère ?

Ces mots furent prononcés avec une assurance si touchante, que des larmes furtives se firent jour dans les yeux d'Arthur ; il s'éloigna précipitamment en faisant signe à M. Bormans de l'accompagner.

Montrant alors à sa mère la chambre où reposait Laure :

— Préparez-la vous-même à ce départ, bonne mère, ajouta-t-il avec un soupir étouffé. Je vous la recommande, c'est ce que j'ai de plus cher au monde après vous !

Une demi-heure après la berline de madame de Praimont était attelée, elle suivait la route de Metz. Les deux femmes occupaient le fond de cette voiture, M. Bormans et Arthur les devants. Le nouveau fournisseur ressemblait à un homme à moitié ivre ; sa stupeur profonde ne lui avait pas permis de refuser l'offre de la comtesse. Recommencer d'ailleurs cette route mortelle en courrier, l'épouvantait, lui qui n'était guère fait à la fatigue. Dans la politesse forcée de madame de Praimont, il entrait peut-être un secret espoir. M. Hector Cincinnatus Bormans était devenu un personnage important, il pouvait lui être utile. La comtesse et Laure ne purent, grâce à la nuit, surprendre le sourire de satisfaction vengeresse qui se répandit bientôt sur la physionomie du fournisseur dont l'hymen d'Arthur ruinait les espérances. Placé près de mademoiselle de Valsen, il pouvait à loisir se repaître de sa douleur, et puiser dans le malheur de cette famille une sorte de consolation basse et cruelle. Enrôlé sous les drapeaux, non comme militaire, mais comme bourgeois, il calculait déjà les chances établies entre lui et son rival. Selon toutes probabilités, il reviendrait, lui, de cette campagne, mais Arthur serait-il aussi heureux ?

En abandonnant ainsi au milieu des ténèbres les plus profondes le manoir de Lugues-Arches, la comtesse avait senti son cœur se serrer doublement, car MM. de Guèves n'étaient pas même sortis de leur chambre malgré la nouvelle de ce départ nocturne.

Et cependant ils étaient debout tous deux ; madame de Praimont avait même entrevu leurs ombres à travers les rideaux de l'appartement qu'ils occupaient.....

Navrée de douleur, éperdue, la comtesse baignait de larmes les mains de son fils, sur l'épaule duquel s'appuyait la tête de Laure.

Arrachée ainsi du lit nuptial, la blanche mademoiselle de Walsen ressemblait à l'une de ces fiancées de marbre des ballades allemandes ; elle n'avait laissé échapper aucune plainte. En revanche, des larmes silencieuses tombaient comme autant de perles défilées sous les anneaux de sa blonde chevelure ; le bruit léger de son souffle passait sur le front et les mains d'Arthur qui trouvait à peine la force de la consoler.

L'équipage, attelé de quatre chevaux, allait avec la vitesse du vent. L'or et le vin furent prodigués partout aux postillons, tant la comtesse avait hâté de ne pas manquer le passage de cet homme qu'elle n'avait pas encore vu, et qu'elle ne connaissait encore que par la douleur et la haine. Plus d'une fois, sur la jetée unie de la route, elle tressaillit à la seule idée que son fantôme passait devant elle, immobile, les bras croisés..... L'abord d'un pareil maître eût glacé le courage au cœur de toute autre femme, plus d'une eût fait tourner bride à ses chevaux, mais pour madame de Praimont cette entrevue portait en elle tous les caractères d'une lutte austère et sainte. Bien des fois elle invoqua ce Dieu qui dispose à son gré des conquérants et des batailles, bien des fois elle se cramponna de ses deux mains à ce manteau d'empereur où elle croyait voir du sang....

Le soir était venu quand la voiture s'arrêta devant le portail de l'Archevêché de Metz.

VIII

Parti de Paris le 15 avril 1813 à quatre heures du matin, Napoléon devait passer la journée du 17 et du 23 à Mayence, pour continuer de là sa route sur Erfurth. La halte qu'il faisait à Metz avait donc une rapidité certaine, aussi tout dans la ville n'était-il que tumulte et presque désordre aux alentours de l'Archevêché.

Nos quatre voyageurs eurent peine d'abord à percer les groupes échelonnés sur la place ; mais l'archevêque n'eut pas plutôt appris l'arrivée de la comtesse qu'il envoya un de ses gens...

A travers mille détours, cet homme conduisit bientôt madame de Praimont dans une vaste pièce formant la salle à manger de l'archevêque. Un nombre assez grand de couverts se trouvait disposé sur une longue table. La boiserie qui entourait ce lieu était nue. Un portrait du pape Pie VII, faisant face à un crucifix d'ivoire, fut le seul décor que l'œil de la comtesse y rencontra. Le secrétaire de l'archevêque ne manqua pas de faire valoir à madame de Praimont la faveur signalée d'assister au couvert de l'empereur : il n'y avait que six dames de la ville dont les cocardes et les bouquets tricolores fussent déjà prêts. A la vue de madame de Praimont, cet homme recula, il comprit bien vite qu'il s'était trompé ; la pâleur de la comtesse parlait pour elle..... Appuyée au bras de Laure, elle semblait devancer l'instant de cette entrevue. M. Bormans avait prétexté un motif d'absence ; il s'était rendu à l'hôtel des Trois-Couronnes pour y prendre son portefeuille.

Les trois acteurs de cette scène formaient alors un groupe dont le pinceau d'un homme tel que Scheffer eût tiré parti.

D'un côté, madame de Praimont, vêtue d'une longue robe noire, comme si elle eût déjà porté le deuil de son fils ; de l'autre mademoiselle de Valsen, conservant encore ses habits blancs de la veille et ayant à peine eu le temps de jeter une mante sur ses épaules. Entre ces deux femmes Arthur muet, impassible, voilant sa douleur sous un air de résolution, mais invinciblement ému chaque fois qu'il rencontrait ce regard d'ange levé par Laure vers le ciel. Au milieu de la salle, cette table préparée pour un repas officiel, ce portrait du pape et ce crucifix.

La porte de la salle s'ouvrit bientôt et donna passage à un quatrième personnage : c'était le préfet de la ville, que connaissait madame de Praimont ; il ne lui apporta que les consolations ordinaires en pareil cas. Tout d'un coup un bruit rapproché fit tressaillir la comtesse : c'était une députation de dames de la ville... toutes ornées d'écharpes et de cocardes aux couleurs du jour, toutes épinglées, parées comme s'il se fût agi d'une fête. Madame de Praimont les regardait encore quand Arthur lui demanda à quoi elle songeait ?

— Qu'il n'y a sans doute aucune mère parmi elles, répondit la comtesse avec un dédain altier, ou bien que ces mères sont heureuses !

Un coup de canon annonça l'arrivée de l'empereur ; des cris et des pas se firent entendre.

Napoléon entra escorté de l'archevêque et des principaux de la ville qui étaient venus le recevoir ; les ordres étaient donnés pour que la réception n'imprimât aucune lenteur à la marche. A peine entré, l'empereur s'assit, mangea vite et sobrement ; ce fut l'affaire d'un quart d'heure. Pendant cette rapide collation, les fenêtres de la salle ayant été ouvertes, l'empereur put voir les conscrits agitant sur la place leurs chapeaux enrubannés.

La précipitation de la route et une sorte de préoccupation rêveuse imprimaient alors un air de fatigue à tous ses traits ; la vue des nouvelles troupes le rassura.

— Bien, très-bien, Monsieur, dit-il au préfet qui causait alors avec lui près de l'une des croisées, ces cadets-là vaudront bien leurs aînés de Friedland ! Mais quelle est cette dame, demanda-t-il en apercevant madame de Praimont qui fendait la foule pour l'aborder.

La comtesse tenait en main un papier ; arrivée devant l'empereur, elle le lui remit en s'agenouillant... Tout ce que le cœur d'une mère peut contenir de désespoir insensé, d'attente folle, éclatait dans le geste suppliant de la comtesse.

— Un placet ! encore un placet ! fit l'empereur en frappant du pied avec impatience. Ce n'est pas un placet, c'est le brevet d'Arthur. La malheureuse femme attacha ses yeux avec une angoisse poignante sur les yeux qui le lisaient.

— Eh bien ! qu'est-ce ? que me voulez-vous ? demanda Napoléon d'un ton brusque.

Puis s'apercevant que la comtesse était agenouillée, prête à défaillir, il reprit en lui faisant signe de quitter cette posture :

— Relevez-vous, Madame, remettez-vous. Vous êtes la comtesse de Praimont : votre fils se nomme Arthur. Pourquoi me rendre ce brevet de garde d'honneur ?

— Sire, répondit la comtesse, en faisant alors un effort inouï sur sa faiblesse, rendez-moi mon fils, rendez-le moi !

L'empereur tourna le dos à madame de Praimont ; il n'entendait pas pour la première fois le cri d'une mère. Rejetant alors son manteau de route sur ses épaules, comme un voyageur hâté, il fit un pas vers la porte de la salle... tout le monde le suivit.

Rassemblant ce qui lui restait de forces, madame de Praimont se traîna jusque sur les premières marches de l'escalier, et là, d'une voix à laquelle son amour donnait le plus pénétré des accents :

— Mais, Sire, reprit-elle, j'ai trois fils ; Sire, rendez-moi celui-ci ? Il a un remplaçant, je lui ai trouvé un remplaçant ! Si vous le prenez, je me tuerai !

— Madame, répondit l'empereur en s'arrêtant malgré lui, je sais fort bien ce que vaut M. votre fils, aussi en ai-je fait un garde d'honneur ! Je ne veux plus de mensonges, de ruses de mères ; partant, point de remplaçants. Pour vos deux autres fils, je me suis enquis de ce qu'ils valaient : aussi je vous les laisse.

Et il ajouta :

— Marchons, Messieurs !

Lorsque la comtesse revint à elle, après un évanouissement d'un quart d'heure, Laure de Valsen, entourée de quelques dames de la ville, se trouvait à ses côtés. Le roulement du tambour grondait encore comme un tonnerre éloigné... Madame de Praimont se leva et parcourut des yeux les personnes qui lui prodiguaient des soins ; tout à coup elle les poussa un cri délirant d'effroi, un cri de mère :

— Arthur !

Et en même temps les narines gonflées, le front pâle, les bras palpitants, elle cherchait son fils comme il l'eût fait une louve.

— Arthur est parti ! répondit mademoiselle de Valsen en sanglotant ; rien n'a pu le retenir.

— Parti ! s'écria la comtesse consternée ; parti ! quoi ! sans un adieu, sans un baiser !

— Il s'est élancé sur le cheval qu'on lui amenait... il a porté à ses lèvres le mouchoir que je tenais... en me disant : Laure, je vous confie ma mère !

— Ainsi plus de fils ! plus d'espoir ! murmura madame de Praimont dans l'égarement de sa douleur. Ah ! j'en prends à témoin l'image que voici, ajouta-t-elle en montrant le Christ, et aussi celle de ce vénérable pontife abreuvé d'amertumes par cet homme ; j'appelle sur la tête de Napoléon la haine, l'opprobre, le malheur ! Regardez-moi bien, vous toutes qui m'entourez, continua la comtesse en s'adressant à ces femmes pleines d'effroi ; écoutez-moi, je suis mère ! voici le verre où Napoléon a bu, que désormais pour lui le vin se change en sang, la terre en un roc qui le brûle ! Et quand ce voleur d'enfants et de couronnes aura accompli sa tâche, quand il aura épuisé

jusqu'aux dernières gouttes de notre sang, eh ! bien, qu'il soit alors brisé par Dieu comme ce verre !

Et de ses deux mains que le cristal ensanglanta, la comtesse broya le verre où l'empereur avait bu.

Épuisée par cette crise, elle retomba mourante sur les dalles ; ses gens la transportèrent avec peine à sa voiture.

Cependant Arthur n'était pas parti seul ; seul il n'aurait pu s'arracher à une pareille scène de désolation et de malheur. Une voix amie avait retenti à son oreille au moment où son courage allait faiblir ; cette voix était celle d'un homme qu'il estimait et chérissait déjà comme un frère.

— Vous voyez, monsieur le comte, fidèle au poste !... On n'a pas voulu de moi pour votre remplaçant, mais vous êtes garde d'honneur, et vous avez dès lors le droit d'emmener un domestique ; de ce jour je suis le vôtre.

Et David Lheureux avait aidé le jeune homme à enfourcher un cheval : il le suivait, lui, dans l'un des fourgons où se trouvait aussi M. Bormans.

IX

Dix mois après cette scène, par une belle matinée de septembre, un vieillard et une jeune fille parcouraient silencieusement les allées du parc de Lugues-Arches : le vieillard était l'abbé d'Anspach ; la jeune fille était mademoiselle Laure de Valsen.

Une tristesse profonde avait de bonne heure altéré le frais visage de Laure, elle portait le deuil d'Arthur dans son cœur et sur son visage ; vous eussiez dit d'une jeune et belle veuve. Les félicités de l'hymen n'avaient été pour elle que le plus cruel des songes ; au réveil elle avait trouvé la douleur et l'isolement. Cette horrible séparation avait d'abord fait craindre pour la raison de la jeune fille : un instant on la crut folle. Mais Dieu, dont les desseins sont marqués, veillait sur ce doux et frêle roseau ; s'il avait permis que la tempête le courbât, il ne voulait point qu'il fût coupé. La jeunesse de mademoiselle de Valsen l'avait soutenue dans une pareille épreuve ; chaque jour elle espérait, et chaque jour passait sur ses espérances l'haleine de ce vent qui dessèche et qui tarit.

La première lettre qu'elle avait reçue d'Arthur, portait la date de Dresde ; le régiment dont il faisait partie venait d'entrer en campagne. Le jeune comte y parlait de son chagrin en termes si touchants, si vrais, que Laure avait conçu de cette lettre une joie presque orgueilleuse ; elle l'avait fait lire à madame de Praimont, et elle-même l'avait relue au moins vingt fois dans ses promenades solitaires. Ces nouvelles étaient datées du 25 mai ; d'autres lettres, écrites de Bautzen, de Reichenbach et du Hainaut, complétaient cette douloureuse correspondance. Puis, comme s'il se fût opéré un changement subit dans l'esprit du jeune homme, les lettres étaient devenues tout d'un coup plus rares, et ce silence obstiné avait porté au cœur de Laure le plus rude des coups. Les bulletins seuls lui avaient appris que le comte vivait ; en plusieurs affaires il s'était distingué ; mais ces brillants succès que lui révélait une gazette, Laure eût été si fière, si heureuse, de les apprendre de son époux ! A quoi attribuer cette modestie cruelle, ou cet oubli coupable ? à quel mauvais génie, à quel hasard désastreux ? Mademoiselle de Valsen, devenue madame la comtesse de Praimont, se perdait là-dessus en conjectures. Par instants elle frémissait à l'idée d'une rivale, et cependant elle était trop jeune pour prévoir l'indifférence, elle était trop belle pour n'être pas sûre de son mari.

Vainement le digne abbé représentait à mademoiselle de Valsen les mille obstacles qui entouraient son élève, l'amour impatient de la jeune femme trouvait aisément réponse à tout. Elle ne manquait pas de faire observer parfois à M. d'Anspach le soin minutieux que mettait M. Bormans à écrire à son cousin, M. Van Hasberg, le bourgmestre. A quoi l'excellent prêtre répondait avec une maligne bonhomie, qu'un fournisseur avait plus de temps à lui qu'un officier. Près de quatre mois passés sans nouvelles avaient tellement accru la douleur de Laure, que, sans le brave abbé elle eût endossé bien vite des habits d'homme et eût volé vers la frontière.

Il n'y avait peut-être au château qu'un seul confident qui sût ce qu'elle souffrait, et ce confident était l'abbé d'Anspach. Bien que la sympathie qui existait entre elle et sa belle-mère l'encourageât à confondre sa tristesse avec la sienne, Laure se trouvait presque à la gêne avec madame de Praimont ; elle avait compris que chaque douleur a son sanctuaire. Devant cet amour maternel si profondément blessé, Laure éprouvait une sorte de malaise et presque de honte à entretenir la comtesse de ses rêves de jeune fille, rêves à jamais évanouis !

Comme tous les maux qui résultent d'une crise subite, la

douleur de madame de Praimont avait d'abord été effrayante : l'abattement seul avait triomphé de l'irritation. A peine rentrée au château, la comtesse avait fait tendre de noir l'appartement qu'Arthur occupait encore la veille ; elle en avait laissé chaque objet à sa place ; seulement elle y avait établi son domicile. La jeune femme l'avait encore présente à la mémoire quand, le lendemain du départ de son bien-aimé, elle l'avait vue s'emparant avec une morne avidité de cette chambre déserte. Chaque jour le couvert d'Arthur était placé à la table de famille, comme s'il eût dû s'y asseoir : chaque jour l'abbé disait la messe à la chapelle pour l'absent. Tout ce qui avait été aimé ou protégé par ce fils chéri trouvait amour et protection près de la comtesse. La pauvre vieille mère de David Lheureux avait été recueillie par elle ; madame de Praimont lui payait non-seulement une petite pension, mais elle lui avait donné une chaumière située à l'extremité du parc et dont les volets verts se miraient aux flots de la Meuse. Brigitte, c'était le nom de la mère de David, avait donc un asile assuré pour sa vieillesse ; aussi quelle joie quand Laure venait prendre le lait chez elle au matin ! quel bonheur pour l'aveugle que celui de toucher les vêtements de la belle jeune femme ! car il n'était malheureusement que trop vrai, Brigitte avait complètement perdu l'usage de ses yeux, quelque temps après le départ de son fils...

Ce matin-là, mademoiselle de Valsen parlait précisément de Brigitte au bon abbé ; ils revenaient tous de déjeuner à ce qu'ils nommaient sa *laiterie*.

— Excellente femme ! disait Laure à M. d'Anspach, en lui montrant les feuilles sèches et jaunies qui jonchaient l'allée, elle ressemble aux chênes de ce parc. L'hiver peut les dépouiller, non les vaincre ; il peut rider leur écorce, mais ils sont encore robustes malgré les années. Brigitte espère toujours, et cette confiance en l'avenir, devrait nous faire honte, mon cher abbé. Cependant elle ne reçoit pas non plus de nouvelles de son fils ; même silence, même abandon ! En vérité, je m'y perds.

L'abbé ne crut pas devoir répondre ; il était accoutumé à ces plaintes que l'expression de mademoiselle de Valsen rendait encore plus touchantes. En effet si le ciseau d'un artiste eut dû un jour idéaliser la souffrance, il n'eût pu choisir un modèle plus vrai que la physionomie de Laure.

Cette douleur de la jeune femme formait un contraste profond avec la douleur violente et effrénée de la mère d'Arthur ; elle était devenue quelque chose de doux et de tendre, une mélancolie rêveuse comme celle de la pâle Ophélia. Un sourire mourant errait sur ses lèvres comme glisse sur la mer envahie d'ombres un rayon phosphorescent et furtif. Dans ses yeux pleins de larmes passait par instants une blonde et molle lumière. Cet adieu d'Arthur l'avait frappée dans sa vie, dans son amour, mais il y a dans toute douleur passionnée un charme bizarre de contemplation ; à se voir ainsi souffrante de bonne heure, la jeune comtesse relevait souvent la tête avec fierté.

— Non, s'écriait-elle, dans l'amertume de ses nuits, il doit nous revenir ! Dieu me l'a pris si vite qu'il doit me le rendre bientôt ! N'est-ce pas, l'abbé, poursuivait-elle alors en continuant avec M. d'Anspach sa promenade accoutumée, n'est-ce pas que le ciel exauce les prières de ceux qui souffrent ?

— Et de ceux qu'il aime, n'en doutez pas, chère comtesse. Votre histoire à vous n'en est-elle pas la meilleure preuve ? Vous accusez le ciel, ma bonne Laure ; mais oubliez-vous donc ce qu'il a fait pour vous ? M. de Valsen, votre père, a dû plus souffrir que vous, ô ma fille, quand il est mort sans avoir embrassé seulement une dernière fois votre pauvre mère ! Qu'est donc auprès de cela l'absence d'un mari ? M. de Praimont était aussi brave que M. de Valsen, Arthur suit les traces de son père ; Laure, songez un peu au chemin de douleur que votre mère a suivi. Voyez son calice, et soyez forte.

— Forte ! certainement je le suis parfois, mon père, auprès de vous, mais dès que vous me quittez toutes mes angoisses reviennent... ce lit nuptial, ce balcon où nous nous parlions Arthur et moi, ce parc dépouillé dont nous foulions, il y a six mois, les gazons verts, sont toujours ici les muets témoins d'un bonheur promis, d'un bonheur perdu si vite ! La résignation ! oh ! sans doute on la trouve au pied de l'autel où vous nous bénites, où vous priez encore chaque matin pour Arthur ; mais quand je ferais taire en moi les voix désolées qui m'assiègent, pourrais-je éviter un autre deuil ? Celui de la comtesse n'est-il pas de nature à me faire rougir du mien ? Depuis ces six mois le soleil l'a toujours trouvée debout, son livre d'heures à la main ; à ses côtés est le portrait de son fils, son lit est le sien, elle l'attend, elle l'appelle ! Nous sommes deux à le pleurer, et cependant chacune de nous semble jalouse de sa mesure de larmes. Ah ! que toutes deux nous pleurons un bien différent ! Quand cessera notre martyre ? je ne sais ! En attendant, vous devez être effrayé comme moi, n'est-ce pas,

de la consternation de la comtesse ? Ce matin je n'ai pu tirer d'elle une seule parole... Hier encore, n'avez-vous pas vu de quel air elle regardait MM. de Guèves à cette table où le couvert de son fils est toujours mis ? Ah ! je tremble à l'idée de son irritation contre eux ; après tout, ces deux gentilshommes sont ses enfants... Il est vrai qu'ils ont préféré leur propre sûreté à la noble joie de sauver leur frère, et c'est là ce que la comtesse ne saurait leur pardonner ! Aussi, depuis quelques jours l'un d'eux, le comte Raoul, parlait-il de s'éloigner, mais il n'en est rien, ce matin même ils font arranger pour eux la Tour du Diable... Et tenez, voici des ouvriers qui vont préparer sans doute leur nouvel appartement.

Et Laure indiquait du doigt à l'abbé plusieurs hommes qui se dirigeaient vers cette partie du château, qu'on nommait à Lugues-Arches, la Tour du Diable.

— C'est sans doute pour ne point gêner madame de Praimont qu'ils ont fait choix de ce lieu ? dit Laure à l'abbé. Brigitte me racontait l'autre soir à ce sujet une histoire ou plutôt une légende singulière...

— Laquelle ? demanda l'abbé en tressaillant. Il semblait que le seul nom de la Tour du Diable eût produit sur lui une impression d'effroi.

— Voici le fait, reprit Laure, et je m'étonne que vous, qui êtes depuis longtemps dans le pays, vous n'en ayez point entendu parler. Oh ! c'est impossible...

— Parlez toujours, chère comtesse.

— Mais c'est qu'il s'agit du diable !

— N'importe, qu'a-t-il de commun avec vous et moi ? répondit l'abbé en souriant.

— Vous saurez donc que vers le beau temps des croisades, et de ce château même, séparé par la Meuse de celui de Basoha, un beau cavalier partit un soir... hélas ! juste comme Arthur ! Il laissait bien à contre-cœur dans ces grands murs si froids et si tristes, une jeune et jolie fiancée du nom d'Agnès. Albert, c'était ainsi que se nommait le cavalier, avait deux frères aînés : le premier, Arnold, était d'un caractère dur et méchant ; le second, Ulric, bien que meilleur, était plein de folie et de jactance. Au lieu de protéger la pauvre jeune femme confiée à leurs soins à la suite du départ forcé de leur frère, ils oublièrent qu'elle était leur sœur, et résolurent tous deux de s'en défaire pour avoir les biens d'Albert et demeurer seuls maîtres du château. A cet effet, ils mandèrent un architecte, auquel ils enjoignirent d'élever la Tour du Diable que vous voyez. La tour en question devait faire face à l'autre que l'on appelle encore le Moutier, et il ne fallait pas moins de deux bons mois pour la construire. Quel fut l'étonnement des deux châtelains lorsqu'en revenant de la chasse le soir même ils virent la tour bâtie. Vainement appela-t-on de tous côtés l'architecte, il ne parut point, et l'on demeura convaincu dès lors que c'était le diable... Les vilains frères ne tinrent cependant nul compte de ce prodige, et ils conduisirent Agnès pieds et poings liés dans ce donjon ; mais on l'en vit sortir joyeuse et saine un jour après. Elle raconta qu'à peine entrée, un grand homme noir avait paru, lequel avait demandé aux deux frères qu'ils le payassent. — Et qui êtes-vous donc l'ami, avaient-ils demandé à l'inconnu. — L'architecte de la tour, répondit celui-ci, et comme je l'ai construite en un seul jour, je ne saurais me contenter d'un mince salaire. — Va-t'en au diable ! s'étaient écrié Arnold et Ulric furieux. — Venez donc avec moi, leur avait-il dit, et il les avait entraînés sous les parquets. Depuis ce temps, c'est toujours Brigitte qui parle, on a remarqué que ceux qui entraient dans cette tour mouraient dans l'année... Quel bonheur ! Arthur n'y a jamais mis le pied, il me l'a dit.

M. d'Anspach s'était pris d'abord à sourire, bientôt il devint pensif. Un souvenir éloigné traversait-il sa mémoire, ou bien partageait-il la naïve superstition des gens du pays ? Quoi qu'il en pût être, il se hâta de ramener au château la jeune comtesse. Dans ce court trajet, mademoiselle de Valsen remarqua à peine l'agitation de l'abbé ; en se retirant elle trouva madame de Praimont qui l'attendait.

Madame de Praimont était vêtue en grand deuil ; ses cheveux grisonnants, sa pâleur de tombe, tout, jusqu'au feu éteint de son regard, concourait à faire d'elle un vrai fantôme. Au premier abord, ce visage était glacé, il conservait le poli du marbre, les rides en étaient aussi déliées que des fils. Six mois avaient suffi pour opérer un tel changement, six mois d'angoisses, de perplexités, de douleurs soutenues, il faut se hâter de le dire, par la seule résignation pieuse de la comtesse. Elle serra la main à l'abbé d'Anspach et à Laure comme une femme qui en a fini avec les choses de la terre, ne leur demandant pas même s'ils avaient appris tous deux quelque chose d'Arthur, de la bouche de Brigitte, tant elle était sûre à l'avance de sa douleur, tant il lui semblait étrange qu'elle-même pût vivre.

Épuisée, vaincue par cette muette contemplation d'une autre souffrance, la jeune femme pleura.

La comtesse de Praimont lui montra le crucifix. Il y a des douleurs qui veulent esperer, celle de Laure était du nombre. En ce moment même un secret pressentiment l'assurait de la protection du ciel, elle ne se trompait pas, car on vit entrer l'aveugle...

Ivre de joie, Brigitte hâtait le pas. Conduite par un garde de madame de Praimont, elle avait quitté son toit, elle accourait, elle tenait une lettre de David ! À peine entrée elle la remit à l'abbé d'Anspach.

— Dieu veuille, ajouta-t-elle, que ces nouvelles calment votre cœur, madame la comtesse ! Le facteur m'a lu ce papier, j'en pleure encore ! Grâce au ciel M. Arthur et son compagnon de route sont en bonne santé ! Lisez, lisez plutôt, cher M. d'Anspach, c'est à vos prières que nous devons cette joie ! Mais comment se fait-il que mon pauvre David me parle d'autres lettres ? Aurait-on, mon Dieu, intercepté celles qu'il m'écrivait !

Et la pauvre Brigitte essuya ses yeux du coin de son mouchoir rouge. Madame de Praimont et mademoiselle de Valsen ne pouvaient parler tant la joie les étouffait. L'abbé lut ce qui suit avec le plus grand sérieux, malgré le style souvent grotesque du soldat.

Dresde, 31 août 1813.

« Plaisanterie à part, chère bonne mère Brigitte, je crois que tu fais exprès de ne pas me répondre. Ayez donc des mères dans votre famille ! A chaque lettre que je mets pour toi à la poste, je me dis : encore une qui va être détroussée en route ! Cependant, je suis pour le moins aussi exact à t'écrire que M. Arthur l'est à écrire à sa mère. Jarnidieu ! le brave maitre ! Nous pouvons dire que nous ne nous quittons pas plus que les cinq doigts de la main. Jusqu'ici je me suis broyé à t'envoyer le bulletin de nos santés, aujourd'hui, c'est bien d'autre chose qu'il s'agit ! En premier lieu, je suis destitué comme domestique. Tout cela par la volonté de l'empereur, ni plus ni moins. Tu sauras d'abord qu'il avait déjà marronné l'autre jour en nous voyant partir assez pomponnés et ficelés du quartier général. — Qu'est-ce que c'est que ça ? avait-il demandé à M. de Canouville, son écuyer calvacadour, en nous regardant avec sa lorgnette. Le régiment était lui-même comme un soleil. M. Arthur se tenait là avec son beau dolman vert, sa pelisse et son grand plumet, il faisait caracoler son cheval, qui ne vaut pas moins de six mille francs, et que nous avons baptisé du nom d'*Oscar* ; si mademoiselle Laure l'avait vu ainsi, et madame sa mère !... oh Dieu ! Bref, l'empereur a fait la question susdite. —Sire, répondit l'écuyer, ce sont les gardes d'honneur. —Il ne s'agit pas d'eux, je le vois parbleu bien, reprit-il alors ; mais quel est ce corps qui les suit là-bas, au bout de la rue ?—Sire, ce sont les domestiques de ces messieurs. Et en effet, ma bonne mère, c'était bien nous autres. J'avais ciré ma moustache et pris mon air brave, quand j'entends tout d'un coup l'empereur s'écrier : Allons, allons, que l'on mette tous ces chevaux-là dans le train, et que tous ces hommes, ajouta-t-il en nous montrant, servent désormais l'artillerie :... Tu penses au coup ; là-dessus une explosion de murmures. Les officiers se récrient, ils objectent l'achat dispendieux de leur équipement ; il y en avait qui se plaignaient d'avoir dépensé vingt mille francs. M. Arthur ne disait rien, lui qui en a bien, tu le sais, dépensé trente, il se contentait de me regarder d'un air moitié surpris, moitié chagrin.—Qu'est-ce que cela, reprend alors l'empereur ; des murmures ! Messieurs, continua-t-il, je veux des soldats et non une escorte. Qu'à l'instant même, ces *Messieurs*, et il appuya sur ce mot en nous désignant avec ironie, passent dans le train. » Quelle horreur ! reprirent plusieurs des nôtres qui servaient ainsi que moi de beaux et nobles maitres, nous incorporer malgré nous dans les houzards à quatre roues, les dragons de la culbute ! Nous verrons ! Eh bien, ils ont vu, on nous a séparés, séparés crânement, à l'instant même ! Juge un peu de ma douleur ! M. Arthur qui, n'est jamais allé au fourrage, va donc s'arguillonner, se boucler, et sangler lui-même Oscar ! Il me faudra ne le voir qu'à de rares intervalles, au milieu de la fumée et des bombes par exemple, et lui dire alors : pardon, excuse ! Et madame sa mère, madame la comtesse, que dira-t-elle, bon Dieu ! Mais c'était l'ordre ; il fallait me soumettre, vois-tu. Donc je baisai Oscar sur les naseaux, je serrai la main de mon pauvre jeune maître... je crois même avoir pleuré un instant sur cette main... Le quitter ! lui si bon, si généreux, si brave ! Mon cœur se fendait rien qu'à lui tourner le dos, j'eus autant aimé un éclat d'affût qui m'eût broyé les genoux ; enfin, ma bonne mère, pour t'abréger, me voilà servant le train, ni plus ni moins. Cependant la grande loterie allait se tirer, le lendemain était le 26, et je m'endormis en songeant à mon pauvre maître. — M. le

comte, lui disais-je encore comme s'il eût été là, c'est demain que je regrette de n'être pas derrière vous. Songez donc un peu, cinquantes bouches à feu qui vont s'avancer sur les retranchements de Dresde ! Dieu veuille que je vous rencontre près des palissades ou des faubourgs ; vous ne sauriez croire combien j'aurais de plaisir à vous épargner un coup de sabre d'un Saxon ou d'un Hongrois. En parlant ainsi, je le cherchais vainement des yeux, il n'était plus là, mais à sa place je voyais devant moi des fourgons du 25e et des canonniers. Mille-z-yeux! me dis-je, voilà de drôles de maitres à servir qu'on me donne-là. J'aimais bien mieux M. le comte et mon pauvre cheval Oscar. N'importe, prenons en dormant des forces pour le lendemain. Et je m'endormis rêvant à vous, ma bonne mère, à madame de Praimont, à mademoiselle Laure, que sais-je ? Un soldat, ça rève toujours, ça à tant à regretter, ça laisse derrière soi tant de bonnes et saintes choses ! Le matin en me réveillant je fus bien surpris de ne pas trouver mon propre cheval. On me l'avait, ma foi ! escamoté comme mon maître. On l'avait adjugé à l'armée, rien que cela. Nous devions suivre le train à pied, c'est cela qui s'appelle de l'agrément ! Enfin, le même jour, à quatre heures de l'après-midi, trois coups de canon donnèrent le signal de l'attaque. En peu de moments le feu devint chaud, je puis t'assurer qu'on y aurait fait rôtir tout le gibier de Lugues-Arches. L'artillerie ennemie nous force à évacuer les redoutes, le combat se porte aux retranchements des faubourgs. A quatre heures les boulets et les obus balayaient les rues de Dresde. Même pour un dur-à-cuire comme moi, qui avais fait la guerre en tirailleur dans nos landes bretonnes, c'était du soigné ! Juge un peu de ce que ce devait sembler à M. Arthur. Le pauvre enfant, me disais-je, il en voit de belles ! En disant cela, nous arrivions devant la redoute de Freyberg ; les sapeurs ennemis commençaient déjà à couper les palissades. Tout d'un coup je ne vis plus rien, j'étais blessé, oh ! un simple éclat, une contusion de rien... Le lendemain, le temps était affreux, la pluie tombait par torrents..... Les deux armées avaient passé la nuit dans la boue et dans l'eau, excusez du peu ! A la pointe du jour, je me retrouvais à mon poste. Tout d'un coup je vois..... oh ! je le verrai toute ma vie, un régiment français arrêté entre deux feux. C'était celui de mon maître, je reconnus l'uniforme des gardes d'honneur. Mais l'empereur veut donc les faire hacher comme des Russes, me dis-je alors, quelle infamie! En effet, il y avait derrière eux un régiment de cuirassiers avec ordre d'écharper le premier qui reculerait, et devant eux le 9e de dragons, rien que cela. —Ils me feront rendre ces deux pièces, avait dit l'empereur ; c'étaient deux pièces enlevées la veille à deux redoutes, et, perdues, disait-il, par la faute des gardes d'honneur. Là-dessus ils se battirent comme des déterminés depuis onze heures du matin jusqu'à midi et demi. C'était un vacarme à rendre sourd, une canonnade d'enfer était alors engagée sur toute la ligne. Les divisions de la jeune garde n'avaient pas cessé de pousser le corps de Wittgenstein et l'avaient acculé sur le corps de Chasteler ; il ne restait plus à nos ennemis que de se jeter sur de mauvais chemins. Alors j'entends crier autour de moi ; les voici ! Et je vis les gardes d'honneur à pied, dans la boue, emportant les deux pièces enlevées le matin, et les emportant sur leurs épaules! Parmi eux marchait mon maitre, mon maître à pied, sans Oscar ! Oscar avait été tué d'un coup de feu. Il y en eut trois cent cinquante de tués ; l'empereur donna onze croix en passant la revue le lendemain. Tu peux penser si M. le comte méritait bien ce bout de ruban! Le pauvre jeune homme ! je le vois encore les mains souillées de fange et de sang, sa pelisse déchirée, son shako fendu ; vingt-six pièces de canon parmi lesquelles il faut ranger ces deux-là, cent trente caissons et dix-huit drapeaux, c'est du crâne pour une entrée en campagne ! Va, je puis être séparé de lui, mais je ne le perds pas de vue. S'il fallait, vois-tu, l'emporter sur mon dos à travers une grêle de balles, je serais là, moi David Lheureux, ton brave fils, qui me moque pas mal d'étiqueter chaque matin mes os pour le service de l'empire. Mon véritable maitre à moi, c'est M. Arthur et non l'empereur ; aussi, patience ! je me réserve bien de le lui dire à la première rencontre. C'est comme à M. *Riz-Pain-Sel*, avec qui j'ai eu l'occasion d'en détacher l'autre jour. C'est sous ce nom agréable qu'on connait ici M. Hector-Cincinnatus Bormans, qui, en sa qualité de fournisseur, fournit pas mal aux chiquenaudes et aux quolibets. Depuis qu'il est chargé de nous approvisionner, il est devenu féroce ; il est d'abord jaloux de M. le comte ni plus ni moins qu'un chat-tigre. C'est que mademoiselle Laure lui tenait fièrement au cœur ; il prétendait l'épouser. Joliment ! un hibou pareil à cette colombe ! Il n'est sorte de mauvais tour qu'il n'ait cherché à jouer ici à mon maitre ; c'est un campin. Il ne faudrait pas qu'il entreprit contre nous la moindre chose ! mais c'est assez te parler d'un pareil homme. Sache donc que pour le présent quart d'heure M. Arthur va fort bien ainsi que moi. Il se plaint seulement de ne pas recevoir assez de lettres ; il est vrai que la plupart du temps elles s'égarent. Adieu, bonne mère Brigitte, j'avais sur moi, le jour de la bataille, le scapulaire breton que tu me donnas à Ploëuc. quand je n'avais que vingt ans ; j'espère bien qu'il ne tombera pas au pouvoir des Autrichiens. Je t'embrasse en te recommandant bien de me faire écrire par M. le bourgmestre.

« Ton fils pour la vie :

DAVID LHEUREUX, soldat du train. »

La lecture de cette lettre avait fait passer tour à tour madame de Praimont par une foule de sentiments opposés, l'ivresse et la crainte se partageaient tour à tour le cœur de la comtesse. Tantôt, comme si elle eût poursuivi de son regard un rêve adoré, elle croyait voir son cher Arthur revenant à elle avec tout le prestige de la victoire. Tantôt son cœur maternel se brisait d'angoisse au souvenir de cette séparation forcée de David et de son jeune maître. Rien ne présageait la fin d'une si cruelle campagne, mille périls, mille obstacles nouveaux les attendaient. Pourquoi d'ailleurs ne lui avoir pas écrit lui-même, pourquoi ce soin laissé à David ? M. Van Hasberg survint, il apportait des nouvelles toutes contraires. Cela était assez ordinaire du temps de l'empire, et surtout pendant ces misérables années de 1813 et de 1814, où les bulletins se contredisaient souvent (1).

Mais Arthur vivait, mais le fils de la comtesse, le mari de Laure était sauvé ! Madame de Praimont et Mademoiselle de Valsen remerciaient Dieu. Pour Brigitte, elle élevait vers le ciel ses mains ridées, elle pleurait aussi, car elle aussi était mère ! En ce moment un bruit de voix retentit au dehors, on eût dit des gens qui se disputaient. Laure ouvrit la fenêtre et aperçut bientôt plusieurs ouvriers qui semblaient menacer MM. de Guèves. D'étranges épithètes étaient prodiguées aux deux gentilshommes, mademoiselle de Valsen poussa un cri ; l'un d'eux venait de tirer son couteau de chasse.

— Arrêtez, monsieur, s'écria madame de Praimont que la rumeur venait d'attirer, ainsi que l'abbé d'Anspach, vers la fenêtre où s'appuyait Laure : voulez-vous commettre ici un assassinat ?

A ces paroles prononcées d'un ton de voix ferme, Raoul de Guèves remit promptement son arme dans le fourreau ; il s'achemina vers le perron avec son frère au milieu des cris et des murmures de la foule.

— Qu'est-ce donc, qu'y a-t-il ? demanda madame de Praimont à Raoul.

— Il y a madame, que l'on vient de nous insulter tous deux à plaisir, dit Raoul les dents entre-choquées par la colère ; l'un de ces misérables ouvriers a osé nous appeler lâches !

Un éclair de rage animait le regard de Raoul, il frappa du poing sur l'appui de la fenêtre...

Madame de Praimont devint pâle, mais elle ne répondit rien. Ceux qui assistaient à cette scène crurent devoir imiter le silence de la comtesse.

— Vous vous taisez, madame, reprit alors le fougueux Raoul, vous souffrez qu'on nous outrage ! si l'un de ces manants avait proféré cependant une pareille injure devant votre bien-aimé...

— Monsieur, répondit madame de Praimont, vous avez ici droit de justice ainsi que moi. Pour un gentilhomme, ajouta la comtesse avec ironie, c'est une insulte grave que celle d'un vassal, j'en conviens. Mais, prenez-y garde, la voix du peuple est souvent aussi la voix de Dieu !

— Ainsi, madame, vous approuvez ces indignes propos ! dit Henri.

— Descendez dans votre conscience, messieurs. Tous deux vous êtes jeunes, robustes, et tous deux cependant plus âgés que votre frère. L'un de vous pouvait s'offrir à sa place, tous deux vous avez reculé. Il vous suffisait pourtant de vos yeux pour voir mes larmes, ma douleur, mon désespoir ! Le plus jeune de mes enfants m'est ravi, je cherche vainement autour de moi mes autres enfants. Appellerais-je de ce nom des hommes cupides, égoïstes, des cœurs hautains jusqu'à la férocité, des fils en un mot qui n'attendent que ma mort et celle de leur frère ? Non, je vous connais trop bien. Vous Raoul, vous êtes en retard d'au moins trois siècles, vous ne comprenez que la loi qui émane de vous. Votre volonté voudrait tout faire plier sous son joug ; vous n'aimez, vous n'idolâtrez que vous. Avec toutes les apparences de la force, vous êtes sans élan et sans courage. Chasser à votre guise et battre vos valets de chiens, c'est là votre travail ! Vous n'aimez rien, pas même votre mère ;

quelle femme avez-vous jamais aimée ? Osez me dire le jour où vous reposiez votre tête sur un cœur attendri ! Non, les ravins à franchir, les braconniers à rouer de coups, les pauvres à conduire avec des paroles dures, voilà votre vie ! Je ne vous parle pas de vos devoirs envers Dieu, vous ne les connaissez pas ; mais vos devoirs envers votre mère ! Vous semblez calculer le peu de forces qui me reste, pour me donner chaque jour le spectacle de vassaux révoltés ou mécontents. L'image de votre frère Arthur n'est pas même présente à vos pensées, vous êtes indifférent à tout ce qui le touche. Quelle larme a jailli depuis six mois de vos yeux ? Et vous vous étonnez que dans ce moment même où vous imposez à mes gens une pesante corvée, celle de déblayer les ruines d'une tourelle inhabitée, ces gens réclament un équitable salaire ! Allez donc, farouche maître ! allez, superbe châtelain ! faites dresser un gibet pour qu'on y cloue l'insolent qui vous a appelé lâche ! Mais qui l'élèverait ce gibet ? aucun bras, aucun esclave. Vos serviteurs sont las de vos violences effrénées, ces hommes respectent le courage, mais la faiblesse et la pusillanimité leur font horreur.

Raoul baissa le front sous le poids de ces paroles ; la comtesse ressemblait alors à l'une de ces anciennes prophétesses devant qui les plus orgueilleux restent muets. Il éprouvait une amertume indicible à se voir ainsi jugé devant la femme de son frère et devant l'abbé d'Anspach. Mademoiselle de Valsen tremblait elle même en voyant la comtesse poussée ainsi vers les dernières limites de l'exaltation.

Madame de Praimont se retournant alors vers Henri, continua :

— Vous, Henri, vous ne ressemblez en rien à Raoul ; vos vices sont plus secrets, plus cachés, mais plus profonds. C'est la soif de l'orgueil et de la puissance qui dévore votre frère, vous c'est la soif de l'or. Le comte de Guèves, mon premier mari, vous a cependant laissé maître d'une grande fortune. Mais qu'est-ce que posséder pour un cœur avide ? il lui faut songer jour et nuit à acquérir. Vous tremblez, je le sais, de me voir disposer de tous les biens qui me restent en faveur d'un enfant qui est né moins riche que vous. Le malheur des temps frappa son berceau ; M. de Praimont, son père, serait mort guillotiné sans le plus noble des mensonges. Un gentilhomme se dévoua à la mort pour lui ; la fille de ce gentilhomme est maintenant la mienne. Vous êtes opulent ; Ahur et Laure, vis-à-vis de vous, sont pauvres. Mais au jour marqué par Dieu, quand je m'endormirai joyeuse encore de les bénir, n'est-ce point à eux que je dois songer avant vous ? Cette perspective, qui ferait la joie de tout autre, vous glace de crainte. Henri, écoutez-moi, je ne suis plus rien pour tous, rien qu'un chiffre classé, noté par votre mémoire ! La vue de l'or, votre seul Dieu, vous fait éviter la vue de votre mère ; qu'auriez-vous à lui répondre si elle vous demandait compte de vos désirs impies, de vos calculs sacrilèges ! Ah ! le ciel m'a bien punie Je n'avais qu'un fils, et ce fils m'est enlevé ; je vis au milieu d'ennemis, qui sont ses frères ! Croyez-vous, Henri, que j'aie oublié votre dernière prière ; vous me proposiez avec des larmes hypocrites de songer à mon testament ! Un pareil mot, monsieur, vomi par la bouche d'un fils, est une injure plus hideuse que celle qu'on vient de vous jeter ; un pareil mot ne peut sortir que d'un cœur fermé au plus noble, au plus saint de tous les amours ? Ne venez donc pas vous plaindre tous deux, vous qui mentez !

La voix de la comtesse vibrait alors ferme et grave, elle était pleine de solennité et de grandeur. Cette mère accusant elle-même son sang, rappelait une mère de Lacédémone. Les deux accusés se tenaient devant elle immobiles et confondus. Madame de Praimont se leva en jetant un regard sévère. M. d'Anspach et M. Van Hasberg la suivirent interdits.

Encore émue de la violence de cette scène, mademoiselle de Valsen se retirait quand elle rencontra les yeux de Raoul de Guèves. Une expression indéfinissable semblait alors métamorphoser tout l'être de Raoul ; il contemplait Laure avec une singulière avidité. La nouveauté de cet examen fut telle que la jeune femme n'osa d'abord se soustraire à la témérité de ce regard ; puis bientôt, éperdue, tremblante, elle regagna son appartement.

X

Plusieurs semaines s'étaient écoulées ; les habitudes particulières des acteurs de ce drame avaient subi pendant ce temps des modifications importantes pour notre récit.

Depuis quelque temps d'abord, Henri et Raoul habitaient la partie abandonnée du château qu'on nommait, nous l'avons dit, la Tour du Diable.

On était alors au milieu d'octobre, un feu clair et pétillant faisait resplendir la plaque d'armoiries de la cheminée. C'était

(1) Les deux armées chantaient souvent le *Te Deum* chacune de leur côté. Ainsi pour la bataille de Lutzen, 34 mai 1813.
Les Russes et les Français revendiquèrent également l'honneur de la bataille de Craone, les 6 et 7 mars 1814.

la chambre de Henri, il y travaillait courbé sur de longues colonnes de chiffres ; Raoul contemplait, à travers les vitres humides de rosée, le paysage imposant et romantique qui s'offrait à lui.

Les rochers qui bordent les deux rives de la Meuse se déployaient alors légèrement teintés d'une bande violette ; leurs formes étranges les faisaient ressembler à des tours fortifiées. En quelques endroits la nature elle-même semblait s'être complue à imiter sur leurs faces crayeuses les ornements de l'architecture gothique. Des pans de ruines donnaient ici l'idée d'un château, plus loin des fabriques sveltes développaient leurs robes de brique sur le bleu des roches. Du milieu de sa vallée étroite, mais égayée par mille accidents pittoresques, s'élevait la petite ville d'Huy, considérée de tout temps comme un point militaire qui ne manquait pas d'importance. Tour à tour attaquée et prise par les différents partis qui durant plusieurs siècles troublèrent sa tranquillité, elle apparaissait à l'œil comme un de ces bourgs jetés sur la draperie délicieuse du Rhin, vers la partie du fleuve qui se trouve entre Cologne et Bingen.

Des clochetons aigus, pareils à des minarets noircis, reflétaient leur toiture dans ces belles eaux de la Meuse qui allaient rejoindre Namur ; des barques agiles sillonnaient le fleuve. La fumée des chaumines élevait çà et là ses blancs filets sur le ciel d'un gris foncé. De longues touffes d'arbres s'étageaient depuis le château jusqu'aux bords semés d'ajoncs. De la tour où se trouvait Henri, il pouvait suivre encore la pente douce des jardins aboutissant à des fontaines jaillissantes au milieu des hêtres et des chênes, déjà touchés, il est vrai, par la main jalouse de l'hiver, mais dont le magique amphithéâtre possédait encore une véritable beauté. Des bosquets de sapins, des champs cultivés, des bruyères, des bois superbes, prouvaient assez en faveur de ce magnifique apanage, exclusivement dévolu depuis longues années à la famille de Guèves, jusqu'à ce que la comtesse épousât M. de Praimont.

Ce second mariage avait indisposé de bonne heure ses deux fils contre elle ; tous deux étaient enfants quand elle l'avait contracté ; mais, avec le temps, tous deux avaient fini par voir dans cette alliance un empiétement sur leurs droits ; dès lors ils s'étaient ligués sourdement contre la comtesse. Possesseurs de plusieurs terres en Béarn, ils auraient bien pu s'y retrancher pour toujours au lieu de venir à Lugues-Arches, mais nous avons vu à quelle occasion Madame de Praimont devait leur retour : une maladie grave dont elle était loin d'être guérie, maladie qui puisait sa source dans l'exaltation de ses idées et de son attachement exclusif pour Arthur, les avait déterminés à se rendre auprès d'elle.

Toutefois ce n'était là qu'un prétexte spécieux, surtout pour Henri, comme on le verra bientôt. Un plan infernal, conçu et suivi avec une atroce persévérance, un plan qu'il espérait accomplir à Lugues-Arches seulement, avait été le motif de son voyage.

Pendant qu'Henri continuait son travail avec un acharnement d'intendant, Raoul se laissait aller malgré lui au charme entraînant de ces sites à peine connus de lui. Tout d'un coup un mouvement qu'il comprima, trahit chez lui une émotion inaccoutumée : appuyé à cette fenêtre oblongue qui ressemblait à une meurtrière, il venait de voir passer sur la pelouse du château mademoiselle de Valsen...

Légère comme une biche, la jeune femme se rendait alors par les allées sablonneuses du parc jusqu'à la demeure de Brigitte. Cette chaumière isolée donnait sur la grande route et venait aboutir à l'une des extrémités du parc. Chaque matin mademoiselle de Valsen accomplissait vers ce lieu son touchant pèlerinage. Brigitte, la pauvre aveugle, n'était-elle pas la mère du seul homme qui eût pour Arthur un véritable amour de frère ? n'était-ce point David qui devait le ramener ? En touchant le seuil de Brigitte, le cœur de Laure battait comme si elle eût fait une bonne action, une action qui devait être le prélude du bonheur pour sa journée. Munie d'un panier de provisions dont elle ne confiait jamais la garde à d'autres qu'à elle, vous l'eussiez vue se rendre à ce chétif abri de l'aveugle dès les premières lueurs du soleil, côtoyant alors toute rêveuse l'allée des grands ormes, cette allée dépouillée de feuilles depuis le départ de son bien-aimé comme si les arbres eussent eux-mêmes porté son deuil.

Ce matin-là il faisait un froid piquant ; Laure portait la faille dont s'entourent encore à cette heure les femmes d'Anvers ; elle n'avait pour toute coiffure qu'un large chapeau de paille. A la voir ainsi laissant flotter au gré de la bise ses cheveux d'un blond cendré, on eût cru vraiment à la résurrection de cette angélique figure de femme que peignit Rubens sous ce même chapeau de paille, et dont l'original figure aujourd'hui dans une collection anglaise. Ses bras minces et frêles avaient peine à porter ce lourd panier, aussi par moments elle s'arrêtait, se reposait sur un banc, et recommençait sa route. Raoul de Guèves ne pouvait rencontrer en sa mémoire une image plus douce et plus enivrante ; il laissa tomber sur elle un regard plein d'émotion,

Depuis la scène violente où il avait eu à rougir devant mademoiselle de Valsen, un changement étrange s'opérait lentement dans ce caractère hardi. Les paroles de sa mère résonnaient encore comme une malédiction à son oreille. L'examen de sa conduite avait souvent amené dans cet œil jusqu'alors si sec, des pleurs d'attendrissement et de repentir ; mais ces pleurs, il les cachait ; une fausse honte retenait Raoul : l'abord de sa mère glaçait son sang dans ses veines. Entre l'homme et Dieu il faut à nos plus secrètes pensées l'intermédiaire d'un ange ; Raoul pensait-il à mademoiselle de Valsen pour opérer un rapprochement ? En admirant la femme de son frère, Raoul avait frémi comme à l'aspect d'un danger ; il avait senti se glisser en lui un désir criminel : il eut le courage de lui imposer silence. Au lieu de suivre comme René la pente d'un pareil abîme, il sonda lui-même celui de son cœur, et se trouva indigne de parler seulement à mademoiselle de Valsen. Il commençait sur sa propre vie une œuvre d'épuration. Tel fut le pouvoir de la céleste beauté de Laure sur cet esprit emporté, qu'il examina bientôt par quelle action noble il se rachèterait auprès d'elle. Conversations du cœur, effluves rapides, ah ! vous émanez du sein de Dieu ! Ce maître éternel, qui peignit les fleurs, les eaux, l'azur céleste, se plut aussi lui-même à orner sa créature ; il mit dans ses yeux, dans son sourire, dans sa voix, ce charme qui ramène à lui. La vertu, cette perle des belles âmes, rayonnait au front de Laure : Raoul eut peur de lui, rien qu'en voyant mademoiselle de Valsen. La noble jeune femme avait conçu à la vue de Raoul une peur plus grande et plus affreuse ; elle évitait son abord, sa parole ou son regard. Maudit par la comtesse, ne devait-il pas être aussi mauvais frère que mauvais fils ?

Raoul comprit bien vite la distance infranchissable qui le séparait pour toujours peut-être de cette sœur nouvelle jetée sur le chemin de sa vie. Soupçonnant pour elle et pour Arthur des périls prochains, il résolut du moins de la soustraire à l'active méchanceté d'Henri, dont il espérait déjouer toutes les ruses. Plus d'une fois il l'avait entendu se plaindre en termes violents de l'empire absolu qu'exerçait mademoiselle de Valsen sur l'esprit de la comtesse. Plus d'une fois Raoul s'était vu encouragé par son frère même dans cette voie de crime et de perdition qu'il ne manquait pas de lui représenter sous les couleurs les plus simples. Mais l'hypocrisie pesait à Raoul, mais ce confident, devenu l'instigateur du mal, lui sembla dès lors le bourreau de ses pensées.

Le comte Henri de Guèves avait fait de bonne heure son choix, il s'était rangé sous le drapeau des sceptiques, il ne croyait à rien, si ce n'est à l'or qu'il maniait avec autant de plaisir qu'un juif de comptoir. Né vers la fin de cette fatale époque qui vit la chute du trône ; imbu de bonne heure des principes d'athéisme que léguait Voltaire à la génération qui le suivait ; reniant par instants sa propre noblesse pour faciliter ses trafics, le comte Henri de Guèves en était venu à tourner en dérision la piété sainte et profonde de sa mère, entourée, suivant lui, d'ignares et de prêtres, et dominée, asservie par des congrégations occultes ; donnant à son fils Arthur un abbé pour précepteur, et exigeant de ses domestiques qu'ils assistassent à l'office. Quant à lui, il s'était contenté de prélever sur les siens les impôts les plus abusifs et les plus durs, augmentant journellement ses fermiers, les tyrannisant et les vexant à plaisir. Son arme familière, celle qu'il employait souvent contre Raoul lui-même, c'était la moquerie philosophique, arme bâtarde, usée déjà par les excès du siècle précédent, mais qui lui semblait une irrésistible massue. Si l'on n'avait pas souvenance dans tout le pays du Béarn, d'avoir vu seulement une fois le comte à genoux devant Dieu, en revanche on ne se souvenait pas non plus de l'avoir vu se mettre à genoux devant une femme. A trente ans, son front chauve était déjà sillonné de rides précoces ; Raoul par moments croyait voir en lui un vieillard. Comme on n'était plus au temps des alchimistes, le comte ne demandait pas de l'or aux creusets menteurs, mais il n'en poursuivait pas moins le rêve éternel de l'avarice. Peu soucieux de tenir une place dans son époque, il aimait l'or pour lui-même ; Rembrandt, s'il l'eût connu, l'eût représenté des balances en main, couvant de sa prunelle fauve quelque ducat vierge.

Comme il attisait alors son feu avec un mouvement d'impatience, Raoul crut devoir l'aider, mais Henri, qui soupçonnait l'objet de l'attention du jeune homme, le pria de n'en rien faire.

— Restez là-bas, monsieur le rêveur, lui dit-il avec une humeur mal contenue. Pauvre fou qui ne savez que soupirer ! vous êtes indigne du nom d'homme, mon cher. Une statue me plaît, je l'achète. Il me prend envie d'acquérir un champ, je m'en rends maître. Mais vous n'avez plus d'audace depuis que votre mère vous a grondé. Retournez donc à l'école, naïf bachelier, vous ne voyez pas que votre belle vous méprise !

La rougeur du dépit monta à ces mots d'Henri au front de Raoul, il répondit :

— Vous affectez, Henri, de vous méprendre sur mes intentions ; je puis aimer Laure, mais je respecte la femme de mon frère. Pour me voir méprisé d'elle, il faudrait m'être méprisé moi-même au point de lui adresser des louanges coupables ; je ne lui parle jamais !

— Oui, depuis quinze jours, mais vous m'en parliez avant ce temps-là avec un feu !... Ah ! ça, mon cher Raoul, ajouta le comte avec un rire grimaçant, je crois, Dieu me pardonne, que vous vous rangez ! vous ne chassez plus, vous sortez à peine, et vous passez votre temps à suivre sur une carte géographique les mouvements de l'armée coalisée !

— Et quand cela serait ? Arthur de Praimont n'est-il donc pas mon frère et le vôtre ? Ne court-il pas chaque jour de nouveaux dangers ? Ah ! je ne le sens que trop, en voyant les larmes de mademoiselle de Valsen, j'ai compris, mon frère, combien nous étions durs et injustes ! Pauvre enfant ! nous sommes ici, et pendant ce temps il marche vers Leipsick ! Le froid et le vent l'assiègent ; la mort le menace, il n'a pas même un ami !

— Un ami, et qu'est-ce qui en a, mon frère, par le temps qui court ? Vous-même, cher Raoul, qui croyez en ce moment aimer Arthur, que diriez-vous du retour inopiné de ce frère ? Supporteriez-vous d'un œil calme les tendresses folles que lui prodiguerait madame la comtesse de Praimont ? Resteriez-vous stoïque ou attendri devant les empressements de la jeune comtesse, sa femme ? Ne demandez donc pas le retour d'un être qui est d'ailleurs la cause de notre ruine ! Oui, continua Henri de Guèves, en attachant sur Raoul son œil pénétrant, que diriez-vous, mon frère, si je vous prouvais que vous êtes ruiné ?

Raoul de Guèves tressaillit ; la pâleur couvrait son front. Il se demandait s'il n'était pas le jouet d'un rêve.

— Oui, ruiné ! reprit Henri en donnant à sa physionomie mobile l'expression de la plus amère désolation ; ce malheur, Raoul, je voulais vous le cacher, mais je vous crois assez fort pour lutter contre une destinée contraire. Il est d'ailleurs en notre pouvoir de prévenir une aussi cruelle catastrophe. Vous sentez-vous, mon frère, le courage de résister ; voulez-vous agir et m'obéir ?

Raoul resta muet ; il avait appris à se défier de cet homme dont la profondeur intelligente exerçait d'ailleurs sur lui une sorte de fascination diabolique. N'entendant rien aux affaires, il lui avait abandonné jusqu'alors le soin de sa fortune ; le malheur allait-il le faire repentir de cette imprudence ? Raoul de Guèves ne put croire à une comédie.

— Vous vous taisez, Raoul, reprit Henri avec une feinte pitié, prenez garde, mon frère, les moments sont précieux !

— Expliquez-vous, Monsieur, dit Raoul avec effort.

— Vous saurez donc, Raoul, que chargé par vous-même d'administrer les biens résultant de la succession du feu comte de Guèves, notre père, j'ai commis la faute de me confier à un misérable intendant. Jusqu'à ce jour, il m'avait semblé remplir les conditions de la plus stricte probité, mais une lettre de Tarbes m'apprend qu'il vient de s'enfuir avec un complice, emportant à nous deux des sommes considérables. Il nous faudra maintenant dégager à prix d'or notre propre patrimoine, vendu par cet homme, partagé, dilapidé ! Vous n'ignorez pas qu'il avait votre signature ainsi que la mienne ; il parlait et agissait en notre nom. Ce comédien effilé nous trompait ; il vient de gagner, mon frère, la frontière espagnole, dont notre terre est voisine. Que faire, que résoudre ? S'adresser à notre mère ? vous ne pouvez, je pense, avoir oublié sitôt son irritation, ses reproches. Nous exposer à son humiliante compassion, fi donc ! Un hasard inespéré vient de me faire découvrir une voie de salut, oui... grâce à un ouvrier... et tenez parbleu ! c'est un de ces coquins contre lesquels vous avez tiré l'autre jour votre couteau de chasse dans un moment de fureur...

— Eh bien ?

— Eh bien ! mon cher Raoul, cet ouvrier je l'ai moi-même interrogé hier soir, au moment où il sortait de la taverne.

— Pourquoi en vouloir à vos nobles maîtres, lui ai-je demandé en lui proposant une nouvelle canette de bière ?

— Pourquoi ? a répondu l'ivrogne alléché, c'est parce que MM. de Guèves sont trop riches !

— Comment cela ?

— Certainement ; n'y a-t-il pas dans le château même un trésor caché ?

— Le trésor de qui ?

— Eh parbleu ! le trésor de feu M. le comte de Praimont !

Aux premières nouvelles de la révolution... vous savez... continua-t-il... quand on suspendait là bas les nobles à la lanterne pour mieux y voir... le comte de Praimont, qui se préparait à gagner Paris pour y savoir des nouvelles de sa famille, appela mon père chez lui :

— Robert, lui dit-il, tu vas me suivre. Mon père le suivit, car le comte de Praimont se faisait obéir quand il voulait, dame ! il ne marchandait pas ! Il glissa trois beaux louis d'or à mon bonhomme de père dans sa main gauche, puis s'assurant que tous ses outils de maçon étaient bien dans sa main droite, il lui dit : Robert, laisse-moi te bander les yeux. Mon père n'était pas trop rassuré ; cependant il le suivit. Le comte de Praimont tenait une lanterne, il le conduisit à travers mille zig-zag jusqu'à un endroit dont mon père m'a dit ne garder aucun souvenir. C'était comme un amas de pierres en contruction... Quand ils furent là, M. de Praimont dit à mon père de creuser un large trou. Robert obéit. L'ouvrage achevé il reçut encore de lui trois autres louis d'or ; puis, lui ayant replacé le bandeau, le comte le reconduisit à l'endroit d'où tous deux étaient partis. Mais avant de partir, mon père avait entendu distinctement un bruit de pièces métalliques, c'était, sans aucun doute, un trésor qu'on enfouissait...

— Etaient-ils seuls, le comte et ton père ? demandai-je à l'ouvrier.

— Mon père m'a souvent conté que d'abord il s'était cru seul avec le comte, mais durant le chemin il l'avait entendu parler à une personne. Il pensa d'abord que ce pouvait bien être le diable ; mais, depuis, en rassemblant ses souvenirs, il se rappela que M. de Praimont avait dit à plusieurs reprises à cette même personne : mon cher abbé. Ce qui me ferait croire, m'a ajouté le naïf fils de Robert, que décidément ce n'était pas le diable...

— Où prétendez-vous en venir, Henri, avec une pareille fable ?

— Ce n'est point une fable, Raoul, le trésor existe, la question seulement est de savoir où il est. Quant à l'homme à qui M. de Praimont parlait cette nuit-là, je crois l'avoir deviné. Oui, hier encore, le trouble de l'abbé d'Anspach lorsque je lui ai parlé... Enfin, nous sommes ici sur la voie des découvertes. Raoul, tu m'as entendu, à toi maintenant de m'aider ! Le testament de la comtesse est déjà fait, tu le sais ; tous ses biens, qui devaient nous revenir en moitié, elle les adjuge à sa belle-fille et à Arthur. Donc à l'œuvre, Raoul, si tu ne veux pas voir notre propre fortune perdue, notre double honneur avili ! Il faut avant peu nous rendre maîtres du trésor.

— Mais c'est un vol, Henri, un vol odieux !

— Un vol ? tu as des scrupules ! Libre à toi, tu pourras me dénoncer. Moi, je soutiens à tous que c'est mon bien et mon droit. Veux-tu d'aventure que les de Guèves aillent mendier ? Veux-tu que ces manants, après nous avoir traités de lâches, nous flétrissent du nom de banqueroutiers ? Encore une fois, il faut empêcher que d'autres que nous ne ravissent le fruit d'une pareille découverte. Je me charge moi, de l'exécution ; toi, presse Laure, presse la comtesse, mais surtout arrache ce secret à l'abbé d'Anspach ! Confident des secrets de la famille, ami de M. Praimont, son directeur même... (car il avait la faiblesse de se confesser !...) M. d'Anspach doit savoir à qui le comte destinait cette fortune... Tout me fait présumer qu'elle doit être encore intacte. Refuseras-tu de la partager avec moi, toi à qui il ne reste plus rien ?

— C'est-à-dire, mon frère, que vous vous approuvez déjà d'avoir trouvé le secret de ne point être déshonoré ?

— L'audace fait le succès, tu le sais.

— Mais c'est aller au-devant du crime, de la honte !

— Quel fanatisme d'honneur ! Pensez-vous d'aventure, mon frère, que le respect filial doive ici nous arrêter ! C'est une opinion consacrée, je le sais, qu'on doit adorer sa mère. Rassurez-vous, Raoul, on peut se détromper d'une erreur raisonnée, par cela même qu'on raisonne ! Quoi ! la comtesse de Praimont, méconnaissant sur nous des droits sacrés, veut avantager un fils qui prend notre place, et nous nous interdirions à nous-mêmes le droit d'agir ? Près de recueillir le mépris, nous laisserions échapper la fortune ? On n'entend parler partout que de probité, d'honneur, de vertu ; Raoul, ce sont là des mots. Où donc est la vertu, la probité, l'honneur de celle qui se dit notre mère ? Fatiguée du deuil d'un premier époux, elle s'est donné un autre maître ; qui nous dit qu'elle n'ait point alors porté elle-même la main sur notre fortune ? Elle ose nous adresser des reproches ; mais Raoul, elle devrait implorer notre indulgence. Interprétez sa conduite comme bon vous semblera, vous y trouverez la faiblesse, l'entraînement, l'égoïsme. Que me parlez-vous de honte et de crime ? Je vous ai démontré mathématiquement notre ruine ; que doit nous faire après cela l'estime des sots? Les avantages réels, positifs, voilà la vie ! Le respect qu'on rend n'est autre chose que l'aveu de la supériorité. Vous dirai-je ici ma pensée toute entière; le mépris, a dit un philosophe, s'attache aux vices bas, la haine aux crimes hardis ! Or, si vous voulez le savoir, je suis friand de la haine ! J'enrage de voir des sots, comme M. Cincinnatus Bormans, s'arrondir en ce siècle de fausse gloire et de fausse capacité. Cet empereur chevauchant me fait sourire, lui qui couche sur la dure en brodant d'or ses généraux sur leursdolmans ; il finira comme un mendiant à l'hôpital ! En un mot, je ne connais que l'or, je ne vois, je ne rêve que lui ! Eh quoi ! nababs hier, aujourd'hui nous serions pauvres ! Allons donc, Raoul, nous ne pouvons, mon frère, nous faire du peuple ! Tous deux jeunes, tous deux ardents, nous devons sortir de cet abîme ; conquérons ce qu'on nous refuse! Un trésor, Raoul, un trésor! n'y a-t-il pas là de quoi vous faire bondir; devant un pareil mot l'estime n'est qu'un nom, l'amour une fausse joie !

Henri avait jeté bas le masque ; il était si ferme, si nettement dessiné, que Raoul en eut peur. La perspective d'une ruine prochaine éteignit en lui le courage ; il se laissa vaincre et promit à son frère d'aborder avec l'abbé cette question délicate.

— Vous êtes dans ses principes depuis quelque temps, ajouta Henri avec un sourire dédaigneux ; que suis-je à ses yeux ? un athée, un sectateur de Diderot ou de Raynal. Hier encore, n'a-t-il pas osé me parler de conversion ? J'espère bien mourir en m'escamotant aux prêtres ! Donc, ce sera à vous de vous insinuer dans ses bonnes grâces. N'oubliez pas qu'Arthur est son élève ; flattez son ignorance, obtenez de lui des indices !... Une fois maîtres de ce bien, nous irons nous établir où il nous plaira ; nous serons riches, car M. de Praimont, d'après l'état que j'ai obtenu clandestinement du notaire, possédait des valeurs considérables.

Henri fit voir en même temps à son frère le papier qu'il parcourait. Ainsi que nous l'avons dit, Raoul ne soupçonnait pas la fraude, il ne pouvait croire qu'un gentilhomme descendît au mensonge. Le malheur et la ruine lui apparurent comme deux fantômes ; vainement voulait-il les chasser de son esprit, il se voyait dépouillé, réduit à la fuite ou à l'emprunt. La décision de Henri ne laissait aucun doute sur ses intentions coupables ; cet homme qui se disait perdu, allait perdre à tout jamais l'avenir d'Arthur et de mademoiselle de Valsen. Une fois maître du dépôt, il s'établissait à Lugues-Arches et y parlait en maître. Il ne fuirait point, comme il l'avait dit, il resterait. Quant à l'idée d'un partage, elle répugnait alors si violemment à son esprit, qu'il se sentait prêt à tout déclarer à sa mère ; la crainte seule le retint. Pour les cœurs les mieux trempés, il y a toujours un certain trouble de frayeur devant le crime qui parle haut. Raoul connaissait à fond son frère, il savait que tous les moyens lui seraient bons. La pensée qu'il pouvait menacer Laure, l'attirer chez lui et se rendre maître d'un secret dont elle avait peut-être connaissance, le fit frémir ; interdit, haletant, il chancelait sous le regard fascinateur de Henri. Par un mouvement machinal, sa main se trouvait alors dans la sienne, son frère s'était rapproché de lui, leurs artères battaient d'une égale pulsation. Cela ressemblait tellement à un pacte tacite, que Raoul eut peur ; il recula en dégageant sa main de celle du comte...

Celui-ci était occupé depuis quelques secondes à suivre d'un regard avide les diverses lignes que formaient les arabesques du parquet ; il les examinait avec une silencieuse attention...

— A quoi penses-tu ? demanda Raoul à son frère.

— A un autre secret, non moins important peut-être, que je viens de découvrir. Écarte ce rideau près de mon lit ; ne vois-tu pas, Raoul, cette sonnette ? tu la vois bien, n'est-ce pas ?

— Veux-tu que j'y touche?

— Pourquoi ?

— Tu vas le savoir ; compte, à partir de mon lit, les rosaces de cette chambre jusqu'à la cinquième.

— J'y suis, mon frère, j'ai compté.

— Bien, mets à présent ce siège sur la rosace du parquet.

— Il y est, je l'ai placé.

— Maintenant regarde ! je vais toucher cette sonnette, là... dans la ruelle, regarde bien le parquet ! Henri toucha le cordon, et le siège s'abîma sous le plancher. La trappe remonta avec une rapidité magique, seulement on entendit un bruit sourd, roulant par cet entonnoir de pierres comme la plainte d'un écho perdu : le siège avait dû arriver en morceaux au fond du gouffre... Raoul pâlit, il avait entendu parler dans sa jeunesse d'oubliettes au château de Lugues-Arches, ou en avait même comblé plusieurs.

—Voilà de quoi nous assurer des indiscrets, murmura Henri ; la profondeur de cette sorte de puits est immense. Un hasard singulier m'a fait découvrir le ressort de cette sonnette. Le cordon en avait été coupé, mais l'orage et le vent de l'autre nuit en faisaient grincer le fil de fer. La tour où nous sommes était depuis longtemps abandonnée ; le clocheton en était détruit. J'ai observé avec soin le travail des ouvriers. Au temps des guerres wallonnes, les seigneurs de Lugues-Arches se donnaient ainsi le plaisir de converser avec leurs vassaux ! Aussi nomment-ils ce lieu la Tour du Diable !

Henri parlait encore, quand un bruit de pas retentit sur l'escalier.

—Qui ose visiter ici les deux vautours dans leur aire ? murmura-t-il.

Une voix fêlée répondit au dehors :

— C'est moi, mes bons messieurs : je suis Brigitte, l'un de vos gardes m'accompagne.

— Que nous veut l'aveugle ? demanda Henri à Raoul. N'importe, qu'elle entre, il y a longtemps qu'elle habite ce pays-ci ; nous pourrons l'interroger. Oui, avec quelque adresse et en la lançant sur l'abbé...

Et il ouvrit lui-même la porte au garde-chasse qui guidait la marche de Brigitte.

<h2 style="text-align:center">XI</h2>

A peine entré, le garde se signa, le donjon occupé par les deux frères passant, comme nous l'avons dit, dans le pays pour un lieu diabolique.

La chambre d'Henri de Guèves, contiguë à celle de Raoul, formait une rotonde éclairée alors seulement par le feu de l'âtre. Les fenêtres, longues et étroites, n'y laissaient passer que de maigres filets de lumière. Un lit à baldaquin d'où pendaient de longues et lourdes tentures, un bureau de chêne et quelques fauteuils formaient tout l'ameublement.

Raoul demeurait les bras appuyés sur la table couverte de papiers, Henri se tenait debout.

Brigitte entra à tâtons, précédé de Furet, premier garde de MM. de Guèves.

L'aveugle était habillée d'une robe entièrement neuve ; son bonnet était plissé avec soin ; une belle croix d'or reposait sur son fichu. Elle tenait à la main une bourse de quêteuse.

—Mes bons messieurs, dit-elle, quand elle se vit établie par les soins de Raoul dans l'un des fauteuils, c'est aujourd'hui que M. le curé m'a commandé de faire la quête. Il s'agit des pauvres conscrits de la ville qui sont partis, il a six mois... vous donnerez, j'en suis sûre... je ne verrai pas, hélas! votre aumône, mais Dieu le verra... cela suffit.

Et Brigitte tendit sa bourse ; un frémissement singulier l'agitait, elle pensait à David qu'elle ne reverrait peut-être jamais ! Raoul laissa tomber deux pièces d'or dans la bourse de l'aveugle. Henri haussa les épaules de pitié.

Le son des deux pièces fit croire à Brigitte que les deux frères avaient donné, elle se leva et prête à reprendre le bras de son guide :

—Que la Vierge et les saints vous récompensent, mes dignes messieurs, lui dit-elle ; ne descendrez-vous point pour aller entendre l'office dans la chapelle ? Les mères de ces jeunes soldats y sont rassemblées. Madame de Praimont et mademoiselle Laure font à toutes de beaux cadeaux ; et tenez c'est mademoiselle qui m'a donné elle-même cette croix d'or ! Je dis mademoiselle, reprit Brigitte, quoique, hélas ! elle ne soit que trop réellement mariée, la pauvre enfant ! Oh ! vous devez l'aimer, car souvent elle a pris votre défense près de la comtesse... pas plus tard qu'hier, elle parlait encore de vous à l'abbé d'Anspach.

— Et que disait-elle ! demanda Raoul en tremblant.

—Qu'elle donnerait sa vie pour qu'il n'y eût entre votre mère et vous aucun sujet de discorde. L'abbé objecta alors votre indifférence pour les choses religieuses, et il ajouta que c'était à elle à prier pour vous. Là-dessus, je la vis entrer silencieuse et triste dans la chapelle... Quelle âme bonne et généreuse ! s'est alors écrié M. d'Anspach : aussi le Seigneur ne l'abandonnera pas! C'est de moi qu'il doit se servir, pour lui assurer une fortune dans le cas où elle viendrait à perdre la sienne : ah ! je serai fidèle à ma parole !

— Il a dit cela, murmura Henri ; et commandant à Furet de s'éloigner, il ajouta : c'est moi qui me charge de reconduire Brigitte.

—Certainement, reprit l'aveugle, il est si bon aussi M. l'abbé ! Dans sa dernière maladie il y a un an, c'est moi qui étais de garde... Je voyais alors, je n'en étais pas où j'en suis ! il endurait chacune de ses souffrances comme un saint !... Le docteur hochait cependant la tête chaque fois qu'il venait le visiter. On disait par tout le château : c'est un homme mort ! Il n'y a qu'une nuit où vraiment il m'a fait peur...

— Comment cela ?

— Oui, cette nuit-là il était pris d'une sorte de délire... Brigitte, s'écriait-il, chère Brigitte, donne-moi ton bras. J'ai quelque chose à voir, à compter seul... laisse-moi me lever, je reviendrai !

— Et tu ne sais pas, Brigitte, où il voulait aller ainsi ! était-ce dans le château même ?

— Je ne pus comprendre ce qu'il ajoutait, il était alors sous le coup de la fièvre et ne parlait qu'avec peine... J'ai cru seulement distinguer ces mots : Arthur... oui, un trésor !... et puis sa tête a retombé sur l'oreiller.

Henri lança à Raoul un regard où se peignait déjà le triomphe.

— Brigitte, reprit-il, l'abbé n'a-t-il pas coutume de se lever quelquefois la nuit ?

— Certainement, monsieur, mais alors c'est pour visiter les malades ou les pauvres qui peuvent avoir besoin de son ministère. Ah ! c'est le père de ceux qui pleurent et qui souffrent.

— Tu as raison, Brigitte, et tiens... je voudrais le voir moi-même pour le charger de quelques bienfaits à placer. L'aumône rachète bien des fautes ; moi-même, continua-t-il avec une expression de véritable pitié, n'ai-je pas maltraité ton pauvre David ? Pour réparer mes torts, je veux assister, vois-tu bien, à la première messe que l'abbé dira pour lui.

La simplicité de Brigitte ne lui permit point de soupçonner l'amère perfidie de ces paroles, elle ne vit point le sourire ironique de Henri, et les pleurs gagnèrent ses yeux. Le comte lui avait offert son bras ; il descendit lentement les degrés de la tour avec l'aveugle. L'immense cour d'honneur était parée ce jour-là comme pour un jour de fête. Les habitants d'Hui parlaient entre eux des derniers bulletins reçus la veille ; les mères espéraient toutes revoir leurs enfants. La comtesse et Laure sortaient en ce moment de la chapelle !

Raoul avait suivi son frère comme un homme égaré dans le dédale de ses pensées. La présence de Laure produisit sur lui l'effet d'une suave apparition, elle lui rendit son courage. La jeune comtesse tenait entre ses mains son livre d'heures ; la candeur et le charme de sa personne recueillie éblouissaient. Elle parut surprise de voir Brigitte au bras d'Henri. Le comte l'aborda avec les formules obséquieuses d'un respect qui lui pesait.

— Voilà votre protégée, madame, dit-il en lui remettant Brigitte ; notre don, mêlé à ceux de tous, attendrira peut-être le ciel en votre faveur ! Le retour d'Arthur... de notre frère... est le plus cher de nos vœux.

La nouveauté de ce langage était faite pour étonner Laure ; elle balbutia une phrase indifférente, puis elle reprit le chemin de la chaumière de Brigitte en disant à l'aveugle de s'appuyer sur son bras... Raoul saisit cet instant pour s'approcher d'elle avec une véritable timidité.

— Ma sœur, lui dit-il, permettez-moi de vous donner ce nom... êtes-vous donc résolue à me fuir toujours ? Ah ! quoi qu'il arrive, croyez que je vous suis dévoué à tout jamais ! votre vertu seule a fait de moi un autre homme : parlez, ordonnez, je serai fier de vous obéir !

La jeune comtesse serra vivement le bras de l'aveugle, les paroles de Raoul lui semblaient cacher un piège.

— Oui, continua-t-il, je connais mes torts, je sais de quel mépris vous pouvez accabler un malheureux ; mais n'est-il donc, mon Dieu, aucun moyen de vous servir que par mon silence ? Ma sœur, vous trembliez, et moi qui ne devais pas connaître la peur, je tremble encore plus que vous ; tout me dit, ajouta Raoul à voix basse, que vous courez ici un grand péril.

— Et quel danger, monsieur, peut me menacer ici ; ne suis-je pas auprès de ma mère ?

— Jurez-moi, reprit le jeune homme, que jamais vous n'aborderez le seuil maudit où nous sommes ; jurez-moi que la tour du Diable...

Laure observa Raoul fixement plusieurs secondes ; sa pâleur était mortelle. Brigitte ne pouvait rien surprendre de cet entretien. La voix de Raoul était altérée, tremblante. Laure crut surprendre des larmes à peines séchées dans ses yeux.

— Vous aimez donc votre frère ? demanda-t-elle.

— Depuis que je vous ai vue, je donnerais ma vie pour la sienne, car vous aussi vous l'aimez !

L'accablement de Raoul perçait dans ses moindres gestes, la sincérité de ses remords éclatait. Laure en eut pitié, elle remercia Raoul et rentra dans la chaumière avec Brigitte...

Une quinzaine après ceci, les gazettes étaient remplies de détails sur les affaires désastreuses de Leipsich et d'Hanau.

Séparées par douze jours seulement (1), ces deux batailles devaient opérer une réaction terrible sur le moral du soldat. A Leipsick, dès la seule approche des premières divisions russes, l'avant-garde du septième corps, formée d'une brigade de cavalerie saxonne et d'un bataillon de la même nation, avait passé à l'ennemi. Cet exemple avait été bientôt suivi par deux autres brigades saxonnes, et par la brigade de cavalerie wurtembergeoise du général Normann. Tournant le dos à l'armée française, avec toute leur artillerie, ces troupes s'étaient hâtées de tourner contre la division Durutte (2) les quarante pièces de canon qu'elles emmenaient avec elles. Il n'était resté dans les rangs français que cinq cents Saxons et le lieutenant-général Zeschau. Cette défection des Saxons avait fait perdre Paunsdorf aux Français ; les pertes de l'armée étaient immenses (3) ; la supériorité numérique des alliés devenait chaque jour plus formidable. A Hanau, notre perte s'élevait à trois mille hommes ; l'armée française allait repasser le Rhin, mais l'influence de Napoléon sur l'esprit de ses soldats était ébranlée. Une troisième bataille générale eût constitué la folie ; il était impossible de la livrer. La retraite de Leipsick continuait à elle seule celle de Moscow.

Pendant que des conversations animées se formaient alors dans le vaste salon de Lugues-Arches, où M. Van-Hasberg et l'abbé d'Auspach causaient en compagnie de quelques voisins de campagne, Raoul parut un soir, plus troublé, plus pâle que Laure elle-même ne l'avait vu. Madame de Fraimont s'était alors retirée dans sa chambre ; on avait eu soin de lui cacher les journaux ; nulle femme ne se trouvait dans le cercle rassemblé autour de M. Van-Hasberg.

L'apparition de Raoul dans le salon produisit une vague inquiétude ; minuit sonnait alors à la pendule. Le bourgmestre en homme méthodique leva le siège le premier. Sa retraite détermina celle des autres, et il ne resta bientôt dans cette pièce que M. d'Anspach et le jeune homme...

— Monsieur l'abbé, s'écria Raoul, mon frère est perdu si vous ne venez !

— Que m'apprenez-vous ?

— La vérité ! il vient de se mettre au lit, il a la fièvre, le délire...

— Et il vous a dit de me venir chercher ?

— Il me l'a dit.

— En ce cas j'y cours, reprit M. d'Anspach : Dieu veuille qu'il se rende à mes conseils ! Je vous suis, Raoul, je vous suis !

Tous deux se dirigèrent vers l'escalier de la tour dont aucune lumière n'échancrait alors la face noirâtre. La pluie et le vent livraient bataille au manteau de l'abbé ; pour Raoul, ses genoux pouvaient à peine le soutenir. Depuis quelques jours le comte Henri de Guèves n'était pas sorti de sa chambre... depuis quelques jours il semblait souffrir d'un mal violent, caché. Vainement Raoul l'avait-il pressé de questions : soit que le comte Henri fût véritablement atteint par la douleur, soit qu'il renfermât en lui une pensée dont il avait seul le secret, il ne s'était point ouvert à Raoul de son état. Le jeune homme l'avait vu se mettre au lit ; peu après le comte avait demandé l'abbé d'Anspach.

— Vous le conduirez seul jusqu'à l'entrée de cette chambre, avait-il dit à Raoul, et me laisserez avec lui.

Le ton pénétré de Henri en prononçant ces simples paroles, le calme profond de ses traits fit croire à Raoul qu'il allait s'agir pour son frère d'une simple confession... Cette grâce souveraine qui l'avait touché, faisait peut-être rentrer en lui-même cet audacieux coupable. Depuis leur dernière conversation, Henri n'avait plus parlé à son frère de ce trésor si ardemment convoité. Peut-être avait-il compris l'énormité d'une pareille tentative, peut-être croyait-il enfin à Dieu, cet homme qui jusque-là se vantait de ne croire à rien ! La souffrance était venue s'abattre sur lui ; il éprouvait le besoin d'avouer ses propres fautes. C'est là du moins ce que pensait Raoul, et telles étaient aussi les idées de l'abbé d'Anspach.

Toutefois Raoul se souvenait, et ses souvenirs l'assiégeaient d'étranges perplexités. Il avait pu voir le matin même le comte, alerte et dispos, ordonner à ses piqueurs les préparatifs d'une chasse. Il l'avait pu voir armer silencieusement ses pistolets, ranger des effets dans son portefeuille, et recevoir un passeport de l'Hôtel-de-Ville... Mais la maladie ne fond-elle donc pas

(1) La bataille de Leipsick fut livrée le 18 octobre 1813 ; celle de Hanau le 30 du même mois.

(2) Cette division française faisait partie du septième corps.

(3) La perte de l'armée française, dans les journées des 16, 17, 18 et 19 octobre, s'élève à 20,000 morts et 30,000 prisonniers, y compris environ 22,000 malades ou blessés non transportables qui se trouvaient dans les hôpitaux de Leipsik.

comme l'éclair, mais le grain de sable qui perdit Cromwell lui même n'est-il pas compté dans le sablier de nos heures ? Raoul gravissait l'escalier, avec lenteur, il écoutait, il cherchait à surprendre un bruit, un gémissement, un soupir... le vent de l'orage seul battait la tour du Diable...

Arrivé au sommet de la tourelle, Raoul s'arrêta. La porte de Henri était entr'ouverte ; une veilleuse seule éclairait l'appartement...

L'abbé n'hésita pas, il entra le premier ; Raoul se tint au seuil de la chambre.

M. d'Anspach éprouvait en pénétrant dans cette pièce une sorte d'épouvante... cette épouvante augmenta bientôt quand il se fut approché du lit de Henri de Guèves. Il poussa un cri qui fit tressaillir son compagnon.

— Bonté divine ! dit l'abbé plus pâle qu'un suaire en se retournant vers Raoul, ce n'est pas vers un homme, c'est vers un cadavre qu'on m'a conduit !

En même temps l'abbé montrait à Raoul le front de son frère couvert déjà de la pâleur livide de la mort. Aucune voix, aucun souffle ne sortait de cette bouche violemment contractée ; les cheveux de Henri étaient baignés de cette sueur qui abonde aux tempes des morts. L'abbé d'Anspach se pencha sur le lit et en écarta rapidement la couverture.

Tous deux virent alors un spectacle horrible, inouï... la main droite de Henri, une main glacée comme le marbre, serrait... encore convulsivement un lacet dont le scélérat s'était fait sans doute une arme...

— Il vous attendait, s'écria Raoul ; plus de doute il voulait de gré ou de force obtenir de vous le secret que vous gardez !

— Quel secret ? demanda l'abbé glacé d'effroi.

— Un secret de vie ou de mort pour nous deux, car il me l'a dit ; de ce secret dépendait notre avenir !

L'abbé ne comprenait pas, un poignard levé sur sa poitrine l'eût moins étonné que cette mort, terrible enseignement du doigt de Dieu...

— Oui, LE DOIGT DE DIEU, reprit Raoul, LE DOIGT DE DIEU, c'est lui qui avait marqué le front du coupable ! M. d'Anspach, il voulait vous assassiner !

L'abbé garda le silence, l'infernale astuce de cet athée endurci, son épouvantable punition faisait courir le frisson par toutes ses veines... Un instant il crut le voir se lever, terrible, menaçant, le lacet fatal à la main...

— Parle, ou je te tue !... disait l'horrible cadavre...

Et la corde liait déjà son cou, ses artères battaient... sa face était violette... Raoul atterré était alors à quelques pas du lit de son frère. En proie à cette hallucination odieuse, M. d'Anspach ne lui voyait faire aucun mouvement pour le sauver.

— Mon Dieu, s'écria l'abbé d'une voix étranglée par la frayeur, sauvez-moi !

Et en même temps il se cramponna au premier objet qu'il rencontra sous sa main... Ce fut la sonnette du lit qu'il trouva pendante... près de lui... dans la ruelle... du mort...

Tout d'un coup le ressort caché fit mouvoir la trappe de la cinquième rosace. Raoul s'engouffra comme une ombre sous le plancher.....

M. d'Anspach se crut le jouet d'un rêve... la trappe avait remonté ; il appela Raoul vainement : un bruit étouffé lui répondit seul.

L'abbé recula, il tomba évanoui près du cadavre de Henri... la veilleuse s'éteignit.

En ce moment le galop d'un cheval se faisait entendre sur le pavé de la cour d'honneur.

XII

La tour du Diable, ainsi qu'il a été dit, ne laissant transpirer aucun son, aucune clameur, personne n'avait pu se douter seulement d'une aussi horrible scène...

L'orage continuait au dehors avec violence roulant son tonnerre d'échos en échos sur les sommets arides des rochers qui couronnent la ville, et couvrant de son murmure le timbre de l'abbaye de Neufmoustiers, qui sonnait alors une heure du matin...

Le galop du cheval se ralentit tout d'un coup ; des lumières fouettées par le vent éclairèrent la grande cour.

Madame de Praimont et Laure se tenaient déjà toutes deux palpitantes d'inquiétude et d'ivresse sur le perron, car la jeune femme avait cru reconnaître de loin, sous les lueurs de l'éclair, un plumet et un uniforme...

— Arthur ! oui, c'est lui ! plus de doute ! murmurèrent-elles toutes deux en voyant le cavalier qui mettait pied à terre à la grille du château.

La joie étouffait madame de Praimont et la jeune comtesse ; elles descendirent précipitamment l'une et l'autre les marches du perron ; la pluie mouillait leurs cheveux, mais elles traversaient la cour d'un pas ferme.

— Arthur ! cher Arthur ! s'écrièrent-elles ensemble.

Mais le cavalier ne répondit pas ; seulement, comme le concierge approchait alors sa lanterne de son visage, les deux femmes poussèrent un cri.

Cet homme, ce soldat, c'était David Lheureux !

— Où donc est Arthur ? vous le précédez, n'est ce pas ? demanda madame de Praimont, d'une voix qu'elle cherchait à rendre calme.

Le soldat ne répondit rien, il se contenta de ramener sur ses épaules les plis d'un chétif manteau, lacéré et troué en vingt endroits, puis il se mit à suivre la comtesse et Laure.

Arrivée dans la salle du rez-de-chaussée, madame de Praimont, qui ne se soutenait déjà plus, eut encore la force de remuer les cendres du foyer et d'allumer une lampe. Les domestiques du château une fois congédiés, elle tira le verrou de la porte et, soulevant le couvercle de la lampe, regarda le soldat avec une incroyable avidité.

— Mon fils ! s'écria-t-elle, mon fils ! qu'en avez-vous fait ?

David Lheureux déposa son havresac sur la table, et de cet étui en lambeaux il tira deux épaulettes d'officier et une croix d'honneur... le sein du soldat était oppressé, sa figure hâve, livide, le faisait lui-même ressembler à un fantôme...

— Voilà tout ce que j'ai pu ramasser de lui sur le champ de bataille... dit-il d'une voix entrecoupée de sanglots... quand on l'a transporté aux ambulances, il n'était, hélas ! déjà plus temps... Je connaissais le chirurgien qui l'a pansé ; il m'a donné lui-même ces tristes détails... Assaillis de toutes parts, trahis, épuisés, nous devions céder au nombre... mais quand on a consommé en une seule journée quatre-vingt-quinze mille coups de canon... et que l'on meurt en héros... on n'a pas perdu son temps... M. Arthur est maintenant dans le ciel des braves !

— Mort ! s'écria madame de Praimont en retombant accablée sur un fauteuil.

— Mort ! reprit David en s'agenouillant devant la comtesse ; en mourant il songeait encore à sa femme et à sa mère... il avait détaché pour vous sa croix et ses épaulettes... lisez plutôt !

Laure s'empara de la croix liée aux épaulettes par un cordon ; il y avait dessus le ruban un papier ployé. Sur ce papier étaient tracés ces mots : « Pour être remis en cas de mort à la comtesse de Praimont et à ma femme. » C'est un soldat qui avait reçu ce dépôt, c'est lui qui me l'a remis... je vous l'apporte !

L'expression de David en prononçant ces simples paroles, était vraiment déchirante ; la douleur et l'accablement du soldat perçaient dans toute sa personne. David Lheureux portait l'uniforme des soldats du train ; la boue couvrait cet habit mutilé en vingt endroits. D'épaisses moustaches grises, une barbe inculte, des cheveux collés par la pluie, des yeux caves et ternes comme ceux d'un homme miné par la fièvre, donnaient au Breton une apparence fantastique ; il ressemblait plutôt à un prisonnier échappé d'une geôle, qu'à un soldat. Ému tour à tour par l'effrayante immobilité de madame de Praimont et par les larmes de Laure, il demeurait debout comme si la foudre l'eût frappé lui-même entre ces deux femmes. Le regard de la comtesse conservait alors une incroyable fixité... De temps à autre elle passait la main sur son front comme si elle eût voulu en calmer elle-même l'ardeur brûlante, puis elle retombait dans cet état de calme absolu qui suit toujours les grandes crises. Appuyée sur le fauteuil de sa mère, Laure épiait ses gestes avec un soin comme s'il ne se fût agi que d'elle, et cependant le soldat voyait de longues larmes trembler au bord de ses yeux. A la fin, la comtesse rompit elle-même cet horrible et morne silence, elle joignit les mains, et se roulant aux pieds de David :

— Mon fils, s'écria-t-elle, mon Arthur ! oh ! rends-le moi !

David Lheureux détourna la tête et se mit lui-même à pleurer. Puis, apercevant la comtesse prosternée devant lui, déjà folle de misère et de désespoir, il la releva pendant que Laure sonnait elle-même à la cheminée.

— Vite, s'écria-t-elle, vite courez et amenez ici l'abbé d'Anspach !

Un valet partit en toute hâte ; durant ce temps, la comtesse ne prononçait que des mots inarticulés... le médecin de l'âme avait paru à Laure plus nécessaire en de pareils moments que celui du corps, madame de Praimont ne se soutenait alors que par une exaltation voisine de la folie.

— Mort ! s'écriait-elle avec un accent impossible à rendre ; mort ! lui si jeune, si aimé ! mort pour un tyran, un lâche ! Ah !

ce Corse aussi mourra bientôt, il mourra ! oh ! oui..... dussé-je le tuer moi-même !

Elle ajoutait en regardant les tristes restes que lui apportait David comme un legs de son enfant !

— En mourant il pensait à nous ! Oh ! tu dus souffrir cruellement, mon pauvre Arthur ! mourir pour un pareil maître ! mourir pour arroser cette croix fatale de ton sang ! Maintenant, tu revois là-haut celui qui m'aimait... qu'ils voulaient tuer aussi... ton père, ton noble père... le père d'un noble enfant !

Ainsi absorbée dans sa douleur, la comtesse pleurait, s'asseyait et se levait comme si elle eût été seule... La douleur, la rage, se disputaient en elle une proie assurée ; tout d'un coup, vaincue, excédée par le désespoir, elle se prit à rire d'un rire éclatant, sinistre... la malheureuse était folle !

Il faut renoncer à peindre ces épouvantables revirements de la souffrance sur la raison, il n'y a que les mères ainsi brisées qui le puissent comprendre. Madame de Praimont ne pleurait plus, son œil était sec ; ses mains glacées retombèrent bientôt d'elles-mêmes. Elle attira le soldat doucement à elle, et le fit asseoir sur le canapé où elle se trouvait tombée alors plutôt qu'assise. Elle écarta la chevelure humide du Breton, elle le regarda, elle lui prit les mains...

— Arthur ! oui, c'est toi... tu me reviens, lui dit-elle.

Puis comme s'il manquait quelque chose à son uniforme :

— Tiens, ajouta-t-elle, voici tes épaulettes et la croix : tu les a gagnées, bien gagnées... mon pauvre enfant !

Et de ses mains tremblantes, de ses bras ouverts, elle attirait la tête du soldat vers sa poitrine... David ne voyait plus, il sentait sa langue se coller à son palais, il étouffait ses sanglots...

— Mais toi, reprit-elle en s'adressant à Laure, d'où vient donc que tu ne lui dis rien ? Regarde comme il t'aime ! il est heureux, car il pleure !

David pleurait en effet, son cœur débordait, il allait se trouver mal... Un cri étouffé, un cri produit chez lui par un retour filial, invincible dans tous les cœurs, sortit de sa bouche, et il s'écria : Ma mère !

David pensait à Brigitte, à Brigitte qui n'était pas là ; cette mère désolée lui avait rappelé la sienne.

— Brigitte ! murmura-t-il en se tournant vers Laure, les yeux humides, le front pâle...

— Va, tu n'es pas mon fils, reprit alors madame de Praimont en se levant ; tu n'es point Arthur, donc qui es-tu ?

— Brigitte ! répéta David Lheureux. Devant tant de malheurs le soldat ne pouvait croire que lui seul pût être exempt alors de souffrir, et il tremblait pour sa mère ! La jeune femme le rassura, elle le conduisit à la fenêtre, et lui montrant aux clartés rougeâtres de l'éclair, la chaumière placée vers l'extrémité du parc :

— Elle vit, lui dit-elle, tu vas la voir, elle est là !

Ces paroles prononcées d'une voix d'ange calmèrent David ; il remercia la jeune femme qui consolait ainsi son inquiétude et sa douleur. Madame de Praimont semblait respirer alors plus librement ; elle s'était jetée aux pieds d'une image de la Vierge qui se trouvait dans la salle. Peut-être avait-elle cru surprendre dans les yeux de la divine Marie portant Jésus dans ses bras, une de ces larmes qui tombaient alors silencieuses de ses yeux... Tout d'un coup la porte s'ouvrit, une femme se précipita dans la chambre : cette femme, c'était Brigitte...

— David, s'écria la pauvre aveugle, on ne m'a pas trompée, c'est bien toi !

Et déjà leurs cœurs se trouvaient soulagés par une muette étreinte... David baisait les mains de sa mère, il lui parlait avec une tendresse noble et douce...

Ce tableau touchant rendit la raison à madame de Praimont pour quelques minutes ; elle était jalouse de ce bonheur, elle accusait le ciel de ne pas lui avoir réservé de pareilles joies... Brigitte, en embrassant ainsi son cher David, avait tout compris, le silence consterné de madame de Praimont, la douleur cruelle de Laure...

— Nous attendions deux fils... soupira-t-elle, il ne nous en revient qu'un !

— Et celui-là, bonne mère, eût préféré mille fois mourir que de revenir sans son maître ! mais le ciel l'a voulu, et il m'est témoin que mes efforts... Enfin il eût mieux fait de me prendre à sa place... moi qui ne vous reviens pas même avec la croix !...

Ce noble désintéressement de David, ces paroles calmes prononcées sans regrets ni amertume, faisaient en ce moment de cet homme un type unique. Parti avec le jeune comte, il l'avait d'abord servi en qualité de domestique, les gardes d'honneur ayant chacun un valet à leur solde ; puis, le temps

de sa séparation d'avec le jeune homme advenu, il n'avait pas cessé un seul instant de chercher tous les moyens de se rapprocher d'Arthur. Sous le feu du canon comme dans l'encombrement des bivouacs, le comte de Praimont avait été son unique pensée ; il l'avait suivi des yeux comme son fils, dans cette épouvantable mêlée où coulait alors le sang généreux des enfants de la France, où, environné de toutes parts, poussé par des forces plus que doubles, Napoléon devait succomber ! Bien des fois il avait touché silencieusement, à la nuit, les grains de son chapelet ou les cordons de son scapulaire ; lui, David le Breton, qui ne songeait alors qu'à son jeune maître, au garde d'honneur Arthur ! Un jour, Napoléon, qui se piquait comme César de savoir par cœur tous les noms de ses soldats, lui avait dit à Kulm :

« Allons, mauvaise tête, vous êtes Breton ! » David répondit : « Breton et chrétien, mon empereur, je m'en flatte ! »

— Mais on vous a séparé de votre maître.

— C'est vrai, je n'en ai qu'un, ce n'est pas vous, c'est le comte Arthur de Praimont !

— Avec de tels hommes il était facile de vaincre.

Mais Napoléon n'avait pas vaincu, mais Blücher apparaissait déjà comme un fatal météore. L'empereur avait dû se décider à reprendre la route d'Erfurt ; ce soldat qui arrivait à Lugues-Arches comme un fugitif, portait encore à son shako le trou des balles saxonnes. Le désespoir planait sur l'armée. Poniatowski et le général Dumoutier s'étaient noyés dans l'Elster ; l'armée austro-bavaroise avait fait pâlir les aigles d'Iéna et de Friedland. La Bavière avait accédé à la coalition contre la France : devant de pareils désastres que pouvait devenir le courage affaibli du soldat ? Napoléon regagnait les frontières de France ; il y ramenait des hommes épuisés, réduits aux dernières ressources. Une année plus tard, en 1814, plus de six mille soldats désertaient après les funestes événements de la Rothière. David Lheureux ne devait pas voir la journée de Lesmont (1), il précéda seulement de quelque mois ces malheureux qui disparurent du rang de l'armée. En un mot, David, privé de son maître, épuisé, blessé, venait de déserter à Mayence, à Mayence qui recevait Napoléon le 2 novembre, comme un fugitif !

Cette désertion, si excusable qu'elle fût, pesait alors au soldat. Il lui avait fallu le désastre et le tumulte de cette retraite pour s'y décider ; mais depuis Leipsick il ne vivait plus. A Hannau, il s'était offert vingt fois à la mort, et la mort n'avait pas voulu de lui.

Son front appuyé sur ses deux mains, il réfléchissait encore aux périls de cette longue route, à ces fatigues, à ces privations de chaque jour. Il avait vu ses propres officiers se traîner, comme autant de djinns faméliques, à des bivouacs où l'on se disputait la viande et le pain ; il avait vu de jeunes et brillants gardes d'honneur rôtir eux-mêmes les chairs palpitantes de leurs chevaux pour s'en nourrir. Les caissons, et souvent l'or qu'ils contenaient, étaient tombés au pouvoir du premier venu. Cet empereur si fier, si hautain, il l'avait vu combattre et tomber comme un lutteur ! déjà la victoire avait fait faute à Napoléon, comme les présages aux anciens triomphateurs. Et cependant David s'accusait lui-même intérieurement d'avoir quitté les rangs de ses camarades, il s'accusait d'avoir fui après la mort de son maître. Mais avec ce maître tout n'était-il donc pas fini pour lui ? quelle flamme pouvait brûler encore dans ce cœur éteint ? Il était venu apporter à madame de Praimont une bien triste nouvelle, et déjà sa dette acquittée, il voulait fuir, il voulait se faire tuer dès la première campagne. Fièvre inconcevable que celle de cette époque, rivée à la chaîne d'un seul homme, rage aveugle que ne retrouveront pas les générations futures ! David venait d'accomplir un devoir sacré, mais il s'était rendu coupable pour l'accomplir, tout chemin lui était fermé ; sa désertion le tuait.

— Oui, murmura-t-il, je ne mérite plus le nom d'homme ! les enfants de ce pays viendront tous me montrer au doigt.

— Un déserteur ! s'écrieront-ils tous, un déserteur ! oh ! j'eusse mieux fait de mourir sous le feu de l'ennemi ; j'eusse mieux fait de ne pas survivre à celui que pleurent une mère, une jeune épouse ! Je suis la honte de vos cheveux blancs ! ô ma mère ! mais Dieu a permis que vous ne puissiez plus me voir !

En parlant ainsi, le soldat laissait tomber de grosses larmes sur la main de l'aveugle ; il avait l'air d'implorer son pardon auprès de Brigitte... La comtesse et Laure contemplaient David dans un silence effrayant.

Soudain la comtesse de Praimont se leva, un éclair de lucidité ressuscitait chez elle le désir assoupi de la vengeance.

—Qu'on aille chercher messieurs de Guèves! s'écria-t-elle

(1) 30 et 31 janvier 1814

en s'avançant elle-même jusque sur le seuil de l'appartement.

— Messieurs de Guèves sont morts, répondit une voix vibrante comme un glas funèbre.

En même temps l'abbé se présentait pâle, chancelant encore devant la comtesse...

Ce fut là un sublime coup de théâtre, le dernier mot de cette tragédie de famille... trois fils ensevelis dans l'éternité d'un seul coup, trois hommes dont il ne restait que cette sentence :
FATALITÉ !

La comtesse de Praimont regarda l'abbé en silence ; sa pâleur, l'accent de sa voix, son trouble, tout révélait en lui la vérité.

L'abbé ajouta peu de mots à cette foudroyante nouvelle, il était encore sous le poids de la scène terrible qu'il fuyait. Un misérable avait voulu attenter à ses jours, et Dieu l'avait frappé avant même qu'il pût commettre le crime... le comte Henri était mort, mort sans repentir et sans pardon ! Pour son autre frère, pour Raoul, une sorte de puissance providentielle avait aussi tranché le cours de sa destinée ; l'abbé, sans le savoir, était en ceci le double instrument des secrets de Dieu... Qu'eût donc été la vie de Raoul après cette épouvantable leçon d'un cadavre ? Il se fût enseveli dans les solitudes qui virent Rancé, il eût vécu du silence et des pleurs de l'anachorète. Dégagée en même temps que celle de son frère, son âme dut monter vers le Seigneur avec l'épuration du remords.

Comment retracer maintenant les divers sentiments qui durent assiéger l'abbé dans cette chambre des deux frères ? Après combien de temps chercha-t-il à s'orienter au milieu de ces ténèbres ? Lui-même avait peine à rassembler alors ses souvenirs ; il avait prié cependant une heure entière aux pieds de ce lit voilant un crime.

Mais de quelle douleur, de quel étonnement plus cruel encore, l'abbé ne fut-il point saisi en apprenant cette mort devant laquelle pâlissaient déjà les deux autres ! Arthur était son élève, son fils de prédilection. En revoyant David et en le revoyant seul, M. d'Anspach comprit tout ; il s'empressa de parler du ciel à celle qui n'avait déjà plus rien sur la terre. L'abbé redoutait l'excitation de la comtesse ; il n'ignorait pas à quels excès pouvait la porter un pareil coup, triple blessure par laquelle saignait alors tout son cœur. Comment consoler une douleur inconsolable ? M. d'Anspach eut la générosité de ne point charger une mémoire coupable ; il ne raconta pas à cette mère éperdue, abîmée dans sa tristesse, l'attentat prémédité par le comte Henri. Le reste de cette nuit il ne fut question que d'Arthur, l'ange envolé, remonté au sein de Dieu.

— Je suis bien sûr, dit l'abbé, qu'il ne sera pas mort sans son *memorare* à la sainte Vierge !

La comtesse de Praimont, Laure et Brigitte, resserrées en cercle étroit autour de la cheminée, n'articulaient plus une parole... Refoulées par la violence du vent, les eaux de la Meuse menaçaient alors de submerger leurs digues ordinaires ; l'obscurité de l'horizon ne cédait par instant qu'aux bandes lumineuses de l'éclair... Brigitte se leva, elle voulait donner à David sa place au foyer ; le soldat ne voulut pas, il demeurait sombre et pensif dans un des coins de la vaste salle...

La pendule sonna trois heures.

Au dernier coup frappé par le timbre aigu, la comtesse de Praimont se leva. L'aberration prolongée de son regard était devenue sinistre... Elle s'avança près de l'une des glaces de la salle ; puis, s'y regardant avec une sorte de complaisance froide, elle coupa elle-même avec ses ciseaux la boucle de cheveux qui retombait en anneaux sur sa tempe droite.

Ce mouvement fut si prompt que Laure ne put s'y opposer ; elle surprit alors un sourire glacé sur les lèvres de madame de Praimont qui, lui donnant cette boucle de cheveux, ajouta en la baisant sur le front :

— Ceci, ma chère fille, est pour que vous vous souveniez de moi.

Puis, d'un geste rapide, elle ouvrit la porte de la salle, gravit les quelques marches qui la séparaient de son appartement, et se renferma à double tour dans cette pièce qui était sa chambre à coucher. . . . .

. . . .

. . . .

Ce matin-là même, vers les six heures, le feu se déclara avec une horrible rapidité dans le château de Lugues-Arches. L'abbé d'Anspach et Laure n'avaient eu que le temps de sortir de leurs appartements respectifs ; arrivés sur les escaliers, ils remarquèrent avec stupeur que la chambre de la comtesse était ouverte. Des langues de flamme s'élançaient de chaque issue. L'abbé hésitait à charger Laure sur ses épaules, quand il la vit elle-même transportée à terre, en quelques minutes, par deux

bras robustes. Le libérateur de la jeune femme ne se croyait pas encore quitte de sa tâche, car il reprit bientôt M. d'Anspach à moitié évanoui et le déposa également sur le perron. L'orage de la nuit, au lieu d'avoir cessé, redoublait de violence ; les arbres renversés gisaient çà et là dans le parc. Des torrents de grêle et de pluie combattaient en vain cette hydre immense de feu. Les paysans arrivés sur le lieu du désastre, n'osaient avancer, les plus superstitieux s'imaginant que l'incendie partait de la Tour du Diable.

En six heures, tout le château de Lugues-Arches s'était vu la proie des flammes... Le plomb et le fer bouillonnaient dans cette lave : des trombes de feu, de fumée, s'épandaient sur la campagne. Des bateliers de la Meuse, amarrant le soir leur barque aux îlots du fleuve, y trouvèrent des pierres lancées par ce volcan imprévu ; les sept faubourgs de la ville s'éveillèrent à cette mémorable aurore de flammes.

Au milieu des décombres, des toits noircis ou fondus, on trouva une torche qui brûlait encore... Cette torche était placée près de la chambre de la comtesse... Chacun la crut morte, et cependant on ne put trouver son corps...

XIII

A l'extrémité du parc s'élevait la chaumière donnée par madame de Praimont à Brigitte, ce fut là que David Lheureux conduisit la jeune comtesse.

Depuis cet incendie, qui avait dévoré le château de Lugues-Arches et anéanti l'un des plus magnifiques domaines du pays, six mois s'étaient écoulés, on ignorait toujours l'auteur de cet acte inouï, inexplicable...

Abritées sous le même toit, Laure et Brigitte s'y voyaient toutes deux servies par le soldat, dont les soins pieux ne s'étaient pas démentis un seul instant. Ceux qui ont passé par le malheur, savent ordinairement se dévouer ; la vie de David était devenue un perpétuel holocauste offert à deux infortunées créatures.

Vis-à-vis de Laure, c'était chez le Breton un mélange de tendresse et de respect, il n'aurait pas eu plus de vénération pour la Vierge qui lui fût apparue au milieu des vapeurs de l'encens et de la guirlande embaumée par les anges. Chaque désir de Laure était un ordre fidèlement exécuté par le soldat. Devenu le tuteur de cette belle et noble femme, David Lheureux se regardait pour ainsi dire comme un homme transfiguré. L'étrange distinction de manières qui accompagnait la jeune comtesse, sa douceur, sa résignation étaient pour David le sujet d'une admiration journalière ; il n'avait jamais entendu sortir une plainte de cette bouche, un reproche de ce cœur brisé. La religion, innée chez le Breton, lui faisait quelquefois considérer Laure comme une sainte. Pendant ces cinq mois, elle n'avait jamais manqué l'office à l'église de Saint-Pierre ; quand elle en revenait, il semblait au soldat que la chaumière de Brigitte avait des rayons. Bêcher le jardin de Laure, cirer le parquet de sa chambre modeste, arranger ses fleurs dans le seul vase que la vieille aveugle possédât, chasser quelquefois pour elle dans les marais remplis d'eau, tout cela transportait David ; il était heureux et croyait servir encore le maître qu'il avait perdu.

— Tu étais le meilleur ami d'Arthur, lui avait-elle dit un jour, tu resteras mon ami. Tu m'en parleras, je veux que tu m'en parles tous les jours !

Une croix reçue sur le champ de bataille n'eût pas causé au soldat plus de joie qu'un pareil ordre : il repassait chaque matin ses souvenirs dans sa mémoire, et le moment venu, il récitait à Laure tout ce qui devait l'intéresser. Jamais David Lheureux n'avait plus regretté de ne savoir rien, jamais il ne s'était plus reproché la paresse et le désordre de son éducation, que depuis qu'il servait Laure. C'était son modèle, son institutrice ; il rougissait en se troublant sous son regard. Pour mieux rester digne d'elle, il frayait rarement avec les gens de la ville, se contentant d'aller chaque matin au faubourg de Sainte-Marguerite pour lui rapporter seulement ses provisions. En un mot, David, au milieu de tant de malheurs implacables, trouvait en lui un secret plaisir à se voir ainsi le seul dépositaire de ce trésor ; il était résolu à défendre, au prix de son sang, cette fleur de l'adversité !

Vis-à-vis de sa mère, le Breton se signalait tout au contraire par l'affection d'une joyeuse indifférence : Brigitte s'étonnait souvent de sa bonne humeur et de son entrain. Ce réduit de la pauvre aveugle ainsi paré des grâces mélancoliques de Laure et de la franchise du soldat, était devenu un palais pour la bonne femme... elle disait à Laure : Ma chère fille ! joies du pauvre, orgueil du chaume, où êtes-vous maintenant ? Quelle existence déçue, abîmée, se cache encore sous vos treillages ?

quelle chaise de paille offrez-vous au malheur noble et proscrit? Aujourd'hui la misère ou la tristesse ne lèvent plus le heurtoir de votre porte, elles n'ont qu'à lever les yeux et à voir ces mots écrits sur votre façade : *Égalité!* dans ces temps-ci, la jeune comtesse eût cherché asile dans les profondeurs d'une retraite, au sein même d'une ville; mais alors elle y eût vécu loin de Brigitte et de David, loin de ces pelouses foulées autrefois par le pied de son bien-aimé! Brigitte, devenue plus riche qu'elle, l'accueillit.

Il ne faut pas croire en effet que la jeune femme fût riche! après l'incendie de ce château, la justice avait trouvé deux cadavres... Dès lors, il y eut séquestre absolu sur tous les biens de madame de Praimont. Sa disparition seule confirmait les charges terribles élevées contre elle. On oublia les bienfaits de la comtesse, on ne se souvint que du désaccord qui existait entre elle et ses deux fils. On ne tarda pas à dire qu'elle avait elle-même incendié son château pour causer la mort de MM. de Guèves; les habitants du pays traitèrent tous de fable le récit fidèle de l'abbé. De là, une réaction malheureusement trop commune dans l'esprit du peuple; la mémoire de la comtesse bénie la veille, fut exécrée dès le lendemain. L'autorité s'empara des bois et des terres de Lugues-Arches; on ne respecta que la chaumière de Brigitte... L'abbé se chargea de disculper la mémoire de sa bienfaitrice et de son amie, il se multiplia avec un zèle inouï, il partit en poste pour aller lui-même soutenir les droits de la jeune comtesse à la cour voisine. L'issue du procès était douteuse; l'acte de décès du comte Arthur de Praimont n'étant pas en la possession de la jeune comtesse, elle ne pouvait réclamer ses biens. Des collatéraux avides et jaloux menaçaient cette brillante succession.

Pendant que M. d'Anspach s'employait ainsi dans l'intérêt de Laure, le soldat ne perdait pas de temps : il avait parcouru les villes voisines, sondé chaque bourg et chaque retraite pour s'assurer si madame de Praimont vivait encore. Après avoir inutilement fouillé Ahin, Héron et Coutren, il avait poussé ses recherches de Sanson à Namur; mais, hélas! toutes ses démarches demeuraient sans résultat. Qu'était devenue la comtesse? le couvent ou le tombeau renfermaient-ils cette femme qui avait conquis jusque-là l'estime de tous? Personne ne se souvenait de l'avoir vue pendant cette nuit funeste.

On peut juger, d'après ce déchaînement universel contre madame de Praimont, de la double tristesse qui devait percer le cœur de Laure. Veuve à vingt ans d'un mari qu'elle avait à peine connu, elle se trouvait privée non-seulement des consolations que renferme le cœur d'une mère, mais encore elle avait à la défendre contre d'odieuses accusations. Elle était tombée à la merci d'une pauvre femme aveugle et d'un soldat, partageant leur pain, vivant de leur vie humble et commune. Tant de malheurs s'étaient groupés autour d'elle qu'il semblait vraiment que l'avenir lui fût fermé. Ce monde ne devait plus voir en elle qu'une orpheline sans fortune. Etait-ce donc la peine d'avoir quitté le couvent, pour passer par ces épreuves? M. Van Hasberg lui-même ne devait-il pas la regarder comme une étrangère? Sa première pensée fut de fuir; mais où trouver un refuge? la famille de la comtesse l'eût dénoncée loin de l'accueillir, on l'eût accusée de complicité avec madame de Praimont contre ses deux fils. La malheureuse jeune femme baissa le front devant tant de périls, elle se soumit peu à peu, elle en vint même à s'accuser d'être calme en songeant au destin de la comtesse. Le malheur l'avait rendue folle; elle errait peut-être sans guide, sans ressources, tandis qu'elle avait près d'elle un serviteur, un ami! C'était là un sujet de torture véritable pour cette âme généreuse, elle en parlait souvent à David, les larmes aux yeux, le désespoir dans le cœur. Et ce jeune compagnon de sa vie moissonné si tôt! et ses rêves d'amour à jamais évanouis! Ah! le calice de ses larmes était comblé, il ne restait à cette existence désabusée que la prière! L'aube ou les étoiles la trouvaient toujours à genoux. Sa petite chambre, séparée par une mince cloison de celle de Brigitte, était devenue un oratoire. Quelquefois David la surprenait les yeux attachés sur la croix de son mari; elle l'avait placée au pied de cette autre croix qui reçut Dieu pour martyr. Cet autel improvisé se couvrit bien vite de fleurs et de larmes, mais c'était aussi devant lui que Laure trouvait sa force; il était rare qu'elle ne se relevât pas consolée. Tout avait péri dans cet affreux incendie, tout jusqu'au portrait d'Arthur! Elle parvint à force de travail à le ressusciter pour ainsi dire, car Laure savait dessiner; aussi quelle joie pour elle, quand elle entendit le Breton s'écrier : Oui, c'est bien lui! L'illusion de cette figure sembla dès lors les ranimer tous les deux, le portrait d'Arthur avait occupé Laure tout un grand mois.—David était là, placé d'un air recueilli derrière la chaise de Laure, il lui rappelait la couleur des parements de la pelisse, du manteau. Un soir, il y eut grand

bruit autour de l'humble enclos; c'était une noce endimanchée, violons en tête, qui revenait d'Ahin, pays de la mariée. David comprit bien vite le mal que la joie de ces braves gens causerait à Laure : il alla au-devant d'eux, distribua aux ménétriers tout ce qu'il avait d'argent, et les pria de cesser jusqu'à ce qu'ils eussent dépassé les murs du parc. Quand il rentra, il dit à Laure avec sa gaîté ordinaire :

— C'est un baptême, la marraine était jolie! Laure le crut, les volets étaient fermés, le froid était vif, on était alors en mars. Une autre fois, c'étaient des conscrits; ils gagnaient Namur avec des fanfares et le cortége obligé. Cette fois, le soldat savait que Laure dormait; il était six heures du matin. Il sortit et courut appliquer une échelle contre la fenêtre pour qu'elle ne pût l'ouvrir. La bande passée, il revint, et s'assura que Laure ne s'était point réveillée. On parla un soir de la fermière du château qui allait se remarier; cette fois Laure était là. David Lheureux serra la main de l'importun visiteur à la broyer; c'était le percepteur de l'endroit. Il se le tint pour dit, et il ne reparut plus.

David Lheureux n'avait jamais voulu se marier, rapport, disait-il dans son langage de soldat, au beurre qu'il faut pour la chose. Il se trouva cependant un tanneur de la ville qui lui parla de sa fille.

—Laissez donc, reprit-il, nous autres soldats nous ne sommes bons qu'à faire des veuves! et il pleurait.

Hors le bourgmestre qui venait parfois s'asseoir au feu de Brigitte et qui conservait un attachement réel pour celle qu'il avait autrefois nommée sa nièce, personne n'entrait plus depuis quelque temps dans la chaumine de l'aveugle.—A quoi bon les sots ou les méchants? disait le soldat; il tremblait toujours qu'on ne s'aventurât devant Laure sur le compte de madame de Praimont. Cependant, un soir que tous étaient rassemblés, la porte s'ouvrit, et Van Hasberg amenait un visiteur. Mais ce visiteur n'était inconnu à personne d'entre eux, excepté peut-être à Brigitte; le soldat n'eut pas grand'peine à l'appeler par son nom.

— Vous ici! M. Bormans? dit-il d'une voix qui était loin à coup sûr d'être engageante.

M. Hector-Cincinnatus Bormans, — c'était bien lui, — n'en crut pas moins devoir entrer chez Brigitte, sous le patronage de son cousin, le bourgmestre; mais l'aspect de David n'était guère fait pour le rassurer. La toilette du fournisseur contrastait singulièrement avec l'habit déchiqueté du soldat. M. Bormans portait des breloques en fruit d'Amérique suspendues à une chaîne qui décrivait au moins quatre tours sur son gilet de chamois broché, une canne à pomme dorée, et des bottes d'un lustre irrécusable.

—Que nous voulez-vous, monsieur? demanda le Breton d'une voix brève.

—Mais... mon cher David... balbutia M. Bormans... ce n'est pas pour vous... précisément que je viens...

— D'abord, apprenez que je ne suis pas votre cher David; encore une fois, que voulez-vous dire à madame la comtesse?

—Rien qui ne puisse être entendu de vous, répondit M. Bormans en jouant l'indifférence, bien que l'interrogation brusque du soldat ne le mît pas très à l'aise.

— Asseyez-vous donc, reprit David en manquant de broyer sur le parquet la chaise qu'il offrit à M. Bormans.

— Eh! mon Dieu, pourquoi tant de cérémonie, dit le fournisseur d'un air patelin, ne dirait-on pas que nous sommes encore au château, dans le salon de madame la comtesse de Praimont?

David se mordit les lèvres, il pressentait une issue fâcheuse à cette visite du fournisseur : le soldat se rappelait non-seulement les détournements nombreux dont ses camarades accusaient M. Bormans, mais encore l'amitié et l'intérêt hypocrite qu'il n'avait jamais manqué d'afficher pour Arthur, son ancien rival, au couvent des Dames-Nobles.

Le fournisseur toussa, il balaya de sa main, où brillait un bel onyx, le tabac répandu sur son jabot, puis se tournant vers Laure avec une sorte d'embarras :

—Madame la comtesse, dit-il, voudra-t-elle bien me pardonner l'heure indue de cette visite? M. Van Hasberg, mon parent, sait que je ne suis de retour à Huy que de ce matin.

A tous les cœurs bien nés que la patrie est chère! comme l'a dit je ne sais plus quel poëte. Ah! madame la comtesse, ce poëte-là était un tier homme! Rien qu'en passant devant mon ancienne maison du quartier Saint-Domitien, j'ai manqué de m'évanouir! Madame la comtesse, je vous retrouve, hélas! plus adorable que jamais; pourquoi faut-il qu'un malheur affreux... imprévu...

Et M. Bormans tira de sa poche un ample mouchoir, moins pour pleurer que pour en étaler complaisamment la broderie.

Il essuya ses yeux qui étaient parfaitement secs, puis il reprit :

— Un si beau jeune homme, un si brave militaire ! mais c'est le malheur des temps ; à Leipzig j'ai failli moi-même être tué !

— Vous, reprit le soldat en se pinçant la moustache, allons donc ! de ma vie je n'ai vu marcher au feu un fournisseur !

M. Hector-Cincinnatus Bormans rougit prodigieusement, toutefois il se contint.

— C'est cependant comme j'ai l'honneur de vous le dire... continua-t-il en affectant de se tourner vers la comtesse comme s'il eût voulu la prendre à partie : Ah ! madame la comtesse, nous avons eu bien du mal ! mais enfin nous vous revenons ; oui, je ne veux plus servir un tyran, un usurpateur... un...

David Lheureux haussa les épaules, il savait ce que M. Bormans appelait servir.

Le fournisseur ajouta en s'exaltant :

—En arrivant ici, un spectacle horrible a frappé mes yeux ; le beau domaine de Lugues-Arches a donc péri ! madame de Praimont existe-t-elle ? nul ne le sait ! Mais ce que vous devez savoir, madame la comtesse, c'est qu'il y a en ce pays même un homme qui met à vos pieds tout ce qu'il possède... oui..... madame, je suis... je veux être... je serai votre sauveur ! Grâce, au ciel, je puis vous être utile, je puis, en attendant que vous récupériez votre fortune, vous offrir la mienne. Parlez-moi de grâce ; me refuserez-vous ? je suis riche ! Hector-Cincinnatus Bormans, ex-fournisseur des armées et célibataire, voilà !

— Monsieur Bormans, répondit Laure avec dignité, vous êtes dans l'erreur, je n'ai besoin de rien, sachez-le.

Le ton de cette réponse révélait chez la jeune femme un tel sentiment de fierté blessée, que le fournisseur eut peine à cacher sa confusion. David se tenait à part les mains croisées, comme un homme qui s'impose à lui-même la loi d'un rude silence, il s'était vu près de le rompre à ce mot de *célibataire* insolemment lancé par M. Bormans, mot qui ne révélait que trop au soldat les projets du fournisseur. M. Bormans venait de tirer de sa poche un magnifique lorgnon, et il avait l'air de supputer et d'expertiser chaque objet contenu dans la modeste cabane. La comtesse, placée auprès de M. Van Hasberg, était si belle en ses noirs habits de deuil, que M. Bormans en fut ébloui. Résolu d'en venir à ses fins, il reprit insidieusement :

— Permettez-moi de vous faire observer, madame, que vous avez à peine en ce misérable gîte le simple nécessaire. Ma maison va se voir décorée incessamment, je vais faire venir tout exprès des peintres de Paris... ce sera un petit Louvre... surtout si vous daigniez consentir à en être la reine, ajouta M. Bormans en se rengorgeant avec satisfaction dans les plis d'une ample cravate d'où sa face jaune ressortait agréablement.

—En voilà une ! au moins... laissez-moi rire... ah ! en voilà une de fier calibre ! reprit le soldat qui se tordait alors de rire. quoi ! M. Bormans Cincinnatus, c'est sérieusement que vous nous offrez chez vous le logement et la table !

— Sérieusement, reprit M. Bormans effaré.

— Eh bien ! alors ! c'est aussi très-sérieusement, M. Bormans, que je m'en vais, moi, vous répondre ! Madame la comtesse Laure de Praimont aime mieux les braves gens, que les gens riches... sachez-le. Ma mère et moi nous sommes ses seuls serviteurs, et j'ose croire que les vôtres ne nous vaudraient pas. Quant à vos offres de service, je sais assez mon monde pour lire dans les yeux de madame la comtesse qu'ils lui déplaisent... Tournez-nous donc les talons, et ne venez pas insulter de pauvres campagnards comme nous... Sans le respect que je dois à madame... et à monsieur... continua David en s'inclinant devant le bourgmestre, il y a déjà longtemps que je vous eusse reconduit jusqu'à votre maison... votre Louvre... comme vous l'appelez. Un Louvre à vous, quand tant de pauvres soldats regagnent la frontière qu'il est, leurs souliers pleins d'eau, le ventre creux, et du cheval pour tout rôti ! Mais il n'y a de bonheur que pour les gens qui se chauffent du bois des sans-cœurs ! Mille-s-yeux ! quand je songe aux souliers que nous avions ! C'était à vous que nous les devions ces souliers-là ! ça ne fait pas honneur à votre cordonnier, M. Bormans ! Mais votre pelote est faite, vous allez maintenant faire le seigneur à la place de mon bon maître ! Ah ! il n'y a qu'heur et malheur ! reprit le soldat en frappant du poing sur l'appui de la fenêtre. N'importe, en voilà assez, madame la comtesse m'a nommé son intendant... suffit...

Et David, le front couvert de sueur, le cœur gonflé, l'œil étincelant, indiquait du geste à M. Bormans la porte par laquelle il devait sortir...

Cette brusque apostrophe ôta d'abord l'usage de la parole à M. Bormans, mais reprenant bientôt une apparence de sérénité :

— Madame la comtesse approuverait-elle d'aventure le lan-

gage de ce soldat ?... Je venais offrir mes services et je reçois des injures ! Cependant M. Van Hasberg ne m'a pas caché les nombreux embarras qui vous assiégent... Il ne s'agit de rien moins, pour madame de Praimont, que d'une réhabilitation douteuse... J'espérais que mes protections, mon crédit... enfin madame la comtesse réfléchira...

— C'est parce que j'ai réfléchi, Monsieur, reprit la comtesse avec dignité... désormais mon droit, mon droit seul...

— Le droit ! madame la comtesse ! vous ignorez donc les roueries de messieurs les avocats, les fraudes des parents, la défection d'une famille ? Madame votre mère est soupçonnée, elle a fui. Messieurs de Guèves avaient de grands biens, ils sont morts d'une fin qui laisse un champ vaste aux conjectures... L'abbé d'Anspach assiège en ce moment-ci la cour suprême de Metz ; c'est votre seul appui, mais cet appui est un prêtre... le vent n'est point au clergé par ces temps-ci. En un mot, Madame, je regarde votre cause comme perdue, à moins d'un homme appuyé...Moi, je me retire des affaires avec cinquante mille livres de rente : je ne suis pas noble, mais chaque jour on le devient avec des apports incontestés... Je serai baron... baron, quand je le voudrai. Direz-vous maintenant, madame la comtesse, que je n'ai pas le droit de vous offrir une fortune ; direz-vous, comme monsieur, reprit Bormans en regardant le soldat, qu'un homme de ma caste soit un homme à dédaigner ? La commune veut acheter les terres dépendantes de Lugues-Arches, elle veut en faire une propriété départementale. Cette chaumine, où vous vous croyez à l'abri, se trouve précisément dans l'embranchement d'une des routes que le génie de l'empereur a fondées... Jusqu'alors, vous le savez vous même, l'état des chemins de Belgique était déplorable ; la commune d'Huy a bien voulu me choisir pour acquéreur d'une grande partie de ces terres. Refuserez-vous maintenant une alliance de conditions territoriales avec moi ? Je sais ce qu'il doit en coûter à votre orgueil, madame la comtesse, mais les temps sont durs, jugez !

Le fournisseur reprit haleine après ce formidable exposé de situation. David Lheureux s'était fait violence pour écouter une pareille tirade ; mais, aux derniers mots articulés par M. Bormans sur la propriété de Brigitte, il se leva d'un bond de chacal et, saisissant le discoureur par le bras :

— Assez, Monsieur, dit-il, je ne souffrirai pas qu'on injurie plus longtemps madame la comtesse !

— Mais je n'injurie point, reprit M. Bormans avec flegme, je discute...

— Madame de Praimont la mère a donné, Monsieur, cette chaumine à Brigitte !

— On vous en rendra le prix !

— Et si je ne voulais pas la vendre, moi !

— Libre à vous, mais les dettes nombreuses de M. Arthur...

— Des dettes, lui !

— Oui, certes, il n'a pas encore payé son équipement. Je lui en ai fait l'avance, et je comptais sur sa mère...

— Arrêtez ! Monsieur, les dettes de mon mari sont toutes reconnues et payées, reprit généreusement la jeune comtesse.

— A Dieu ne plaise que je vous en demande compte, Madame, reprit M. Bormans avec une fastueuse compassion. J'attendrai !

Ce dernier mot fit vibrer dans l'âme de David Lheureux toutes les cordes de sa rancune, de sa haine... Depuis longtemps ce parvenu l'incommodait...

— Ne voyez-vous donc pas que vous êtes de trop ici ? reprit-il d'une voix étouffée par la colère.

— Oui, je suis de trop ici..., reprit M. Bormans, encouragé en ce moment par la valeur de sa position, et comprenant qu'entre un esprit aussi abrupt que celui de David et ses raisonnements de financier, la lutte était impossible... Oui, je suis de trop et je m'éloigne ! J'ignorais, à vrai dire, que madame la comtesse fût entourée de conseillers si hautains ; on l'abuse, on l'aveugle, et tout cela sans profit... Aujourd'hui, ce n'est plus le soldat, c'est l'or qui dicte les lois... Mais je m'emporte, je ne dois pas prolonger une pareille scène... Sachez seulement, madame la comtesse, ajouta le fournisseur, hors de lui en se voyant contraint à la honte d'une retraite, que cet homme si zélé pour vos intérêts, cet homme... devenu votre ami... a été mis lui-même à l'ordre de l'armée, cet homme, en un mot, est un déserteur !

Le sang menaçait alors d'étouffer le Breton, il se cramponna chancelant à la serrure de la porte...

— Vous ne sortirez pas ! balbutia-t-il d'une voix à demi éteinte.

— Laissez donc ! mon cher, murmura M. Bormans en faisant claquer la porte sur lui : il y a dans les combats de taureaux d'Espagne un endroit sûr pour frapper... vous êtes blessé... bonsoir !

. . . .

Et M. Bormans s'éloigna, entraînant le bourgmestre. Pour David, il ne se soutenait plus, on aurait dit d'un homme ivre... Il s'assit, vaincu sous le poids de sa propre colère, et regardant fumer les tisons de l'âtre avec une morne impassibilité... Puis tout d'un coup, et comme si la mémoire lui fût revenue, il se hâta de décrocher son fusil de la muraille, et voulut courir à la poursuite de M. Bormans... Mais Laure, aussi pâle qu'une statue de marbre, lui fermait alors le passage... David n'osa pas enfreindre une consigne aussi sacrée. Il déposa son arme, et regardant la jeune comtesse :

— Dieu m'est témoin, dit-il d'une voix grave et solennelle, que je n'ai déserté qu'après la mort de mon maître ! j'avais à remplir un devoir suprême, je l'ai rempli !

Ces paroles achevées, la tête du soldat retomba dans ses deux mains .... il pleurait comme un enfant.

— Regardez-moi, David , que vous font les sots reproches de cet homme?

— Rien , répondit le Breton , seulement c'est grâce à vous, Madame, qu'il a pu sortir d'ici.

En même temps David examinait son fusil ; il en nettoya la pierre avec une minutieuse attention.

— Pauvre vieux! dit-il, c'est à toi maintenant de me défendre !

Il remonta dans sa chambre, ému, accablé. Pour certaines âmes la fureur elle-même devient une chose disciplinée , contenue... La figure de David conservait ce type imposant et terrible du paysan corse insulté par un fuyard. Il rentra chez lui plein d'un désespoir muet, comme un chien blessé rentre en son maquis solitaire. Peu à peu les bruits s'éteignirent autour de la cabane, le val reprit son austérité de silence. Laure de Praimont, devant ce soldat insulté, avait recouquis son énergie, son courage ; elle ne dit rien à Brigitte, mais elle l'embrassa comme si ce soir-là Brigitte eût été sa mère.

Cependant, à dater de cette soirée, l'humeur de David s'était rembrunie ; il était bien rare qu'il ne fît pas le soir une descente vers la ville... Le prétexte était toujours le même : aller à la poste pour en rapporter les lettres de l'abbé. Mais souvent David revenait sans lettre, il se jetait fatigué sur son grabat.

Un soir, — c'était à la fin de mars, — Brigitte était demeurée seule dans la chaumière, David accompagnant la jeune comtesse à la ville... Les premiers bourgeons du printemps commençaient à s'ouvrir, mais un de ces orages subits mêlés de grêle et de pluie qui marquent souvent la fin de l'hiver, menaçait alors la frêle habitation de l'aveugle... Le coucou de l'endroit sonnait minuit de sa voix enrouée ; les arbres craquaient avec un gémissement sinistre.

— C'est par une nuit semblable, pensait Brigitte, que le feu s'est déclaré, il y a un an bientôt, au manoir de Lugues-Arches! Je n'ai pu voir les flammes jaillissantes comme un volcan, mais je sens encore l'embrasement, la fumée... Lamentable souvenir!... Et David qui n'est point encore venu avec la comtesse! que peut-il faire à la ville! L'abbé nous donnera-t-il cette fois des nouvelles rassurantes ? Mon fils n'est point là! mon Dieu, qu'il tarde à rentrer.

Tout à coup la porte s'ouvrit.

L'aveugle se leva, elle crut que c'était David.

Un frôlement de robe vint dissiper cette erreur... c'était une femme qui venait de pousser la porte...

Madame la comtesse ? murmura Brigitte les mains étendues vers celle qui entrait.

— Qui m'appelle ici ? dit une voix.

A cette voix la mère de David tressaillit.

— Je croyais, continua la nouvelle arrivée, que mon nom et mon titre étaient rayés de la mémoire des hommes... Une aveugle! c'est Brigitte! oui, c'est bien elle... je la reconnais... et cette chaumière...

— Me fut donnée par celle aux pieds de qui je me jette à genoux; vous êtes madame de Praimont !

Et Brigitte venait de se prosterner aux pieds de cette femme qu'elle ne pouvait voir et que ses mains tremblantes n'osaient elles-mêmes interroger...

Madame de Praimont était vêtue d'une mauvaise robe de laine grise déchirée en vingt endroits ; sa maigreur et le désordre de ses traits la rendaient alors méconnaissable. Quelques mèches de cheveux gris éparses sur son front pâle, donnaient à son visage un aspect inculte. L'eau ruisselait sur ses bras et ses épaules. Ses mains, autrefois si fines, étaient devenues rudes et calleuses; sa chaussure, ouverte par une longue marche, laissait apercevoir des linges ensanglantés. Un an avait suffi pour changer ainsi la comtesse ; un an de fatigues, d'espoirs avortés , de privations indicibles ; mais il lui restait encore ce type indélébile de noblesse qui distingue les femmes de la véritable aristocratie : si l'on n'eût point reconnu en elle madame de Praimont, on eût, du moins, soupçonné son origine. Elle s'assit devant quelques sarments auxquels Brigitte mit le feu. La pauvre aveugle, encouragée par son silence, approcha alors ses mains de son ancienne bienfaitrice, mais en les promenant seulement sur l'étoffe grossière de cette robe humide de pluie, son cœur se serra... les sanglots s'échappèrent de sa poitrine.

— Vous ainsi vêtue, madame la comtesse! vous que nous avons vue si riche ! ah! souffrez...

Brigitte tâtonna le mur, ouvrit une armoire, en tira du linge et se hâta d'essuyer elle-même la malheureuse femme. A demi glacée par le vent et par le froid, la comtesse avait approché machinalement ses pieds du foyer, elle en remuait les cendres en se parlant à elle-même... Son visage avait insensiblement repris cette impassibilité morne qui n'accuse que trop la folie ; de temps à autre des mots inarticulés erraient sur ses lèvres. A la chaleur vivifiante du foyer, elle reprit ses forces peu à peu, mais la souffrance morale qui la minait se fit jour aussi dans son regard. Elle semblait chercher autour d'elle avec une inquiète avidité ; elle interrogeait l'aveugle avec un empressement fébrile.

— Ainsi l'on t'a laissé tout ce qui reste du château de Lugues-Arches! reprit-elle en examinant l'humble abri où elle se trouvait. Qui m'eût dit qu'un jour j'y dusse revenir ! je sais qu'ils m'y intentent un procès ; mais que m'importe! Ce que j'ai fait alors, je le ferais encore aujourd'hui... Ne fallait-il donc pas un tombeau à ces deux hommes ? Mais lui, mon Arthur, a-t-il seulement un tombeau ?

Elle écarta du pied le bois pétillant, et considéra la flamme avec une sorte de satisfaction diabolique...

— Du feu! poursuivit-elle, du feu ! oh ! c'est par le feu que j'ai voulu me venger ! De mes fils morts, plus rien, mais plus rien aussi du château de Lugues-Arches ! J'ai vu des landes incultes, des bois déserts, un lieu de malheur et de désespoir. C'est là que je veux mourir !

— Et Laure, Madame, Laure, votre fille..., reprit l'aveugle avec un accent déchirant, ignorez-vous donc qu'elle existe : nous l'avons sauvée !

— Que me parlez-vous de ceux qui vivent? Laure, c'est un nom de femme... et celui de votre fille peut-être... je ne m'en souviens pas... non, je ne sais...

Et la comtesse passa sa main sur son front comme pour en faire jaillir un souvenir, une image... Mais elle ne rencontra rien, rien que la folie, cette sœur implacable assise au chevet de ceux qui souffrent.

— Parle-moi des morts, dit-elle à l'aveugle. Dis, ne sortent-ils pas quelquefois ici de leurs tombeaux ? Henri et Raoul n'attendent-ils pas leur frère Arthur ? Il ne viendra pas, vois-tu, ils l'ont enterré là-bas sous les tas de neige... Celui qu'ils appellent l'empereur l'a vu tomber, il l'a vu tomber sans un cri, sans une larme! oh! mais je suis bien vengée !...

— Vengée ! demanda Brigitte, et comment?

— Tu le sauras. En attendant, rends-moi les honneurs dus à la châtelaine de Lugues-Arches; dis à mes vassaux de se réunir, qu'on sonne les cloches, me voici ! Regarde... je suis belle, je suis admirée, je suis riche! Tu vois à mon cou les diamants que M. de Praimont m'a donnés avant de partir; je me rends au vœu de ce peuple, je parais à ce balcon; mon nègre César tient mon parasol, mon intendant distribue de l'or... je suis mariée avec le noble comte de Praimont, mes deux fils eux-mêmes me complimentent. Cela est inouï, tu sembles ne pas me comprendre... Vois donc maintenant ce berceau placé dans ma chambre, c'est celui d'Arthur, de mon fils... Mais vois aussi là-bas ce point noir à l'horizon : il se développe, il approche, il éclate, c'est un homme à cheval qui demande à me parler.

— Vous êtes bien belle, madame la comtesse!

— Oui, j'ai trois enfants à votre service, Monseigneur.

— Il se penche alors et les regarde. O douleur! il n'en a pris qu'un! mais celui-là, c'était mon meilleur, mon plus adoré, mon plus cher! J'entends le galop de son cheval , l'homme a emporté mon fils et il est parti!

Elle reprenait, sans que Brigitte osât seulement interrompre cette démence fiévreuse :

— Conçois-tu cela? il me l'a pris. De quel droit? Il y a longtemps qu'il a foulé tous les droits aux pieds! Aussi, vois-tu, ajoute la comtesse avec un rire éclatant , moi qui savais cela

Brigitte, j'ai bu à sa mort, et il va mourir! Je sais ce que je tiens là!

En parlant ainsi la comtesse froissait convulsivement entre ses doigts un papier qu'elle cacha bientôt à l'arrivée de Laure et de David dans la chaumière. A l'aspect de madame de Praimont, le soldat et la jeune fille reculèrent par un mouvement instinctif de doute et d'effroi. Ce visage livide, ce front sillonné de rides profondes, ce mélange de fierté et de haillons, tout cela ne pouvait être la comtesse; elle ressemblait plutôt à un spectre échappé de son tombeau. Laure et David la contemplaient avec cette sorte de frayeur superstitieuse qu'on éprouve à la vue d'un être surnaturel, et de son côté la comtesse regardait sa fille et le Breton avec le calme impitoyable de la folie... Cependant l'uniforme de David parut produire sur elle un retour à la raison; le soldat avait cru devoir revêtir cet habit pour accompagner Laure à la ville.

— Un soldat! s'écria-t-elle; un soldat! Il va me donner, celui-ci, des nouvelles de la bataille...

— De quelle bataille voulez-vous parler, madame la comtesse? répondit David la voix altérée par l'émotion et la douleur.

— Tu ne veux rien me dire et tu as raison, reprit-elle. Ils sont tous comme cela! tu sais bien que des partis se sont montrés déjà sur la Vendée et la Loire. On va griller enfin les acquéreurs de biens nationaux; les ateliers se ferment, les ouvriers se révoltent, les soldats désertent, les alliés marchent sur Paris. A quelle bataille étais-tu, mon brave ami? Ah! l'échiquier de l'empereur, le voilà brouillé; il est perdu! Tiens, vois cette relation du passage de la Marne par la grande armée alliée; regarde cette date: le vingt-neuf mars! Il me restait encore quelques écus dans ma bourse, j'ai donné tout, bourse, écus; j'aurais donné ma main droite pour lire cela! Demain, oui, demain, on se battra dans Paris, et toi, comment n'y es-tu donc pas? Paris sera forcé de capituler! Mais c'est à sa Marie-Louise que j'attends ton empereur! ajouta la comtesse avec une cruelle ironie... L'impératrice a un fils, moi aussi j'en avais un! et on me l'a pris, vois-tu, on me l'a tué!... Vengeance!

Madame de Praimont s'était levée; on n'eût plus dit une femme, mais bien une hyène qui flaire sa proie... A force de se torturer ainsi elle-même de cet affreux paroxysme de sa douleur, elle en vint à succomber sous les gémissements et sous les larmes. David, hébété de ce qu'il venait d'apprendre, la regardait avec un attendrissement mêlé d'horreur. Cette chute d'un empereur, ce siège d'une capitale l'épouvantaient. L'armée de France n'était plus qu'une vaine ombre: faute de pouvoir être équipés, les soldats n'étaient-ils pas retournés chez eux, maudissant celui qui les conduisait autrefois à la victoire? Et c'était au milieu de circonstances si décisives, tout empreintes d'un sceau de fatalité providentielle, que David s'était entendu accuser, par un homme cupide, d'avoir déserté. Il relut vingt fois le journal que la malheureuse lui avait présenté: la bataille devait se livrer le lendemain 30 mars, sous les murs de Paris; les armées européennes avaient pénétré au cœur de la France! Tout en ne pouvant se dissimuler à lui-même les maux inouïs causés par Napoléon, le sort de cet homme qui jouait le monde intéressait le cœur du soldat. Dans sa crédulité bretonne, David pensait peut-être qu'il serait promené de ville en ville dans une cage de fer, ou même fusillé, triste retour du crime commis par lui-même sur le duc d'Enghien. Ce fut alors qu'il se repentit d'avoir souhaité quelquefois sa mort au milieu des marches haletantes et ensanglantées. Il s'accusa devant Dieu d'une aussi horrible prière. Lui qui avait vu aussi des villes saccagées, il craignit le sac de cette Sodome appelée Paris. Les iniquités du conquérant, il les oublia; l'égoïsme de Napoléon, il l'excusa presque par sa gloire: ainsi sont faites les grandes âmes. David ne vit plus qu'un homme à la merci du monde réuni, il sentit son cœur se rompre à l'idée d'un échafaud où peut-être on ferait monter ce César découronné. N'avait-il pas détaché sa propre croix pour la poser lui-même sur sa poitrine? Arthur de Praimont, son maître, n'était-il pas mort avec le ruban? En proie à ces bouleversements inconnus David eut d'abord l'idée de partir et de se traîner aux portes de la capitale; son parti était pris: là, du moins, il se ferait tuer comme Arthur! Cette idée acquit bientôt dans le cerveau du soldat une telle consistance que, regagnant sa chambre, il en détacha subitement sa valise pendue à un clou, prit son fusil à la hâte et voulut partir par la petite porte du jardin qui donnait sur la grande route. Mais tout d'un coup, une réflexion soudaine le retint, il se dit que ses trois femmes, ainsi désolées, délaissées, accusées même, ne pourraient vivre sans lui, et qu'avant tout il leur appartenait corps et âme. A ces voix impérieuses qui l'agitaient, vint bientôt se joindre un regret

inexprimable... Abandonner Laure semblait au soldat un sacrilège odieux; il crut voir Arthur le regardant du sein des ténèbres avec un visage sévère et triste.

— Cette fois, s'écria-t-il en regagnant la chaumière de Brigitte, non, je ne déserterai pas.

Et il rentra.

XIV

Les soins empressés de Laure avaient cependant rendu à madame de Praimont une apparence de santé. La comtesse retrouvait parfois des moments lucides: moments plus aigus pour la douleur, plus cruels mille fois que la folie qui l'endort! Éclairs terribles qui ne laissent apercevoir que le ravage! Il s'écoula quelque temps avant que la comtesse reconnût dans cette douce jeune femme, l'ange adoré auquel elle avait voulu confier le destin d'Arthur. Elle appréciait enfin ce dévouement de tous les jours, de chaque heure. Chacune des souffrances de Laure était devenue une souffrance pour elle, tant l'abîme d'un cœur malade est prompt à s'emparer de tous les chagrins qui ressemblent au sien, tant l'angoisse d'une autre âme suspendue à la même douleur flatte la sienne! Cette belle jeune veuve ne vivait que de ses larmes; mais c'étaient des larmes si généreuses et si résignées, qu'en vérité devant elles la comtesse eût presque honte de l'emportement de ses regrets.

Le même abri les avait reçues toutes deux: l'une y apportait le froid d'un cadavre; l'autre y vivait depuis un an de la noble résignation des martyrs. La mort semblait être devenue la seule ressource de la comtesse. Laure était forcée de s'avouer à elle-même que cette abnégation journalière dépassait peut-être les limites de son courage; mais elle s'y rattachait par un sentiment inné de persévérance et de lutte. En un mot, pour ne rapporter les sentiments de ces deux femmes qu'à un ordre purement physique, la jeunesse de Laure la soutenait, l'âge de madame de Praimont devait l'abattre. Toutes deux se trouvaient pourtant dans une situation d'esprit fort distincte: la comtesse ne rêvait que la vengeance; Laure, en proie à l'amertume, au chagrin, supportait sans murmure un malheur dont elle n'accusait que son étoile. Débile et pâle, elle avait résolu de vivre, mais de vivre pour pleurer. Chaque matin elle arrangeait l'emploi de sa journée: allant tour à tour de la chaumière de Brigitte à l'église principale de la ville d'Huy, et de cette église au bureau de la poste. Le reste du temps se passait à écrire à M. d'Anspach, qui, pour être plus sûr du gain de sa cause et faire établir l'innocence de madame de Praimont, vivait à la lettre auprès de ses juges. Un procès pareil, dont une grande dame était l'héroïne, ne pouvait manquer de partager les esprits; mais, au milieu des événements politiques qui changeaient la face des choses, l'instruction devait naturellement s'en voir soumise aux interruptions et aux lenteurs. La capitulation de Paris avait eu lieu déjà le 31 mars; le 11 avril, Napoléon signait l'acte d'abdication; le 29, il montait à bord de la frégate anglaise l'Indomptée pour cingler vers l'île d'Elbe. Ainsi venait de s'accomplir en peu de jours ce drame inouï, mais libérateur. La comtesse avait reçu des lettres de son frère qui habitait alors Hartwell, la retraite de Louis XVIII. Le 24, le roi s'embarquait à Douvres pour prendre terre à Calais; le 29 il arrivait à Compiègne.

Écrasée par la douleur, la comtesse relevait enfin la tête. Maintenant la mère était vengée, mais il restait une femme dénoncée et poursuivie. Laure écrivit, le soir même de son arrivée, la lettre suivante au vertueux abbé d'Anspach:

« Monsieur l'abbé,

« Je dois vous annoncer une nouvelle qui va vous combler à la fois d'ivresse, de terreur et d'espérance: la comtesse de Praimont existe! Ce n'est point un songe, elle est avec nous, avec nous; concevez votre bonheur! Cependant il est loin d'être complet: la santé de la comtesse a reçu de graves atteintes. S'il vous était donné de la voir, ne fût-ce qu'un instant, vous comprendriez ce qu'elle a dû souffrir, cette mère héroïque, prédestinée au malheur! J'ai pu avec peine collationner ses souvenirs. Hélas! par instants la folie me fait trembler. Songez donc à ce que nous deviendrions, Monsieur, si ses parents lignés déjà contre elle, voulaient la faire enfermer! Après un an de deuil, je n'aurais jamais pensé que le ciel me réservât une aussi poignante épreuve. Rien de ce qui faisait la beauté noble et fière de madame de Praimont n'a survécu; elle n'est déjà plus que l'ombre d'elle-même. En vous écrivant, je puis à peine maîtriser le trouble qui m'agite; je crois que le désordre de ses idées enfante le mien. A peine arrivée ici, il m'a fallu la conduire dès le lendemain à la place même où fut le château; les hautes futaies, les jardins, la faisanderie, les bois, elle a tout parcouru avec un sourire d'indifférence. Ce site pittoresque lui paraissait un désert hideux : elle trouvait un charme cruel à le contempler. Arrivée près d'une citerne obstruée d'herbes, elle s'est assise sur le talus humide de la pierre, et là, la tête entre ses doigts pâles et glacés, elle ressemblait à ces antiques pythonisses dont parlent les poëtes. Tantôt elle murmurait des mots vides de sens, tantôt elle écoutait les pas légers et furtifs de quelque daim égaré dans la forêt. A l'angle du château, à l'endroit où s'élevait autrefois la Tour du Diable, elle a souri d'un sourire qui m'a fait peur... Vous savez peut-être que de tous les bâtiments qui ont été la proie du feu, le seul qui ait échappé en partie est la chapelle. C'est là que vos prières descendirent il y a un an sur moi, c'est là que vous plaçâtes vous-même, sous les yeux de Dieu, ma main dans celle d'Arthur ! Un affreux pressentiment m'agitait alors ; je me disais, hélas ! que c'était pour moi, pauvre orpheline, trop de bonheur en un jour. Le toit de cette chapelle est maintenant écroulé ; l'autel s'y perd caché par des ronces parasites ; l'eau des pluies d'hiver a lavé l'empreinte de nos genoux sur les dalles. La comtesse m'a demandé de l'y suivre. J'ai obéi avec d'autant plus de joie que la vue d'un pareil lieu ramène toujours notre âme à des pensées saintes et salutaires. Mais à peine y fut-elle, qu'elle entra tout d'un coup dans un violent accès de fureur, accusant Dieu de sa ruine et de son malheur, et mêlant le nom d'Arthur à ses reproches sacrilèges. Moi, je me tenais dans un des angles de l'autel et je pleurais...

« — Pourquoi pleurer ? me dit-elle alors : ce que j'ai fait il y a un an, c'est Dieu lui-même qui m'a conseillé de le faire !...

« Une sueur froide m'inonda en entendant ces paroles ; j'étais loin de m'attendre à l'aveu terrible qui sortit alors de sa bouche.

« — Oui, continua-t-elle, c'est moi qui ai mis le feu à ce château, c'est moi qui voulais m'engloutir sous ces ruines ! mais je n'en ai pas eu le courage ! je vis !

« Ma langue s'était collée à mon palais, mes cheveux se dressaient d'effroi, je ne pus articuler aucune parole. Jusque-là madame de Praimont m'avait semblé innocente ; je frémis du à la confession de sa folie. Vous aviez pris soin de m'instruire de la fin tragique de Raoul et de Henri, cet acte de démence confirmait dans leurs méchants desseins ceux qui ne voulaient pas croire. J'eus cependant assez de force pour me traîner mourante jusqu'aux pieds de ma mère, et je lui dis :

« — Rassurez-vous... cet aveu n'a été entendu que de moi ! Mais, par tout ce qu'il y a de sacré au monde et dans le ciel, oh ! ne le répétez pas !

« Et en même temps je la regardais, je mouillais ses mains de larmes. Elle était pâle, immobile. — Faites cela pour Arthur et non pour moi, m'écriai-je en épuisant, dans cette dernière instance, ce qui me restait de forces.

« Ce nom d'Arthur, prononcé par moi dans un semblable moment, parut produire sur elle un retour instantané. Peut-être aussi cette femme qu'elle nommait sa fille, ainsi prosternée devant elle avec des sanglots, la désarma. Elle me fit relever, et m'entraînant alors dans la partie la plus écartée de la chapelle, elle plaça un doigt sur ses lèvres.

« — Tu as raison, me dit-elle, il ne voudrait pas, lui, que son nom fût déshonoré ; il ne le sera pas, rassure-toi.

« Ce fut de ce moment que le ciel lui-même me seconda dans cette tâche que je jugeais d'abord impossible. Vis-à-vis de cette incurable folie, un médecin eût tremblé. Dieu me soutint. L'alliance de David et de Brigitte consolida mes faibles efforts ; je parvins ainsi à savoir de la comtesse elle-même ce qu'elle avait fait depuis cette horrible nuit. Aux premiers craquements du feu, elle me raconta qu'elle avait résolu d'en finir avec elle-même ; la vue d'un Christ qui était dans sa chambre la retint. Échauffée à demi par la fumée, les cheveux épars, le front meurtri, folle enfin, elle atteignit ainsi à pied et dans les ténèbres la demeure d'un batelier de la Meuse. Cet homme, éveillé au milieu de la nuit par une femme qui lui donnait de l'or, hésitait sa barque et la conduisit à Namur. Une gerbe de flammes s'élançant alors du château de Lugues-Arches teignait de lueurs sanglantes les flots de la Meuse. L'homme eut peur. La comtesse qu'il ne connaissait pas, lui dit qu'elle était de Namur, que l'incendie avait ruiné le château de Lugues-Arches, et qu'elle y allait chercher un parent de madame de Praimont. Le lendemain elle avait déjà retenu passage pour une autre ville, elle avait acheté des habits de paysanne ; son déguisement était complet. Un projet bizarre, impossible, la tourmentait ; elle voulait gagner la frontière et se rendre à Leipsick. C'était en cette ville que son fils était mort ; là peut-être elle apprendrait sous quelle pierre on avait scellé ses restes.

« L'inexplicable douleur de madame de Praimont se résumait alors dans ce seul but : toutes ses forces, elle les dépensa dans ce rapide voyage. Mais à peine venait-elle de dépasser Erfurt, que la fièvre la prit, le désordre s'empara de ses idées. Les paysans chez qui elle logeait ne pouvant tirer d'elle que des paroles décousues, s'imaginèrent que c'était une folle échappée de l'hospice : ils l'y reconduisirent en toute hâte. Mais là nul ne put la reconnaître : qui l'eût reconnue d'ailleurs sous de tels habits ? L'argent lui manquait bientôt. La comtesse avait sur elle des bagues, des bijoux de prix ; on trouva cela suspect, et on la retint dans cette affreuse maison. Elle-même m'a conté les horreurs de ce cabanon, de ce sarreau de toile jeté sur elle, les discours impudents qui venaient railler sa douleur ; elle a supporté ce long martyre avec un calme inouï. Mais ce calme, c'était l'abattement ; ce courage, c'était souvent la démence! Qu'importe? Cette mère, consacrée par le malheur, a bu durant six mois ce calice de honte, de misère et d'amertume. Détenue pendant six mois dans cette prison, elle y a passé tour à tour par les angoisses cruelles de la maladie et du délire. Impuissante même à s'enfuir, elle a dévoré en ce lieu son désespoir et ses larmes, ignorant jusqu'à cette horrible accusation qui pèse encore aujourd'hui sur elle, et dont, je l'espère, vous parviendrez, Dieu aidant, à la laver. Enfin sont venues jusqu'à elle ces clameurs libératrices qui brisent les liens de tout un peuple qui souffrait, le retour de nos princes nous vaut le sien ; ses chaînes tombent. Pourquoi faut-il maintenant, Monsieur, que de nouvelles chaînes soient déjà forgées contre elle ? Parviendrez-vous jamais à étouffer ce commencement de poursuite ? La comtesse est-elle en sûreté dans ce pays ? »

L'abbé répondit une lettre écrite à la hâte ; il conseillait à Laure de redoubler de soins et de vigilance autour de cette victime dont les intérêts lui étaient si chers. La brigue était forte, ardente contre elle. Un homme dont M. d'Auspach recommandait à la jeune comtesse de se défier, cherchait surtout à influencer les juges, déjà prévenus contre madame de Praimont. Cet homme lui était connu, c'était l'ex fournisseur Bormans. Un hasard fatal l'avait mis à même d'étayer ses mauvais desseins d'une preuve terrible, écrasante. Il avait acheté à l'avance la déposition d'un témoin qu'il se réservait de produire en temps et lieu ; ce témoin était le batelier qui avait reçu madame de Praimont dans sa barque et favorisé de la sorte son évasion. L'abbé laissait à Laure le soin de s'expliquer à elle-même les motifs de haine qui animaient M. Bormans. Il finissait par l'assurer que, dans dix jours au plus, il la reverrait ; mais il ne disait pas vers quel lieu il se dirigeait en quittant Metz la nuit même.

Effrayée de ces nouvelles, Laure se garda bien de les communiquer à celle dont le retour à la raison était son ouvrage ; mais elle ne put s'empêcher de recourir à la protection du seul homme devenu le chef de cette famille par son énergie, sa bonté et son abnégation en toutes choses. Le front de David Lheureux s'obscurcit d'une mortelle pâleur en trouvant cette fois une issue aussi claire à sa vengeance. Ce nom de Bormans accolé à une infamie, le fit tressaillir. S'il n'eût écouté que son premier mouvement, il l'eût tué, mais il compromettait ainsi deux existences placées sous sa garde. Bormans ignorait sans doute le retour de la comtesse. David se résolut à ne plus la laisser sortir ; il s'imposa la consigne de rôder le jour comme un désœuvré autour de cet humble toit ; la nuit de le surveiller comme une vedette. L'état maladif de la comtesse favorisait le plan du soldat. M. Van Hasberg pouvait seul se douter de la présence de madame de Praimont à Lugues-Arches ; mais la révolution soudaine qui s'opérait, prenait tout son temps. Dans une ou deux courses à la ville David eut bientôt rassemblé les médicaments nécessaires à la comtesse ; il dit au pharmacien que ces remèdes étaient pour sa mère. Ainsi recommençait dans ce faible coin de terre l'une de ces scènes communes à la proscription de 93 ; la comtesse pouvait comparer ses souvenirs passés aux alarmes du présent. Grâce à Laure, madame de Praimont avait enfin compris la fatalité préjudiciable de l'accusation suspendue alors sur sa tête. L'incendie de son propre domaine dût-il passer pour un acte de pure folie, comment se disculper de la mort violente de MM. de Guèves ? La cendre de ces deux cadavres était vannée par le vent, et l'on savait la haine de la comtesse contre ceux qu'elle n'appelait jamais ses fils. On commençait à croire que l'abbé d'Auspach lui-même avait trempé dans cette formidable exécution ; d'abord il n'avait dit la nouvelle qu'après coup ; puis, quelle conscience de juge eût admis l'intervention de ce châtiment céleste ? Il est de certains drames dénoués par Dieu, auxquels l'orgueil humain se refuse à croire ; tel était celui du château de Lugues-Arches. Les biens et les apanages de madame de Praimont devaient d'ailleurs tenter fortement l'ambition de ses héritiers les moins directs. La lettre de l'abbé aviva les craintes de Laure. Il partait, il quittait Metz ; peut-être fuyait-il lui-même devant un décret d'accusation. La première pensée de la comtesse avait été de se présenter à ses juges ; elle comprit bientôt le danger de cette démarche. A cette même époque, le retentissement d'un procès célèbre, merveilleux pour la multitude, écrasant pour la victime, laissait encore dans le doute les meilleurs esprits. Une femme contre laquelle se liguait une famille puissante, réclamait à soixante-six ans son état civil livré successivement à l'examen sévère des tribunaux civils et criminels ; elle s'était vue contrainte de s'adresser à Napoléon pour qu'il ordonnât la révision des procédures. Après vingt ans de persécutions affreuses, elle avait fini par être dépossédée, condamnée (1) ! On lui objectait sa mort, et l'acte qui l'énonçait, acte entaché de faux suivant elle, et contre lequel ses réclamations venaient se perdre. L'éclat de ce procès fut immense ; la personne de la réclamante présentait le problème d'une femme qui n'était civilement ni fille, ni épouse, ni veuve, ni française, ni étrangère. Un procès semblable avait dû faire sur madame de Praimont une impression ineffaçable, car il était entouré de circonstances romanesques. Ne pouvait-on pas s'obstiner à ne pas la reconnaître ; le bruit de sa mort n'était-il donc pas un bruit reçu ? La comtesse résolut de tout attendre de Dieu ; elle avait déjà résisté à tant de secousses qu'elle espéra triompher.

Chaque soir, David, armé de son fusil, attendait avec une sorte d'impatience l'heure des ténèbres. Ce guet nocturne plaisait au Breton ; il en avait l'habitude. David se rappelait ainsi une enfance passée dans les ravins et les herbes de la Vendée. Lorsque s'éteignait le dernier flambeau allumé dans la chaumine, il sentait se réveiller en lui ses anciens instincts de maraude et de braconnage à peine vaincus par la vie âpre du soldat. Mais le bruit d'une détonation subite eût jeté l'alarme au cœur des trois femmes. David arpentait donc la lisière du bois d'un pas calme, et comme un ouvrier qui fût revenu de son labeur. Bercé longtemps au doux roulis des ballades bretonnes, peut-être songeait-il alors à ces fées étranges du val que rencontre le voyageur. Chacune de ces femmes ressemblait en sa pensée à celles qu'il venait de quitter. De la sorte il était toujours avec elles, toujours dispos à les défendre comme un chien de garde. Après tout, il ne voyait plus rien dans la vie qui pût le tenter beaucoup et l'étonner : la péripétie du 11 avril 1814 planait encore sur lui comme l'écho d'une chute inattendue. Qui l'eût vu marchant aux plus sombres carrefours du grand bois de Lugnes-Arches, eût pensé vraiment à quelque tirailleur perdu, quelque soldat égaré qui allait frapper à la première porte d'un garde.

Cependant il y avait dans ce cœur un levain terrible, mystérieux. Depuis quelques jours David était allé à la taverne de l'Ancre d'argent ; il y avait causé avec d'anciens camarades.

— Bien, avait-il dit à l'un d'eux en le quittant, tu te tiendras prêt à la première occasion !

Un soir que David allait quitter la cabane de Brigitte comme de coutume, après s'être assuré que les trois femmes sommeillaient, il s'arrêta au moment de souffler la lampe dont les rayons perçants éclairaient encore ce réduit modeste : un bruit de pas venait de frapper son oreille. Il sortit bientôt, mit la main sur son fusil et se trouva tout d'un coup, aux clartés de la lune, devant le bourgmestre et son parent M. Bormans.

L'étonnement du soldat fut grand en voyant que l'ex-fournisseur de l'Empire s'était hâté d'arborer à son chapeau les couleurs blanches… En même temps il sentit bouillonner en lui un tel sentiment de haine contre cet homme, qu'il lui devint impossible de passer outre.

— Est-ce moi que vous cherchez, monsieur ? demanda-t-il à l'ex-fournisseur ébahi, d'une voix stridente.

Cette fois M. Bormans se composa un air grave, il déroula un papier, regarda le bourgmestre, son cousin, comme pour s'encourager, et dit :

— Nous venons ici, monsieur, au nom de la loi. Madame de Praimont est chez vous ; nous devons l'interroger. M. Van Hasberg ne fait ici qu'un acte d'obéissance à l'autorité. C'est un devoir cruel pour le cœur de mon parent, ajouta Bormans, mais je dois l'aider à l'accomplir.

L'infortuné M. Van Hasberg ne témoignait en effet que trop, par l'affaissement de sa personne, de tout ce qu'une pareille commission avait pour lui de pénible.

— Vous vous trompez, monsieur, répondit le soldat avec un calme forcé, madame la comtesse n'est point ici…

— Permettez cependant…

— Je ne vous permets qu'une chose, monsieur, interrompit David, c'est de me suivre.

(1) Affaire de madame de Douhaut. (Requête adressée à Napoléon en 1809).

Et il se dirigea du côté opposé à la chaumière. M. Bormans et le bourgmestre le suivirent, tous deux étourdis, chancelants, car il y avait dans l'accent de David un air de souveraine décision. Le Breton marchait le premier, son fusil en main, mais il se retournait de temps à autre pour surveiller ses deux acolytes.

— Mais c'est vers la ville que vous nous conduisez, monsieur ? hasarda Bormans interdit.

— Et c'est aussi à la ville que j'ai affaire, dit le Breton en jouant avec la batterie de son arme.

— Veuillez m'écouter, monsieur, reprit Bormans qui commençait à trembler sérieusement. En accompagnant M. le bourgmestre dans cette nocturne expédition, je venais proposer à la comtesse un dernier moyen de salut. Demain soir, je le sais, cette frêle retraite de madame de Praimont sera forcée ; on doit la conduire à Metz. Moi-même, ajouta M. Bormans, j'en reviens à l'instant même. Des charges terribles pèsent sur elle ; voilà près de dix jours que l'abbé d'Anspach, son bras droit et son conseil, a quitté la ville. Le secret de madame de Praimont a été violé ; on a su que la comtesse existait. Il n'y avait qu'un moyen de la sauver, c'était de protéger moi-même son évasion : cette ressource dernière je venais l'offrir à la comtesse de Praimont et à sa fille.

Ainsi parla Bormans. David ne put voir l'hypocrisie infernale de son sourire. L'amour-propre de l'ex-fournisseur avait reçu une trop cruelle atteinte pour qu'il ne cherchât pas à se venger ; le refus de Laure et les propos de David l'exaspéraient. Il avait à la vérité combiné un projet de fuite ; mais, dans cette fuite précipitée, il espérait séparer la fille de la mère, il avait rêvé un crime.

Le Breton ne lui répondit que par son silence. En proie alors aux émotions les plus fougueuses, il ressemblait à ces lutteurs qui, près de toucher au but, craignent de le manquer. De son côté, M. Bormans ne voyait pas sans une poignante inquiétude le chemin suivi par le soldat. Arrivés tous trois devant la taverne de l'*Ancre d'argent*, ils imitèrent le mouvement de David qui fit halte.

Un vertige réel saisit alors l'ex-fournisseur, quand, après avoir poussé la porte de son cabaret, David pria M. Van Hasberg et son parent de passer dans cette salle devant lui…

M. Bormans hésitait ; mais David le décida par un geste impérieux. Là, plusieurs fermiers de la province de Liége étaient rassemblés ; on discutait, on lisait les nouvelles du jour. Les Wallons se réjouissaient d'un retour de fortune qui les consolait de leurs misères. Quelques soldats aux vêtements en lambeaux, buvaient dans un coin. Dans ces hommes hâves, épuisés, l'œil aurait eu peine à reconnaître les conscrits de la précédente campagne ; un an de privations, de fatigues et de blessures en avait fait autant d'invalides. Cependant ils hésitaient à jeter encore au loin la cocarde aux trois couleurs ; plusieurs d'eux la gardaient à leur bonnet ou à leur shako. A la vue de David Lheureux ils se levèrent tous d'un commun accord, car le Breton était connu pour sa bravoure. L'un d'eux pâlit cependant à sa vue ; c'était celui-là même qui avait échangé déjà avec lui plusieurs entretiens. De son côté, l'ex-fournisseur parut défaillir rien qu'en se trouvant face à face avec cet homme.

— Camarades, dit alors David d'une voix ferme, j'ai voulu vous faire voir ce que c'est qu'un lâche ! Regardez monsieur ! Cet homme déshonore les couleurs qu'il ose porter !

Et d'un geste rapide, avant que M. Bormans eût pu défendre son chapeau enrubanné, le soldat jetait le feutre de l'ex-fournisseur par la fenêtre.

— C'est le front découvert que tu dois m'entendre, continua-t-il. Oui, tu es un lâche, un misérable ! Je sais de ce soldat qui t'a servi, quel emploi perfide tu faisais à l'armée des lettres de M. le comte : tu as non seulement empêché qu'elles ne partissent, toi à qui il avait souvent recours, mais encore tu les as lues ! Ces lettres d'un fils, d'un époux absent étaient adressées à sa mère et à sa femme. Tu as eu peur que toutes deux ne renaquissent à l'espérance en les lisant ! Mais ce n'est pas tout, tu as fait plus ; de retour ici, convaincu de l'innocence et de la vertu de la comtesse, mais irrité du juste dédain de sa fille, tout en leur promettant de les défendre, tu es allé provoquer toi-même à Metz la déposition d'un témoin, tout cela pour te venger ! Ce que tu venais tenter ensuite auprès de nous cette nuit, c'est ton secret, mais rassure-toi, je veux croire à tes paroles. Seulement il ne faut pas que ton parent le bourgmestre soit venu pour rien. M. Van Hasberg, continua David d'une voix haute, arrêtez ici M. Bormans !…

— M'arrêter ! moi… par exemple ! un ex-fonctionnaire public, murmura l'ancien fournisseur. Mon cousin, cet homme a le délire !…

— Je ne suis point fou, tu sais lire ; regarde ce chiffon,

Voici ce que veut bien me mander à moi-même un vieux et loyal ami, le général C... dont tu n'es pas digne de cirer les bottes. Je lui ait écrit tout dernièrement, moi que tu appelles un déserteur, et voici ce qu'il m'a répondu :

« L'empereur a dû mettre aujourd'hui même au ban de l'armée le nommé Hector-Cincinnatus Bormans, coupable du détournement de plusieurs pièces importantes, et notamment du vol d'un caisson rempli d'or après le combat de Château-Thierry. Il a pu se sauver, et il doit à cela de n'avoir pas été fusillé bel et bien. Si tu le rencontrais d'aventure, tu ne rempliras que ton devoir en le dénonçant aux autorités de son pays ; elles ne peuvent manquer de sévir contre l'origine d'une si odieuse fortune. »

— Tu le vois, mon brave, ajouta David, la lettre est du 16 février de cette année, quatre jours après l'affaire de Château-Thierry, où tu ne t'es pas refroidi les ongles à ce qu'il paraît. Sapredieu ! va, tu n'es qu'un malotru ! On devrait donner ta maison aux pauvres, et te promener par la ville avec un bouchon de paille au cou ! Je te livre à la justice de ce digne bourgmestre !

— C'est un devoir cruel pour le cœur de ce cher parent, poursuivit ironiquement David, en répétant mot pour mot la phrase du fournisseur, mais M. Van Hasberg sait accomplir un devoir !

Les acclamations les plus bruyantes et les récriminations les plus hostiles contre M. Bormans avaient couvert la voix de David. À ces paroles, M. Van Hasberg, forcé lui-même d'arrêter son propre cousin, se trouvait dans une situation assez critique. Pour ne pas accroître l'irritation des gens de la ville, il se vit pourtant contraint d'en venir à cet extrême parti. Tous les assistants suivirent M. Bormans jusqu'à sa maison, et bientôt le peuple en brisa les vitres... Le fournisseur dut bénir les verrous que tira sur lui la main tremblante de M. le bourgmestre, car il eût été peut-être lapidé. L'accusation était vraie, et l'on en trouva les preuves dans la perquisition faite à son logis.

Quand M. Van Hasberg et David se virent seuls après avoir laissé écouler la foule, le soldat dit au bourgmestre :

— À moi maintenant, monsieur. S'il vous faut une caution de l'innocence de la comtesse, je m'offre à vous, logez-moi sous le même toit que votre parent !

Le bourgmestre avait peine lui-même à se soutenir ; il promit à David de ne rien tenter contre la liberté de la comtesss avant un nouvel ordre...

En revenant à la chaumière de Brigitte, David parut surpris de voir aux lueurs de l'aube l'empreinte des pas d'un cheval. Ces vestiges aboutissaient à la petite cour de l'hermitage.

Il doubla le pas et trouva bientôt sur le pas de la porte l'aveugle qui l'attendait.

XV

— La première parole du soldat à sa mère fut celle-ci :

— N'est-il venu personne ici pendant mon absence ?

Et comme Brigitte lui semblait émue et presque sans voix, il ajouta :

— J'ai vu les pas d'un cheval... je sais tout.

— Eh bien ! oui... reprit Brigitte avec embarras... oui, il est venu quelqu'un.

— Un ennemi ?

— Non ; c'est un ami, au contraire. Il m'a demandé avec intérêt des nouvelles de la comtesse... il lui parlera à son lever... le son de sa voix m'a tout émue. Mais c'est impossible... Il dort dans l'écurie... près de son cheval, il est là. Si tu savais comme il était fatigué ! Oh ! ne le réveille pas ! promets-le moi...

— Je vais toujours le voir... reprit le Breton, qui semblait redouter une surprise.

Il poussa la porte de l'écurie, et il entra.

Les rayons obliques d'une lanterne éclairaient ce lieu de lueurs douteuses, inégales... mais le jour extérieur vint bientôt à l'aide du soldat, qui poussa le volet en maugréant.

— Quelque aventurier ! quelque mendiant ! se dit-il. Un espion peut-être !

Et David arma son fusil. Marchant alors avec précaution, il aperçut un homme couché tout de son long sur une botte de paille. Le sommeil du cavalier était profond, si profond qu'il ne se réveilla pas. Son cheval mangeait près de lui quelques méchantes luzernes.

L'homme était enveloppé d'un long manteau bleu. La vue de ce manteau fit tressaillir le soldat ; c'était un manteau d'uniforme... Des bottes à glands d'une coupe élégante, mais fatiguées déjà par une longue route, éraillées, déchirées par les épines, emprisonnaient un pied mince et délicat. David écarta

le manteau de celui qui dormait, et il vit alors sa pelisse et son dolman. Un cri de surprise faillit s'échapper de sa poitrine ; il eut le courage de le contenir. Dans cet officier endormi, le Breton venait de retrouver une singulière ressemblance... Ce jeune homme portait l'uniforme des gardes d'honneur ; il avait sur sa poitrine la croix que David cachait alors sous sa blouse. Un sommeil de plomb liait ses membres ; il paraissait accablé de fatigue comme son cheval. Le Breton se mit à genoux, il examina quelque temps cette noble tête. Une cicatrice récente, celle d'un coup de sabre sur le front, relevait cette tête de femme aux cheveux noirs et bouclés, par une apparence toute martiale ; le visage était pâle, les joues amaigries, la bouche gardait l'empreinte d'un sourire... A quoi rêvait ce jeune homme échappé à tant de misères et de massacres ; quelle pensée douce et consolatrice pouvait encore amener un rayon d'espoir sur son front ; quelle illusion charmante et chère soulevait ce cœur d'enfant tandis qu'il dormait ? David eut à peine le temps de se le demander, car bientôt le cavalier dont le cheval se mit à hennir, étendit les bras et se redressa sur son séant.

Cette fois le Breton crut avoir affaire à un fantôme...

C'était bien le comte, le comte encore jeune et beau, mais relevant à peine d'une longue et cruelle maladie... Il regarda fixement le soldat quelques minutes, mais ne le reconnut point. David frémit en retrouvant dans l'expression de son regard terne les mêmes signes d'égarement que dans celui de sa mère. Peut-être avait-il comme elle ressenti les atteintes de ce mal affreux qui éteint les lueurs de la raison ? Peut-être avait-il aussi oublié... Comment douter encore devant une résurrection aussi manifeste, que ce ne fût pas là son ancien maître ? Des larmes de joie remplissaient les yeux de David, et cependant il hésitait ; le mécompte eût été pour lui seul si cruel qu'il attendait les ordres de l'officier.

— Tu soigneras mon cheval, lui dit celui-ci ; pendant ce temps j'irai au château de Lugues-Arches...

Le son de cette voix confirmait l'espoir de David, il recula d'un pas, et se débarrassant de sa blouse :

— Oui, monsieur le comte, présent à l'appel : voilà !

L'habit du soldat, cet habit usé et presque en lambeaux, fit battre à son tour le cœur d'Arthur ; il parcourut rapidement les lignes de cette rude et imposante figure ; puis, d'un commun entraînement ils se jetèrent tous deux dans les bras l'un de l'autre, tous deux s'appelant de leur nom, tous deux émus, attendris.

— Monsieur le comte !

— Mon pauvre David !

— On peut dire qu'en voilà une de reconnaissance ! Vous n'êtes donc pas mort ! Vous voilà ici, vous nous revenez ! J'en mourrai de joie, c'est sûr..., ajoutait le soldat en essuyant du revers de sa manche les pleurs qui mouillaient ses joues.

— Oui, David, c'est moi, bien moi qui te reviens ! Mais ma mère, ma femme !... Il ne s'agit pas ici de perdre le temps en vaines paroles, vite, conduis-moi au château ! Je suis venu ici par des chemins semés de ténèbres ; on a percé tant de routes nouvelles en un an dans ce pays-ci ! J'ai frappé à la première porte du village... une pauvre femme aveugle m'a ouvert. Avant de m'éloigner, je voudrais au moins la récompenser. Porte-lui de ma part cette bourse.

Et le jeune comte présentait sa bourse au soldat, il était impatient d'arriver ; il disait au soldat de lui seller son cheval.

— Inutile, mon officier, vous n'irez pas bien loin pour trouver votre famille.

— Que veux-tu dire ?

— D'abord, que la femme qui vous a ouvert et qui aurait dû seulement vous donner mon lit, mais excusez-la, elle est aveugle ! est tout bonnement ma mère, dame Brigitte... vous savez celle que vous avez bien voulu tirer de la misère ainsi que madame de Praimont en lui accordant ce coin de terre... Eh bien ! monsieur le comte, à son tour elle n'est point ingrate, la pauvre vieille ! elle a recueilli madame la comtesse et sa fille après l'incendie...

— De quel incendie veux-tu parler ? demanda le jeune homme devenu pâle.

— J'ai mieux aimé, voyez-vous, vous le dire tout de suite. Eh bien oui, monsieur le comte, vous n'avez plus de château.

— Quoi, pendant mon absence des misérables auraient osé...

— Ce ne sont point des misérables, monsieur le comte, c'est votre mère elle-même...

— Ma mère ! reprit le comte avec un accablement douloureux.

— Votre mère, folle de douleur, votre mère, privée déjà de

ses deux autres fils par un épouvantable jugement de Dieu...
J'arrivais cette nuit même à Lugues-Arches, moi qui vous avais
cherché vainement dans tous les hôpitaux de Leipsick. Je venais ici, et pour y venir, pour apporter à votre mère tout ce
qui me restait de vous... j'avais enfreint, mon cher maître, les
lois de la discipline militaire... j'avais déserté... on pouvait
me tuer en route comme un chien ou me renfermer dans une
prison comme un misérable... mais je ne pouvais plus vivre
sans vous ! la nouvelle de votre mort acheva votre pauvre mère,
c'était le dernier coup, et je vivrais cent ans, voyez-vous, que
je me repentirai toujours de lui avoir fait ce mal là !... Tant il
y a que la comtesse apprenant la mort de ses trois fils dans
une nuit, a mis elle-même le feu au château de Lugues-Arches !
Le vieux manoir n'était plus deux jours après qu'un monceau
de cendres ! Mais ce n'est pas tout ; on veut à présent que cet
acte de démence recouvre un crime ; on veut que la comtesse
ait fait périr ainsi deux fils qu'elle n'aimait pas, qu'elle n'a
jamais aimés ! L'abbé d'Anspach, notre seul défenseur, a lâché
pied ; on ne sait plus où il est. Voilà, monsieur le comte, dans
quelles circonstances vous revenez à Lugues-Arches ! Un château rasé, une femme en pleurs, une mère accusée et que la
justice réclame ce soir ! Et tout cela par moi, par ma faute,
parce qu'en voyant tant de morts et de blessés, j'ai cru que
vous pouviez mourir aussi ! comme si Dieu ne veillait pas sur
le seul rejeton cher à ma bonne maîtresse ! comme s'il ne m'eût
pas pris plutôt moi, pauvre imbécile, qui ne suis plus bon à
rien ! Aussi, monsieur le comte, tenez, tuez-moi, écrasez-moi !
D'abord j'y suis résolu, si l'on vient ce soir interroger madame
la comtesse, j'ai mon plan : je dirai plutôt que c'est moi, moi
David Lheureux, qui ai brûlé le château de Lugues-Arches !...
Voilà la chose... on me fera vite mon procès... et vous viendrez
me voir dans ma prison, comme autrefois... Ah ! je me souviens
de ce temps-là.

Arthur de Praimont fut quelque temps à se remettre de la
stupeur que venaient de lui causer les paroles de David ; il se
demandait s'il n'était pas le jouet d'un rêve. Peu de fils de cette
désastreuse époque, arrachés comme lui aux embrassements
et au calme sincère de la famille, y eussent rencontré à leur retour de plus affreux vestiges de ravage... Le tableau de ce
drame inouï se déroulait devant lui avec une implacable rapidité.
L'ombre de ses deux frères errait encore dans les vastes bois
de Lugues-Arches ; la folie de sa mère et ses dangers la récla-
maient. Il se renferma d'abord dans le plus morne des silences,
comme un naufragé qui compte ses pertes ; mais bientôt son
énergie reprit le dessus. Saisissant le bras de David, il prit
avec lui le chemin de la chaumière. L'air était doux et tiède,
des volées d'oiseaux gazouillaient aux flancs des haies. Laure
et la comtesse n'étaient pas encore éveillées. Brigitte préparait
le modeste repas du matin.

A peine introduit, Arthur s'assit ; il jeta un coup d'œil résigné sur cette humble salle.... Deux sièges de bois placés près
du feu, indiquaient la place accoutumée de madame de Praimont et de la jeune comtesse... Un livre de piété reposait sur
celui de sa mère ! un ouvrage de broderie, depuis longtemps
commencé, trahissait l'autre le travail de Laure. C'était le
chiffre d'Arthur entrelacé à celui de sa femme... Le printemps
ouvrait alors les corolles de chaque fleur. On était dans les
premiers jours du mois de mai ; aussi le chèvre-feuille était-
il déjà autour de cet autre chalet sa draperie odorifère. Arthur
ne songeait plus qu'au bonheur d'embrasser deux êtres chéris ;
il ouvrait son cœur à des joies que l'exilé seul connaît. En ce
moment un faible cri retentit à l'étage supérieur. David se dirigea rapidement de ce côté.

Il trouva madame de Praimont étendue sur son lit, en proie
alors à l'une de ces crises nerveuses qui brisent le corps et la
pensée. Laure se tenait debout près de la comtesse, humectant
de temps à autre ses tempes brûlantes avec des linges mouillés.
Le visage de madame de Praimont était alors contracté, sa
pâleur effrayante, sa voix éteinte. Quand David entra, Laure lui
dit à l'oreille :

— Vous feriez bien d'aller chercher un médecin à la ville.
La nuit de ma mère a été mauvaise ; tout le temps de cette nuit
mortelle, la malheureuse appelait son fils... Il y a des instants
où elle le voit, elle lui parle. Par pitié, David, courez et rame-
nez-nous un médecin ! Un tel spectacle est au-dessus de mes
forces !

— J'y avais songé, reprit David, le médecin est là, il m'a
suivi.

— Vrai ! mon bon David ? ah ! vous êtes un ange ! vite qu'il
vienne, qu'il monte !

— Il est en bas, dans cette salle... reprit le soldat... atten-
dez, je m'en vais le prévenir.

David Lheureux descendit ; il trouva Arthur tout tremblant.
Le front du jeune homme était trempé de sueur ; son œil était
égaré.

— J'ai reconnu ce cri... lui dit le comte... ma mère a besoin
de moi, elle souffre !

— Votre mère va guérir ! reprit le soldat en l'embrassant ;
laissez donc, mon officier ! on n'a pas toujours son fils pour
médecin ! Suivez-moi, et n'oubliez pas que je vous fais passer
ici pour le docteur !

Tous deux gravirent les marches d'un petit escalier tournant,
tous deux retenant leur souffle, et ayant soin d'amortir le bruit
de leurs pas. La chambre de la comtesse était à peine éclairée
par une veilleuse agonisante, les volets fermés avec soin. Arthur, enveloppé de son manteau, entra en se tenant derrière
David. Il avait ôté son schako et l'avait laissé dans la salle
basse.

— Monsieur, lui dit Laure, c'est la comtesse, c'est ma mère...
Je vous la recommande, ajouta-t-elle, en essuyant les larmes
qui gonflaient alors ses yeux.

Mais déjà l'émotion du jeune homme l'avait trahi, il s'était
mis à genoux devant le lit de la malade.

Que faites-vous, Monsieur ? demanda Laure ; connaîtriez-
vous madame de Praimont ?

— Oui, ma mère, oui, Laure ! s'écria Arthur d'une voix
étouffée par l'ivresse et les sanglots.

— Arthur ! la voix d'Arthur ! oh ! c'est impossible, reprit la
jeune femme, en ouvrant alors la fenêtre.

A ce nom d'Arthur la comtesse, réveillée comme par un
coup de tonnerre, venait de se dresser sur son séant. La vie
et les forces revenaient à elle de nouveau ; elle poussa un cri
en regardant le jeune homme... Enlacé dans les bras trem-
blants de Laure, Arthur, muet, immobile, comptait alors les
pulsations de ce cœur aimé ; il remerciait Dieu de lui avoir
conservé cet ange...

— Ma mère ! s'écria-t-il de nouveau en tombant avec Laure
au pied du lit de la comtesse...

Madame de Praimont s'était tue, mais elle couvrait déjà de
pleurs et de baisers les cheveux de son fils. Cette plante, à
demi morte, venait de se voir touchée par un doigt miraculeux.

Retiré près de la porte, David contemplait cette scène avec
un attendrissement recueilli. La chaumière de l'aveugle avait
enfin son jour de joie et de soleil ; Dieu permettait que trois
cœurs remplis d'un même amour s'entendissent. Quand Brigitte survint, Brigitte ne regretta jamais tant que ce jour-là le
bien de la vue, dont les décrets du ciel l'avaient privée. Elle
baisa les mains et le manteau du jeune comte, ainsi qu'elle eût
fait d'une relique. La comtesse voulait se lever ; elle demandait
à présider le déjeuner habituel de la famille... Son espoir unique, son seul amour, son fils lui était rendu ! A travers de pareilles joies, c'est prétendre escalader, comme Titan, l'asile de
Dieu lui même... Ce fut bientôt un concert de demandes et de
supplications faites au jeune homme ; on voulait savoir ce qu'il
était devenu. Laure et la comtesse l'écoutèrent avec une avide
anxiété. Arthur satisfit cette impatience fébrile ; il se borna au
récit des faits, pour ne point réveiller en ces deux cœurs d'hor-
ribles souffrances. Laissé pour mort à Leipsick, sur le champ
de bataille, et de là transporté dans l'un des hospices de la
ville, il avait trouvé dans un habitant du faubourg de Halle un
appui inattendu. Cet homme avait connu le comte de Praimont,
il était même resté débiteur envers lui d'une somme considé-
rable. Sur les bords de la Partha, comme en France, il n'avait
pas oublié son bienfaiteur ; l'argent du comte avait été le premier fondement de sa petite fortune. En parcourant les hôpitaux de Leipsick il entendit prononcer le nom du comte. La
blessure du jeune officier étant des plus graves, il le fit transporter dans sa maison. Un médecin ne répondit du succès qu'à
la condition absolue de ne laisser approcher du malade qui que
ce fût, car la blessure du comte pouvait engendrer la folie. En
dépit de ces soins, les accidents les plus graves s'étaient ma-
nifestés dans le cerveau ; à compter de ce jour, la cure fut
longue, difficile... Pendant ce temps, les malheureux compa-
gnons d'Arthur teignaient de leur sang les champs de bataille ;
on les avait vus tour à tour à Hanceau, à Craone, à Château-
Thierry et à Laon. Cette jeunesse ardente, à peine moissonnée,
n'avait pu même voir la chute du terrible faucheur qui l'exter-
minait ; les gardes d'honneur n'existaient plus. Au premier
bruit de ces évènements Arthur entrait déjà en pleine convalescence. Trop faible pour écrire à la comtesse, et craignant
d'ailleurs que ses lettres ne lui parvinssent pas, il s'était déterminé à revenir et à la surprendre. Les caresses de Laure
et de madame de Praimont le payaient alors des souffrances

endurées loin d'elles. le malheur semblait enfin lassé de le
suivre... Tout d'un coup il se souvint. La fenêtre devant laquelle il tenait Laure embrassée laissait planer la vue sur un
spectacle de désolation : un cercle d'herbes noircies marquait
encore la place où avait été le château... Arthur sentit ces
larmes de regret et d'impuissance ; les paroles de David réson-
nèrent alors comme un glas de mort à son oreille. Il regarda
sa mère, sa mère était calme, heureuse... et cependant cette
femme était accusée !

En ce moment un coup léger fut frappé à la porte de la
chaumière, une voix appela David : cette voix était celle de
M. Van Hasberg. Il était suivi de plusieurs soldats armés qu'il
maintint à distance de l'habitation. Arthur demanda à David
qui l'on venait ?

— Un ami, M. le comte, je reviens dans la minute.

David descendit ; il trouva le bourgmestre plus pâle qu'un
condamné.

— Je sais ce que vous venez faire, reprit David, je vous suis.

— Vous !

— Oui, car c'est moi, monsieur, qui suis le coupable. On s'est
trompé !

Le bourgmestre regarda le soldat d'un air incrédule.

— Cette lettre, reprit-il en déployant un papier, est du pro-
cureur général de Metz, elle concerne la comtesse. . Les machi-
nations perfides de M. Bormans ont porté leur fruit, il y a contre elle un mandat d'arrestation.

— Allez donc l'arracher vous-même, si vous l'osez, au bras
de son fils !

— De son fils ?

— Oui, M. le comte est revenu, il existe ; à défaut de moi, il
saura convaincre les juges !

Le bruit d'une chaise de poste couvrit les dernières paroles
de David, paroles désespérées; car le soldat tremblait lui-même
alors devant l'inutilité de son sacrifice.

— Perdue ! murmura-t-il en joignant les mains : perdue !

— Sauvée! oui sauvée! s'écria l'abbé d'Auspach qui venait
d'entendre cette déchirante exclamation et d'entrer dans la salle
où se tenait David avec M. Van Hasberg.

— Que voulez-vous dire !

— Que malgré mes soixante ans, j'ai couru la poste ; il y a
dix jours d'ici à Paris. Ah ! pour un pauvre abbé de campagne
comme moi, c'est là un rude chemin ! mais j'ai réussi. Je vous
emmène tous : j'ai vu le roi !

— Le roi ! répétèrent David et M. Van Hasberg étonnés.

— Oui, Sa Majesté Louis-le-Désiré, on devrait dire Louis-le-
Juste. Allez, je vous promets qu'Hartwel et l'exil ne l'ont point
changé. Race auguste de princes si chère aux desseins de
Dieu !... Mais je m'attendris et je n'en ai pas le temps. Faites
venir madame la comtesse et sa fille ! ou plutôt, non, conduisez-
moi jusqu'à elles... Mon Dieu ! pourquoi faut-il que mon élève
ne soit plus ici !

— Il est à vos pieds, s'écria le jeune homme, il vous revient,
mon père, oh! pour que vous l'embrassiez digne de vous, bénissez-le !

— Arthur! reprit l'abbé muet de stupeur; Arthur !

Le vieillard étendit les mains, et leva les yeux au ciel. Dans
ces yeux éteints il avait passé déjà bien des larmes. M. d'Anspach serra le comte sur son cœur, il ne pouvait parler, les larmes l'étouffaient.

— Mon élève... mon cher élève !

— Oui, votre élève, mon père, reprit fièrement le jeune officier, car ce que je sais du ciel et de mes devoirs vient de vous!

— Madame de Praimont, soutenue par Laure, put voir la fin
de cette scène attendrissante. Les habits de l'abbé couverts de
poussière, ses cheveux en désordre, l'air d'ivresse répandu sur
ses traits, contrastaient avec l'horrible pâleur de David
qui ne pouvait comprendre encore ce qui allait se passer.

— Madame, dit l'abbé à la comtesse, Sa Majesté, qui se sou-
vient de ses plus anciens serviteurs, ne pouvait oublier le comte
de Praimont. Elle a été surprise autant qu'indignée d'une accusation perfide contre sa veuve. En succombant aujourd'hui à vingt
ans de ruines et de malheurs, le premier besoin du roi est
d'appeler autour de lui de nobles et grandes infortunes. La fille
auguste de Louis XVI, avec laquelle il est heureux de confondre
ses sentiments, a daigné écrire elle-même au roi en faveur de
madame la comtesse, qu'elle m'a priée de lui conduire. C'est
au vœur, je pense, le plus cher des désirs d'une mère qui ne
vit plus maintenant que pour son fils! Cette berline de poste
nous ramènera tous quatre à Paris, à Paris enivrée déjà du bonheur de revoir ses princes! M. le bourgmestre, vous voyez que
vous n'avez plus rien à faire ici. Voici l'ordre du roi, il est
formel !

—À Paris! répétèrent ensemble Arthur et Laure : à Paris, ma

mère, dès que vous pourrez soutenir la fatigue de ce voyage !
Mon Dieu! nous, si pauvres hier, nous, abandonnées, accusées !

— Pauvres! avez-vous dit? au contraire, vous êtes riches.
Avez-vous donc oublié quel désir impie armait contre moi le
bras de celui que Dieu vint frapper avant qu'il eût pu commettre
son crime ? En 93, un trésor fut caché ici, à Lugues-Arches,
par le comte de Praimont. C'était par une nuit froide, le comte
me dit de le suivre. Ce trésor était destiné, en cas de ruine, à
l'enfant de la comtesse... Je marquai la place où on l'avait enfoui; mais bientôt une longue maladie qui me fit perdre la mémoire, éteignit dans ma fuite de Lugues-Arches, pendant les
années de la révolution française, toute indication, toute trace...
le ciel m'est venu en aide. En visitant l'autre jour, au couvent
des Dames de la Visitation, la cellule où je m'étais caché durant
les jours orageux, je retrouvai un dessin à l'encre tracé sur la
glace, avec le n° 3 ; c'est le numéro correspondant, sur le plan
de Lugues-Arches, à la chaumine où vous êtes réunis. Ce pa-
villon, attenant au parc, était alors construit; ou ne l'acheva
que sous les premiers temps de l'empire. C'est là que doit se
trouver le dépôt qui vous appartient. Le dessin indique la forme
d'un caveau : je l'ai copié, le voici.

Avant que l'abbé eût fini, David était revenu avec sa bêche.
Aux premiers chocs de l'instrument contre le sol, le Breton
sentit un corps dur ; il continua son travail avec plus d'activité.
L'angle de cuivre d'une cassette apparut alors aux regards émer-
veillés des acteurs de cette scène ; un dernier coup de bêche
acheva d'enlever la terre et découvrit à nu le trésor...

Devant ce coffret miraculeusement retrouvé, l'abbé sentit son
front inondé d'une sueur froide. . Sans doute il croyait voir le
spectre hideux de la Tour du Diable, Henri, armé du lacet fatal
et l'attendant...

Trois jours après ceci, une voiture de poste tournait le coin
de la chaussée qui mène à Namur; la voiture emportait deux
femmes et deux hommes: la comtesse et Laure, Arthur et l'abbé.

David Lheureux regarda longtemps l'équipage, jusqu'à ce
qu'il fût devenu un point noir au bout du quai de la Meuse. Il
revint alors silencieux à la chaumière de Brigitte. L'aveugle
ne put voir les larmes qui roulaient alors dans les yeux de son
fils, sans cela elle eût pleuré. En partant, le comte avait donné au
Breton la surveillance de ce qui restait de son domaine. Arthur
suivait sa mère à Paris, David ne pouvait abandonner la sienne
à Lugues-Arches. Ainsi séparés, mais non désunis, ces deux
hommes s'aimèrent toujours. Le jeune homme prit part à l'expédition d'Espagne sous le duc d'Angoulême ; il avait été pré-
cédemment incorporé dans le régiment des mousquetaires de la
maison du roi, régiment rétabli par Louis XVIII.

La vie du comte fut brillante, celle du soldat désenchantée.
Devenu intendant, régisseur de Lugues-Arches, il s'ennuya
bientôt d'une terre où le comte ne venait plus. Mais Arthur l'a-
vait voulu, et David se résigna. Assis parfois sur un tronc d'ar-
bre renversé, il aimait à figurer du bout de son bâton, sur le
sable jaune des allées, l'ancienne façade du domaine. Il espérait toujours que son maître reviendrait. Ce courage indompté
se rouilla, il s'éteignit bien vite dans le cercle invariable des
soins vulgaires. En 1825, David, que l'on voulait alors marier,
refusa ; il y avait un nom qu'il évitait de prononcer, mais qui
amenait en lui un trouble évident chaque fois qu'il l'entendait.
Sur le livre de prière que la jeune comtesse lui avait donné au
moment de son adieu, il avait mis ce mot à la première page :
Partie ! En perdant ses hôtes, David perdit tout; ces bois de-
vinrent un désert. Vers 1826, le domaine fut vendu ; la bande
noire l'acheta. L'œuvre de la destruction se poursuivait : on
sapait le château avant le trône. David retourna en Bretagne,
mais sans sa mère; Brigitte était morte le jour où la cognée
des marchands se fit jour dans les bois de Lugues-Arches.

La comtesse s'éteignit quelques jours après la révolution de
juillet 1830 ; Arthur et Laure habitaient en 1837 un château dans
le Poitou.

Sous le voile de cette histoire, nous l'avons dit, chaque nom
a été changé; la modestie d'un seul homme eût souffert à se
reconnaître; mais il ne remuera plus de son tombeau, comme David, la cendre de ses souvenirs. Il a voulu mourir pauvre, igno-
ré, dans une humble cure de village. C'est lui que j'ai peint
sous les traits de l'abbé d'Auspach.

FIN DU GARDE D'HONNEUR.

MADEMOISELLE DE SENS.

MADEMOISELLE DE SENS

I

—Mon Dieu! m'écriai-je en voyant le chevalier de la Maison-Fleur retourner entre ses doigts une délicieuse miniature signée d'Augustin... quel est donc ce portrait? A voir la fraîcheur de cette peinture, la vivacité de ces couleurs, on jurerait que c'est un émail !

Le chevalier de la Maison-Fleur avait la manie des tabatières ; sa collection était loin de valoir celle de M. le marquis de Soyecourt, mais elle se distinguait par un choix exquis et je ne sais quel parfum de rareté qui donnait au moindre médaillon le charme d'une découverte. Chacun des personnages représentés sur ces minces ivoires piquait bien vite la curiosité ; l'on éprouvait devant eux un intérêt invincible. Ce n'étaient point là des figures d'une vulgarité historique, comme celles de Louis XIV et de Racine, ou des héros de l'ancienne cour stéréotypés vingt fois ; mais il y avait dans cette série un cachet d'originalité et d'élégance qui forçait l'amateur à s'arrêter et à demander au chevalier qui était cette dame ou ce seigneur.

Ce que je fis avec un naïf empressement, en remarquant sur le médaillon que tenait alors le chevalier, l'écusson royal de la maison de Navarre. Une fort belle personne d'une trentaine d'années, les cheveux blonds et très-abondants, donnait à becqueter une cerise à son perroquet, dans ce petit cadre entouré d'un cercle en pierreries. Le fini de cette peinture était ravissant, et la mélancolie rêveuse que l'artiste avait répandue sur ce frais visage me présageait une histoire assez romanesque.

A l'exemple de tous les collectionneurs enchantés de faire valoir leurs richesses, le chevalier ne se fit pas prier pour satisfaire mon désir ; et me faisant voir un nom tracé au crayon derrière la miniature :

—Ceci, me dit-il, est le portrait de mademoiselle de Sens, belle-sœur du prince de Conti et sœur cadette de Louise de Bourbon-Condé, sa femme. Ce portrait me vient de famille, il a été fait dans la maison où se trouve aujourd'hui le ministère de la guerre, rue de Grenelle : mademoiselle de Sens habitait alors cet hôtel. L'histoire de cette princesse du sang de France est aussi inconnue que curieuse ; permettez-moi de vous la raconter, pendant que vous tenez son médaillon. Je vous en garantis l'authenticité, tout en vous la présentant sous la forme accidentée du récit.

Je remerciai le chevalier par un geste amical, et il commença :

Le 27 novembre 1746, sur la route de Fontainebleau un carrosse attelé de quatre chevaux admirablement harnachés, courait avec une telle vitesse, qu'on eût pu croire raisonnablement le cocher incapable de maîtriser son attelage. Les livrées des laquais perchés sur l'arrière-train étaient chamois, galonnées de velours rouge, couleurs royales de la maison de Navarre. La couronne apposée aux deux panneaux indiquait une famille princière. Le froid était vif ; aussi les glaces se trouvaient-elles levées. En ce moment, l'une d'elles s'abaissa et livra passage à une charmante tête de femme, dont la frayeur et l'anxiété altéraient alors le visage ; cette personne cria vainement au cocher de tenir ses chevaux en main, les quatre coursiers avaient pris le mors aux dents...

Le carrosse entrait comme une flèche lancée au cœur de la ville, et nul ne songeait, parmi les spectateurs de cette scène, à modérer la violence du danger qui devenait imminent, lorsqu'un homme en uniforme assez simple, les traits rudes, le teint basané, les sourcils noirs et épais, voyant que la voiture allait tourner et se briser peut-être contre les grilles du châ-

teau, se plaça résolûment devant l'équipage, et se fiant alors à sa force herculéenne, saisit l'un des chevaux par la bride, tandis qu'il opposait à l'autre une canne de commandement qu'il tenait en main. La canne fut brisée par la soudaineté du choc, mais l'un des valets de pied ayant sauté du train d'arrière, parvint à contenir les coursiers de la voiture pendant que la foule se pressait autour du courageux gentilhomme.

Il fallait en vérité que l'on rendît justice à sa force proverbiale, car peu de gens en paraissaient étonnés, et ce nouvel Alcide semblait n'en pas être à son début. Sa taille était élevée, il avait le regard noble et martial. On se racontait, dans cette multitude empressée, une foule de traits pareils, tous relatifs à sa vigueur musculaire ; cette fois, il avait partagé en deux un écu de six livres ; cette autre, il avait rompu entre ses mains un fer de cheval ; c'était un homme à faire un tirebouchon du plus gros clou sans employer d'autre instrument que ses doigts. On l'avait vu, un jour qu'il courait à pied les rues de Londres, insulté par un des plus formidables boxeurs ; il l'avait saisi par un bras, et l'avait lancé dans un tombereau de boue, aux applaudissements de tout le peuple étonné. D'énormes moustaches, de vraies moustaches d'Ulhan, donnaient à sa physionomie une apparence redoutable, adoucie cependant bien vite par le charme de deux grands yeux bleus faits pour réconcilier avec la brusquerie de ses manières. Bien qu'il eût passé la quarantaine, et qu'il dût compter bon nombre de campagnes au service de Sa Majesté, il brillait encore de toute la vivacité de la jeunesse.

Les chevaux arrêtés, il s'approcha du carrosse. Après avoir sauté lestement sur le marchepied de la portière, il se découvrit devant les deux dames qui paraissaient à demi mortes de peur, et leur offrit de descendre en leur proposant de les accompagner jusqu'au château.

La plus jeune des deux dames ne se fit pas faute alors d'accepter, car il lui tardait de mettre pied à terre ; mais pour l'autre il fut impossible de la tirer de l'espèce de syncope où elle se trouvait. Vainement plusieurs personnes s'empressaient de lui faire respirer des sels ; il semblait vraiment que la vie l'eût quittée. Par bonheur, Sénac, premier médecin de Sa Majesté, vint à passer, et, dans l'espace de quelques secondes, il l'eut rappelée bientôt à elle-même. Le docteur du roi, à la vue de l'homme qui avait à lui seul arrêté l'équipage, réprima une exclamation involontaire, mais, sur un signe du libérateur, il fit mine bientôt de ne point le connaître ; et tous deux aidèrent les voyageuses à descendre du carrosse pour passer dans la cour du Cheval-Blanc.

Sénac donnait le bras à la dame qu'il venait de choisir d'une façon si imprévue pour sa cliente ; l'inconnu soutenait sa compagne avec une grâce et une prévenance qui devaient sembler au docteur en dehors de ses habitudes. Il est vrai que la jeune femme était charmante, sa pâleur la faisait alors plus belle qu'un ange. Appuyée sur l'épaule de son guide, elle se contentait de lui presser la main légèrement, et dans ce remercîment tacite, elle semblait mettre la meilleure partie de son âme. Introduite par les officiers du roi dans une des pièces principales du château, elle s'assit dans une large duchesse qu'un valet de pied lui présenta et demanda que l'on voulût bien prévenir son cousin, M. le prince de Conti, qui devait être arrivé avant elle à Fontainebleau.

A ce nom, un léger nuage de pâleur parut obscurcir les traits du personnage qui l'avait sauvée ; mais son attention se trouvant bien vite absorbée par la beauté éblouissante de la jeune dame, il l'examina quelque temps dans un silence recueilli.

Mademoiselle de Sens, car c'était elle, arrivait alors à Fontainebleau, en compagnie de la maréchale de Luxembourg ; elle y arrivait *in fiocchi*, c'est-à-dire en grande parure, cette année-là étant l'année de la paix, et la campagne de Flandres ayant couronné victorieusement celle d'Allemagne. Les alliés avaient perdu huit mille hommes et quarante pièces de canon ; c'était le signal des fêtes. Conti revenait couvert des lauriers de Mons, et les employés des fermes avaient dit au maréchal de Saxe, arrêtant ses équipages aux barrières pour les faire visiter suivant la coutume : *Monseigneur, les lauriers ne payent point.*

La toilette de mademoiselle de Sens, qui devait le soir même assister à la comédie donnée à Fontainebleau, réalisait alors toute l'idée que l'on peut encore se faire, en ce temps de lésinerie princière, d'une tenue de dame noble. Elle avait une robe de dauphine, brochée de sept couleurs et garnie de dentelles d'argent, richement étalée sur un panier de sept aunes et demie d'envergure ; elle portait au cou un *parfait contentement* orné de turquoises avec des pendeloques du plus bel orient que l'on pût voir. Ses cheveux, poudrés de couleur écrue à la mousseline de Chypre, étaient entremêlés de charmantes fleurs en porcelaines de Saxe, ainsi que de légers papillons en or émaillé. Ses mules découpées et ses mitaines étaient en réseau de fil d'or appliqué sur un satin enrichi de mordorures. Son rouge étrangement compromis par l'accident du carrosse, était mis le plus carrément possible ; c'était du rouge de mademoiselle La Mothe (la bonne faiseuse), il était glacé d'argent. Quoique cette princesse fût parfaitement blonde, elle ne voulait jamais porter que du rouge de brune, et ceci donnait à son air de tête une distinction tout à fait extraordinaire. Au côté gauche de sa robe était fixé l'ordre de Saint-Jean-Népomucène ; mais c'était bien plus par égard et par affection pour la reine Marie Leczinska, que par attrait pour cette décoration chapitrale, dont une princesse du sang de France, comme mademoiselle de Sens, n'eût su éprouver le besoin.

Placée ainsi à côté de madame la maréchale du Luxembourg, vêtue elle-même d'une façon non moins somptueuse, la jeune princesse ressemblait à une jeune novice sortie du couvent et qu'une grande parente présenterait à la cour dans toute la fleur de sa grâce et de sa beauté.

Il faut le dire cependant, sous cette ravissante enveloppe, ces belles dents et ces yeux d'un noir expressif, un observateur eût découvert je ne sais quel ennui chagrin et quel malaise secret ; mademoiselle de Sens passait dans le monde pour une personne vaporeuse et d'une sensibilité très-exaltée. C'était une princesse (et le fait demeure constant par les Mémoires) qui ne pouvait supporter l'idée de la mort ni pour elle ni pour aucune personne de sa connaissance, c'était au point qu'on ne lui remettait jamais les gazettes ni les lettres qui lui étaient destinées, avant de les avoir lues, afin de lui cacher tous les décès qui pouvaient y être mentionnés. Elle avait dû s'unir au prince de Conti, son cousin germain ; mais des arrangements de famille et l'ordre du roi avaient empêché ce mariage, et le prince allait épouser mademoiselle Louise de Bourbon Condé, sœur aînée de mademoiselle de Sens.

Quatre heures venaient de sonner à la grosse horloge du château, lorsque le valet de pied revint apprendre à la jeune princesse que M. le prince de Conti n'avait point paru à Fontainebleau, bien qu'il y fût attendu. Il ajouta que les appartements de ces dames étaient préparés depuis la veille, puis il remit une large missive cachetée au personnage qui observait encore mademoiselle de Sens.

— M. le maréchal de Saxe n'a-t-il rien à m'ordonner ? demanda-t-il avant de se retirer.

— Maréchal, reprit Sénac, vous voilà trahi ; vous qui avez forcé la position de Rocoux, comment vous tirerez-vous de celle-ci ?

— Mesdames, répondit le maréchal de Saxe, en s'inclinant devant mademoiselle de Sens et madame de Luxembourg avec un embarras plein de modestie, me pardonnerez-vous d'avoir rempli auprès de vous l'emploi d'un page de service ? A mon âge, on se rattache à la jeunesse comme on peut, et vous m'avez fait croire un moment que j'avais vingt ans !

La maréchale de Luxembourg, qui n'avait point reconnu le héros de la dernière guerre sous le simple habit qu'il se faisait gloire de porter, poussa une exclamation de surprise et ne manqua pas de prendre pour elle le regard plein d'affection et d'intérêt que Maurice adressait à la belle mademoiselle de Sens. Toutes deux le virent s'éloigner rapidement et suivre le porteur de la missive. Ce soir-là, on devait représenter le *Cid* au théâtre de Fontainebleau, et la reine Marie Leczinska les attendait. Sénac resta seul, et, se contentant de suivre des yeux le maréchal à travers la galerie, le docteur du roi murmura entre ses dents :

— Ou je me trompe, ou voilà, parbleu ! un conquérant bien malade ! L'amour est la faiblesse de la plupart des grands hommes, et même au sein de la paix, celui-ci ne peut rester en repos ! Qu'il s'arrange, ma foi ! je m'en vais relire Sénèque !

II

Au spectacle qui suivit le dîner de Leurs Majestés, mademoiselle de Sens se trouvait placée près de la reine Marie Leczinska, et tous les regards se portèrent bien vite sur cette loge.

Mademoiselle de Sens avait mené jusqu'alors une vie de véritable recluse ; elle avait d'abord un fond de véritable piété ; puis, les tracasseries de sa famille lui causant un certain trouble, elle s'était renfermée volontairement dans la solitude, laissant à sa sœur aînée les honneurs et les éblouissements de la cour en même temps que les hommages de son cousin le prince de Conti. L'humeur de ce dernier lui déplaisait, à vrai dire, étrangement ; bien qu'il eût en effet beaucoup de succès dans le monde, que sa taille, ses manières et son esprit dussent le faire admirer et envier, il avait quelquefois l'étrange manie d'affecter un despotisme et une dureté qui n'étaient nullement dans son caractère, et se livrait même par instant à des prétentions si arrogantes envers ceux de sa famille, que mademoiselle de Sens s'applaudissait intérieurement de le voir à la veille d'épouser sa sœur la princesse Louise, avantagée de grands biens par le testament de leur mère, fille de Louis XIV et de mademoiselle de La Vallière (1). Le prince de Conti joignait à de véritables talents militaires des liaisons publiques avec des personnes connues pour blâmer les opérations de la cour. La tournure altière de son humeur, autant que des propos indiscrets qu'il s'était permis, devait affaiblir tôt ou tard pour lui les sentiments de Louis XV. Ses ressentiments étaient amers, sa colère terrible, ses moindres passions pleines de fougue. En un mot, il ressemblait plutôt à un héros de la Fronde, capable de diriger un parti de mécontents, qu'à un prince de trente ans conduisant avec orgueil et amour les armées de Louis XV à la victoire.

Ce n'est pas que le prince de Conti, chanté par Voltaire, comme *favori d'Apollon et de Bellone*, ne se fût déjà distingué, quoique jeune, par sa bravoure personnelle et par ses talents comme général. Mais une excessive susceptibilité, un amour-propre invincible, et par-dessus tout une morgue pleine de hauteur, en faisaient, dans le premier temps de sa vie, le seul des princes de sang que l'on abordât avec crainte et défiance. Accompagné le plus souvent de ce redoutable comte de Clermont, à qui Louis XV adressa de si sévères remontrances (2), en lui disant qu'il lui faisait grâce pour le meurtre d'un couvreur, mais qu'il ferait signer par le chancelier des lettres de grâce pour celui qui le tuerait ; il faisait alors de fréquents voyages à Fontainebleau, mais par étiquette et contre son gré ; car, nous l'avons dit, il était mal vu à la cour.

Mademoiselle de Sens, en se rendant à Fontainebleau, sous la tutelle de madame de Luxembourg, faisait-elle une action qui dût déplaire au prince de Conti, ou bien se trouvait-il jaloux de la voir, ce soir-là, placée auprès de la reine ? Quoi qu'il en pût être de ces suppositions, le prince entra dans la salle où l'on commençait le *Cid*, sur les huit heures du soir, avec le comte de Clermont et le comte de Charolais.

L'assemblée était brillante, et le vainqueur de Rocoux attirait tous les regards de la cour, depuis un instant. Par un privilège auguste, il se trouvait sur le devant de la loge royale avec Louis XV, qui venait de le nommer, la veille, maréchal-général de ses armées ; Turenne seul avait jusque-là obtenu ce titre. Maurice portait ce soir-là l'habit qu'il avait dans la dernière campagne, le cordon du Saint-Esprit manquait seul aux ordres dont il se trouvait décoré ; mais le culte luthérien qu'il professait, empêchait le roi de lui accorder cette distinction. Il était vraiment beau et radieux cette fois, et mademoiselle de Sens, en le voyant entrer dans la loge où elle se trouvait, eut d'abord quelque peine à reconnaître le simple gentilhomme qui avait arrêté le matin les chevaux de son carrosse avec un si intrépide sang-froid.

Le maréchal salua la jeune princesse avec une galanterie exempte de fatuité, et cependant en ce moment-là même tous les spectateurs tournaient leurs regards vers la loge royale et semblaient faire application au héros des vers si énergiquement beaux de Corneille. Comme il était défendu d'applaudir jamais devant le roi, on se contentait de renvoyer au maréchal

(1) Mademoiselle de Blois.

(2) Le comte de Clermont, le comte de Charolais et le duc de Bourbon, ministre, étaient les frères de mademoiselle Louise de Bourbon-Condé, sœur aînée de mademoiselle de Sens.

toutes les allusions glorieuses de certains passages, lorsque tout d'un coup le prince de Conti et les deux autres seigneurs entrèrent dans la salle. On fut assez surpris de voir le prince arriver si tard ; mais ce qui n'étonna pas moins, ce fut de le voir se placer à l'extrémité de la salle et dans l'une des dernières loges, au lieu de prendre rang dans celle des princes ; on le savait en brouille avec la cour, mais l'on ignorait que, depuis trois jours, Louis XV lui-même avait fait savoir au prince de Conti qu'il ne serait plus employé.

Il avait cru devoir, en conséquence, renoncer dès ce soir-là à son uniforme de général, mais il portait en revanche un magnifique habit moucheté de pierreries ; sa parure était somptueuse et recherchée jusqu'en ses moindres détails. A côté de lui MM. de Charolais et de Clermont ressemblaient à deux planètes autour du soleil.

Un mouvement marqué de dépit se peignit sur le visage du prince, en voyant le maréchal dans la loge du roi ; lui aussi, quoique plus jeune que le maréchal de Saxe, n'avait-il pas eu deux chevaux tués sous lui à la bataille de Conti ; n'avait-il pas fait les campagnes de Flandre et d'Allemagne ? Encore parfumé des lauriers de Mons, il espérait devoir être mieux reçu à la cour, où il ne rentrait pourtant qu'irrité d'avoir vu passer son corps d'armée, dont le roi lui avait ôté le commandement, sous les ordres du maréchal. Un ressentiment amer couvait dans l'âme du prince, et il ne tarda pas à l'exhaler en paroles peu mesurées dès que la toile fut baissée, après le C d.

— Mais, en vérité, messieurs, c'est une apothéose dans toutes les règles ! Le maréchal de Villars n'en a pas eu tant après l'affaire de Denain ! Où donc est madame Favart, qui suivait le maréchal aux armées ; que ne paraît-elle, à cette heure, devant Sa Majesté et son héros, la couronne en main, dans le rôle de *la Gloire* ?

Le prince de Conti venait à peine d'achever cette phrase, que l'ample rideau qui lui cachait alors mademoiselle de Sens, sa cousine et sa future belle-sœur, s'écarta vivement, et il put voir cette délicieuse jeune femme se pencher alors complaisamment sur le velours de la loge.

— Elle ici, et elle ne m'a pas prévenu ! pensa le prince. Quelque folle imagination de madame de Luxembourg ! A moins que la reine ne l'ait mandée, elle qui l'aime et la favorise en tout !

Et le prince, au lieu de porter la moindre attention aux acteurs, concentra ses regards sur la loge royale où se trouvait Maurice, cet autre acteur qu'il haïssait comme on peut haïr un rival ; Maurice de Saxe, dont le roi lui avait prescrit de suivre les moindres ordres dans les dernières manœuvres ; Maurice enfin dans l'armée duquel il s'était vu forcé de fondre la sienne. A la vue de ce nouveau don Diègue, le prince de Conti éprouva une joie sourde, il se dit à lui-même qu'insulter le triomphateur, le jour même de son triomphe, cela était hardi, imprudent ; mais qu'aussi cet homme si cher au prince, à l'armée, lui avait fait tort dans l'esprit de l'armée et du prince ; le soufflet que reçoit le vieillard espagnol dans la tragédie, le prince manqua presque de l'applaudir. L'orgueil des hommes de cour, et surtout l'orgueil des princes, est ainsi fait qu'il grandit à leurs yeux l'offense et le châtiment. Cette fois seulement M. de Conti chercha un prétexte ; ce prétexte il le trouva et ce fut mademoiselle de Sens.

Après tout, le maréchal était veuf, jeune encore, il avait épousé la comtesse de Loben malgré sa répugnance apparente pour un engagement durable ; son mariage avait été cassé par un arrêt de Dresde, et il était libre d'en contracter un nouveau. Mademoiselle de Sens était d'un sang royal, mais le maréchal n'avait-il pas dû épouser la duchesse de Courlande, et ne lui eût-elle pas assuré le trône de Russie sur lequel elle monta, sans l'excessive légèreté et l'inimitié de Catherine Ire ? Le prince de Conti pouvait donc raisonnablement s'inquiéter des prévenances du maréchal de Saxe envers sa cousine germaine pendant tout le cours de cette représentation, où Maurice ne la quittait pas des yeux, encore ému du péril que cette jeune et blonde tête avait couru le matin. La pièce terminée, l'actrice principale s'avança et lut quelques vers à la louange du héros. Le nom de Conti n'était pas cité dans ces strophes, et cependant le nom de plusieurs autres généraux s'y trouvait religieusement conservé. A la dernière l'actrice s'avança, et dans son émotion laissa tomber devant la loge du roi la couronne de lauriers destinée au maréchal.

Le prince de Conti put voir alors une main blanche qui s'en emparait avec un empressement singulier, et la déposait sur le front de Maurice, au milieu des murmures les plus flatteurs. En ce moment décisif, Conti comprit bien vite qu'il était jaloux à la fois de mademoiselle de Sens et du maréchal, deux blessures poignantes dont il ressentit l'atteinte. Mademoiselle de Sens venait de placer elle-même la couronne sur la tête du vainqueur ; Maurice triomphait, Conti était oublié !

Saisissant le bras de MM. de Clermont et de Charolais, Conti dévora sa rage, et se résolut à attendre le maréchal à la sortie, malgré les remontrances de ces deux seigneurs, peu soucieux d'une querelle en pleine cour.

Le maréchal sortit bientôt, donnant le bras à mademoiselle de Sens.....

III

En apercevant le prince de Conti, mademoiselle de Sens éprouva, pour la première fois de sa vie peut-être, un singulier embarras. Bien qu'elle fût certaine de la recherche que le prince faisait alors de sa sœur aînée, mademoiselle Louise de Bourbon-Condé, elle savait aussi quel impérieux ascendant ce beau-frère futur prétendait exercer sur ses actions ; ce qu'elle ignorait seulement, c'était sa haine contre son libérateur du matin.

Louis XV, en traversant la galerie qui faisait suite au théâtre, et dans laquelle se pressaient les hauts dignitaires de la cour, jeta au prince de Conti un regard peu fait pour amortir sa rancune contre le monarque. Mademoiselle de Sens lui rendit un salut froid, et il se vit bientôt délaissé par ses amis de la veille. On se préparait à entrer dans la salle du souper, et, comme il était d'usage, les officiers du roi plaçaient chaque personne invitée suivant son rang, lorsque tout d'un coup le maréchal fit quelques pas au-devant du jeune prince, et se félicitant d'être désigné pour convive à côté de lui, jeta, sans le savoir, l'huile à ce feu qui ne demandait qu'à éclater.

— Monsieur le maréchal de Saxe doit savoir que les princes du sang n'ont rien de commun, grâce à Dieu, avec les soldats de fortune.

— Chevert en était un, Monsieur, vous me l'apprenez ; je n'avais pour lui que de l'estime, je vois que je lui dois du respect.

Peu après le maréchal voyant que son antagoniste gardait le silence et refusait de se placer au couvert du roi, reprit avec une expression de sentiment indéfinissable :

— Je suis Français dans le cœur, Monsieur le prince, et je désire être regardé comme tel : j'ai demandé et obtenu des lettres de naturalisation : le savez-vous ?

— Je sais tout cela, Monsieur le maréchal ! je sais aussi que le roi vous a donné six pièces de canon prises sur les ennemis à la bataille de Raucoux. Oh ! le roi Louis XV est généreux !

— Généreux et juste, oui, Monsieur le prince : cela est vrai, Sa Majesté aimera toujours ceux qui la servent.

— Et je le trahis, peut-être ? demanda Conti les dents serrées par la colère.

— Je ne dis pas cela, Monsieur, mais je dis que nous vivons dans un temps où le vrai mérite est aussi rare que la vraie prudence : je dis qu'être envieux, c'est être petit, et que toutes les grandeurs doivent se réunir et se donner la main au profit d'une seule. Vous avez des lettres et de l'esprit plus qu'aucun homme de guerre de nos jours, vous représentez dignement et vous parlez à merveille ; moi, je ne me pique point d'être orateur, et je ne sèche point mes billets aux femmes avec la poudre d'un diplomate (1). Vous pouvez refuser de vous asseoir près de moi, mais vous pouvez permettre à mademoiselle de Sens, continua le maréchal de Saxe en indiquant la princesse, qui causait alors avec madame de Boufflers, de vous remplacer ; elle qui ne m'enviera ni Raucoux, ni Mons !

L'exaspération du prince était au comble. Le sang-froid du maréchal, sa bonne grâce, son air calme et digne achevaient de l'irriter. La reine intervint et fit mettre à table mademoiselle de Sens entre elle et le maréchal ; mais elle n'entendit pas le colloque suivant s'établir entre de Saxe et Conti, qui affectait de se tenir debout derrière le siège du triomphateur.

— Ce soir, maréchal, je reviendrai à Paris vers les deux heures du matin.

— Mon carrosse, à moi, partira à la même heure.

— Je n'ai qu'une épée, maréchal, mais MM. de Charolais et de Clermont ont la leur. Nous pourrons mettre pied à terre près du *Soleil-d'or*, à la barrière...

— C'est un endroit galant, et qui me convient dès qu'il vous va ; mais veuillez me dire pourquoi nous nous battrons, monsieur le prince ?

— Pour mademoiselle de Sens, qui semble ici n'avoir des yeux que pour vous.

(1) Ce trait, rapporté par madame de Genlis, arriva plus tard au prince de Conti, à l'égard de madame de Blot.

— A merveille, je croyais que c'était pour le roi Louis XV.

— Pour les deux, soit : mais n'en trinquons pas moins à la prospérité de la France et au maintien de la paix.

— A la France et à la paix, dirent à la fois Conti et de Saxe.

Mademoiselle de Sens n'avait guère le loisir d'écouter : elle-même parlait alors à la reine.

— Le prince de Conti, mon noble cousin, est un fou, disait-elle à la gracieuse princesse ; tâchez donc, Madame, de le remettre un peu dans les bonnes grâces du roi. Je m'engage à le faire rompre avec tous ceux qui l'égarent et l'entraînent. Encore une fois, le fonds est parfait, mais son orgueil le perdra !

Pendant le souper, Maurice, partagé entre son admiration pour mademoiselle de Sens et son étonnement des menées envieuses de Conti, laissait flotter tour à tour son attention distraite entre le prince et sa belle cousine. La collation finie, le roi commanda que les hulans du maréchal vissent le couvert et passassent une sorte de revue devant la table.

Et ce fut vraiment un spectacle rapide, animé, que celui de cette invasion militaire. Maurice nommait chacun de ses soldats au roi ; comme César, il savait les noms de son armée.

Le souper fini, les carrosses de la cour roulèrent tous bientôt, avec leurs yeux flamboyants, sur le pavé, les valets annoncèrent les livrées à haute voix. Il y avait séance des ministres pour le lendemain, et le maréchal devait y discuter la question de ses quartiers d'hiver, et conférer avec le comte Lowendahl.

La neige tombait à flocons épais. Le maréchal prit congé de Leurs Majestés et monta en voiture accompagné de MM. de Coaslin et de Brienne. Par un hasard étrange, mademoiselle de Sens, dont le carrosse était endommagé par l'accident du matin, se trouvait derrière dans l'équipage de son cousin avec madame de Luxembourg. Arrivé à la barrière, le cocher du maréchal de Saxe tourna bride près du *Soleil d'or*, endroit assez mal famé. Quatre routes aboutissaient à ce rendez-vous ténébreux, planté d'un large quinconce : ses abords étaient peu sûrs, et déjà plusieurs vols nocturnes avaient épouvanté les gens de l'endroit.

En voyant descendre le prince de Conti avec M. de Charolais et de Clermont, la princesse se rappela que durant toute la route ils n'avaient échangé une seule parole. Elle descendit résolûment, appuyée au bras d'un valet de pied de la maison de Conti, dont les livrées, à l'encontre des siennes, étaient de chamois galonnées de bleu.

Une frayeur insurmontable l'agitait ; elle avait fort bien distingué le vide opéré devant elle, dans cette route, par le carrosse du maréchal qui tenait le devant : elle avait une sorte de pressentiment sinistre.

Le quinconce dont nous venons de parler aboutissait en ce lieu à un puits profond. Le vent et la neige avaient cessé, mais chaque pas laissait une trace sur le sol, et ce ne fut pas sans effroi que la princesse remarqua certains vestiges se croisant en sens divers jusqu'au puits. La lune était entourée de nuages opaques et roux ; était-ce une illusion ? ou bien mademoiselle de Sens avait-elle aperçu véritablement une empreinte de sang sur la neige. Quoi qu'il en pût être elle s'avança, soutenue par le valet, et prêta l'oreille à une conversation dont elle se trouvait l'objet.

— M. le maréchal, disait le prince de Conti, vous avez l'air de traiter ma belle-sœur future comme madame Favart et mademoiselle Lecouvreur ! C'est un outrage que je ne saurais souffrir. Vous êtes veuf et libre, je le sais, prétendriez-vous épouser d'aventure mademoiselle de Sens ?

En parlant de la sorte, Conti avançait dans les ténèbres, le brouillard de la nuit mouillait son manteau, et il éprouvait un dépit hautain de ne pouvoir obtenir la moindre réponse du maréchal. Il déguisait sa haine contre lui sous le voile d'un amour faux pour la princesse, deux antels qui n'admettent pas de profanes. En ce moment, mademoiselle de Sens réprima un cri, elle venait de voir deux épées reluire dans l'ombre, deux témoins se trouvaient là, et les deux témoins s'étaient partagés entre M. de Conti et M. de Saxe.

— Arrêtez, s'écria la généreuse princesse, arrêtez, Messieurs, ou si vous faites un pas, si vous croisez ce fer, je me jette au fond de cet abîme entr'ouvert ; mon sang rejaillira sur la margelle de ce puits !

La malheureuse créature se soutenait à peine, elle eut cependant la force d'écarter l'épée de son cousin, le prince de Conti, et de regarder en face le maréchal. Dégagée des vapeurs brumeuses où elle nageait, la lune envoyait à la figure du noble Maurice sa lueur limpide et molle ; il abaissa son épée devant mademoiselle de Sens et la remettant dans le fourreau :

— Vous nous apparaissez, dit-il à la princesse, sous les traits de la France elle-même ; vous venez, Mademoiselle, arrêter deux insensés, soyez bénie ! Les anges du Seigneur empruntent souvent le visage des femmes pour persuader et attendrir. Pour moi, Princesse, je brise mon épée ; l'insulte de M. le prince de Conti est effacée par votre gracieuse intervention !

M. le maréchal, reprit Conti, furieux de la présence inattendue de sa cousine, vous nous faites assister ici à une étrange scène de comédie ! Éloignez de nous mademoiselle de Sens, éloignez-la !

— Non, messieurs, je reste, répondit la jeune et courageuse princesse ; vous oubliez que je suis d'un sang qui commande. J'en appelle à vos témoins eux-mêmes, ils ne voudront pas que d'aussi nobles rivaux donnent à la cour de France le droit de les accuser. Non, Maréchal, non, Prince, quelle que puisse être votre inimitié, si jeune ou si vieille qu'elle soit, vous ne vous battrez pas tant que je vivrai... Jurez-le moi, ou je me tue sous vos yeux !

Ceux qui connaissaient, comme les acteurs de cette scène, la sensibilité de mademoiselle de Sens, comprenaient aussi la violence de sa peur ; cette belle personne avait le visage aussi pâle qu'un vrai linceul ; et en voyant Conti menacer encore le maréchal, elle s'écria :

— Monsieur, trêve de guerre, c'est lui, c'est le maréchal qui m'a sauvée !

Conti connaissait le trait de Maurice, il était vaincu ; mais son orgueil l'emportait. Il éprouvait une humiliation réelle à devoir la vie de mademoiselle de Sens à son rival en faits d'armes. Cependant la princesse exigeait une réponse ; elle s'était dégagée de l'étreinte de MM. de Charolais et de Clermont, et paraissait disposée à exécuter sa résolution. Que les épées vinssent encore à se croiser, et elle menaçait Conti de se briser le front au fond du puits qu'elle montrait.

— Eh bien donc, ma cousine, ou plutôt ma sœur, car dès demain j'épouse la princesse Louise de Bourbon-Condé, qu'il en soit fait ainsi que vous le voulez ! reprit-il. Tant que vous vivrez, je n'aurai rien à démêler avec M. le maréchal. Oui, je le reconnais, c'était le fils d'un roi, un trône l'attendait si le préjugé attaché par malheur à sa naissance ne l'en eût exclu. J'oublierai, puisque vous le voulez, qu'il m'a fait ôter mon commandement ; j'oublierai que mademoiselle Lecouvreur, sa maîtresse, a péri pour lui victime de sa rivale, la duchesse de Bouillon ! Oui, tant que vous vivrez, ma sœur, ajouta Conti avec une expression d'ironie et de vengeance, j'oublierai cela, et je pars !

En même temps, il remit son épée dans le fourreau, fit quelques pas et se perdit sous l'épaisseur du quinconce. Le maréchal le regardait partir comme un lion observe un passereau imprudent. A peine, en effet, venait-il de franchir la moitié de cet espace qui le séparait de la route, que le prince de Conti poussa un cri. Trois malfaiteurs, sortis de l'angle du *Soleil d'or*, venaient de se présenter à ses regards. Le prince de Conti devançait mademoiselle de Sens, et le dessein de ces misérables était de le dépouiller, en se réservant un plus riche butin ; ils voulaient voler les pierreries de mademoiselle de Sens.

— Bien joué, mes maîtres, leur cria le maréchal, mais nous sommes trois aussi !

Et faisant tirer l'épée à MM. de Charolais et de Clermont, il donna la chasse aux voleurs en se mettant à leur tête, pendant que le prince de Conti soutenait mademoiselle de Sens entre ses bras.

— Il m'a sauvée deux fois en un jour, murmura-t-elle ; ai-je eu tort, mon frère, de vous faire promettre tout à l'heure de lui en savoir gré pendant ma vie !

Le prince de Conti ne répondit pas, seulement il évita le regard du maréchal, tant il y avait à la fois de puissance et de bonté dans cet œil bleu, aussi limpide et aussi profond que l'azur du ciel lui-même. Les grands hommes ignorent les petites rancunes, les envies plates, médiocres. De Saxe était payé de sa journée par le sourire d'une femme ; il emporta ce sourire comme un autre eût emporté une parole tombée des lèvres de ce roi qu'il déjà se connaissait en héros.

— Tant qu'elle vivra ! murmurait Conti... Dans l'ordre des choses, c'est elle qui doit nous survivre ! L'aimerait-e-le ? Nous le connaîtrons bientôt !

IV

Quatre ans s'étaient écoulés ; quatre ans pendant lesquels la vie de mademoiselle de Sens avait vu redoubler autour d'elle l'ennui de sa solitude et de ses ombres. Retirée dans son hôtel, la princesse y recevait de rares visites. Jeune et délaissée, parce qu'elle ne voulait pas servir d'instrument à sa famille, qui plus d'une fois lui avait proposé de riches alliances, elle avait vu tour à tour le mariage de sa sœur aînée et le départ du victorieux de Lawfeld. A certains intervalles le maréchal lui avait fait tenir de ses nouvelles, non qu'il prétendit épouser mademoiselle de Sens, — il avait même juré à la comtesse de Loben, sa femme, de ne jamais se remarier ; — mais il entrait dans le cœur du maréchal je ne sais quelle crainte au sujet de mademoiselle de Sens ; c'était, pour ainsi dire, l'une des cartes de sa vie, et ces cartes il les mêlait chaque jour si hardiment, qu'il y avait des moments où, tout grand homme qu'il était, et peut-être par cela même qu'il était grand homme, il se surprenait à être superstitieux. Lorsque la paix fut conclue définitivement à Aix-la-Chapelle, le héros des Pays-Bas put enfin songer à se délasser de ses fatigues. Le roi lui avait permis de faire venir à Chambord son régiment de cavalerie légère ; ses premières manœuvres eurent lieu sous les regards du prince. Le maréchal de Saxe cherchait des yeux, parmi les spectateurs, M. le prince de Conti et mademoiselle de Sens.

— Inutile de vous en occuper, lui répondit-on, l'un est dégoûté de la cour et s'est retiré au Temple comme un Chartreux, l'autre mène la vie d'une Carmélite !

Mademoiselle de Sens se trouvait alors en effet à l'abbaye de Chelles, de sorte qu'elle ne vit point le maréchal ; mais en revanche son beau-frère s'emporta un jour devant elle violemment. Frédéric de Prusse venait de faire à Maurice un accueil des plus distingués ; il voulait même qu'on lui rendît les honneurs de prince souverain.

— Pourquoi pas de prince du sang ? avait demandé Conti, le maréchal n'est-il pas le professeur de tous les généraux de l'Europe ? D'ailleurs, si Louis XV, notre roi, aime la guerre et les plaisirs, M. de Saxe unit les myrtes aux lauriers. Si j'ai le Temple et ses réunions, il a Chambord et ses fêtes ! On prétend, toutefois, que son orthographe est loin d'être irréprochable, bien qu'il veuille être de l'Académie !

Et Conti ne manquait guère alors de tirer de sa poche une copie à la main de la fameuse lettre dans laquelle Maurice de Saxe, vainqueur de tant de batailles, écrivait à M. le maréchal de Noailles :

« *Je creins les ridiqules et se luy si man paret un. Ils veule me fere de la Cademie ; sela miret comme une bage à un chat.* »

A tout ce persiflage intéressé envers un héros qu'elle admirait, mademoiselle de Sens répondait que le maréchal n'avait pas besoin de rendre des services à la langue française, lorsque tant de beaux esprits, à commencer par M. le prince de Conti, daignaient s'en charger, ailleurs même qu'à l'Académie.

— J'oubliais, en effet, reprenait ironiquement le prince, j'oubliais que M. le maréchal est allemand !

Il y a dans la vie des accidents singuliers : celui du carrosse de Fontainebleau avait exercé sur l'esprit de la princesse une telle impression, qu'elle ne voyageait pas sans regarder, malgré elle, si quelque géant n'arrêtait pas ses chevaux emportés vers quelque abîme.

La sincérité du cœur était une des vertus de la jeune princesse. Un jour elle écouta un bulletin d'une victoire remportée par Maurice, et elle pleura. Les femmes aiment la gloire comme elles aiment l'amour : celle-ci ne pouvait dominer les mille inquiétudes qui se succédaient en elle dès que le tambour battait et que l'armée était en campagne. Émue, étonnée, elle se souvenait d'ailleurs qu'elle avait écarté le glaive de ces deux rivaux, et qu'après elle il y aurait peut-être une tache de sang.

Quand le maréchal visitait Berlin pour y connaître personnellement le roi de Prusse, avec lequel il était en correspondance réglée depuis longtemps, le bruit courut à Londres que le pied lui avait glissé sur un mamelon, et qu'on l'avait relevé mort au fond d'un ravin hérissé de palissades. Ainsi que nous l'avons dit, on connaissait tellement l'*impressionnabilité* de la princesse, qu'on lui cachait toutes les lettres timbrées de noir.

Il en arriva une écrite on ne sait d'où ; elle relatait la funeste nouvelle. Contre toute prévision et toute habitude, la lettre en question se trouva, le soir, *oubliée* sur la toilette de mademoiselle de Sens. Elle la parcourut, elle sonna ses femmes. Toutes s'excusèrent ; mais le coup était porté. Le lendemain la princesse entra aux Invalides, où l'on venait de célébrer un service d'anniversaire avec une messe chantée en musique. Le décorateur du catafalque avait cru bien faire en plaçant à côté du cénotaphe deux statues de généraux, l'une représentant Villars, l'autre de Saxe. C'était une flatterie indirecte au maréchal. Mais à peine entrée dans l'église, la princesse poussa un cri terrible, elle joignit les mains, elle tomba ! Personne ne se trouvait dans l'église. Haletante, à moitié morte, elle eut le courage de se relever, de faire quelques pas, elle marcha vers le catafalque ; mais en ce moment il lui sembla que de Saxe la regardait avec la pâleur d'un fantôme... Quand on la transporta chez elle, la malheureuse donnait à peine signe de vie. Elle demeura trois jours dans un état complet d'abattement et de léthargie, et mourut le jour même où le maréchal revenait se fixer à Chambord.

Ce qui suit cette histoire appartient maintenant aux curieux mémoires de Grimm, que nous préférons laisser lui-même raconter.

Le maréchal, après le camp de plaisance de Compiègne, s'était retiré à Chambord avec son neveu le comte de Friese, fort beau et fort magnifique seigneur. Les jours du héros allaient se voir partager entre la musique, la chasse et les manœuvres.

Un soir (c'est Grimm qui parle), nous vîmes arriver un homme sans livrée, qui donna mystérieusement un billet cacheté au maréchal. Le maréchal était seul dans son cabinet. L'émissaire attendait dans la pièce voisine. Le maréchal lui avait remis sa réponse, et le courrier mystérieux était reparti sur-le-champ. Le maréchal, rentré dans son cabinet, s'y fit consigner pour tout le monde. Nous avons su, depuis, qu'il s'y était occupé à écrire et à ranger des papiers...

Il sortit, demanda son neveu, avec lequel il s'entretint quelques instants, et se rendit au parc sans vouloir être suivi... Je l'y vis s'y promener seul et toujours dans la même allée ; il fixait parfois ses regards sur la grille qui communique avec le bois.

J'étais rentré au château avec une sorte d'inquiétude mélancolique, dont je ne pouvais définir la cause.

On s'entretenait au salon de la mort toute récente de mademoiselle de Sens. — A cette nouvelle, M. de Friese s'était écrié brusquement : « Où est mon oncle ? » et se levant avec une agitation extrême, il me prend par la main et m'entraîne vers le parc. Nous apercevons un groupe de domestiques portant un brancard. Nous approchons... c'était le maréchal, blessé, sans mouvement et d'une effrayante pâleur. Aux cris de son neveu, il ouvre les yeux, fait un effort pour lui tendre la main, et les seuls mots qu'il peut prononcer nous révèlent la cause de sa blessure : « Le prince (de Conti) est-il encore ici ? Assurez-le que je ne lui en veux nullement. Faites prévenir Sénac ; je sens qu'il arrivera trop tard ; mais j'ai besoin de revoir mon ami. Le plus grand secret sur ceci.

Sénac était au château ; mais il ne pouvait pas faire de miracles, la blessure était mortelle.

La mort du maréchal inspira à Marie Leczinska un mot qui ne sera pas oublié. Comme on le sait, il était protestant, et on refusa de l'enterrer à Saint-Denis, près de Turenne.

— Il est bien triste, dit la reine, de ne pouvoir chanter un *De profundis* pour un général qui a fait chanter tant de *Te Deum* !

En partant pour l'armée, les grenadiers français allèrent aiguiser leurs sabres sur sa tombe à Strasbourg. Le mausolée de Pigalle vaudra-t-il jamais pareil hommage ?

FIN DE MADEMOISELLE DE SENS.